我与爱人张瑞霞于 1964 年 11 月 14 日结婚。此为 1965 年 2 月 7 日合影

1977 年全家福

（左一为儿子劲松，左二为爱人张瑞霞，左三为作者本人，左四为女儿爱武。）

作者在写作

作者与儿子劲松合影

老伴与女儿、儿媳及两个孙女在一起

作者的外孙女张丹蕾（左一）和孙女张依琳在一起

作者手迹

第二卷
（自由曲300首）

张景茂诗词曲选集

张景茂 著

中国书籍出版社
China Book Press

图书在版编目（CIP）数据

张景茂诗词曲选集 / 张景茂著. — 北京：中国书籍出版社，
2017.9

ISBN 978-7-5068-6488-6

Ⅰ.①张… Ⅱ.①张… Ⅲ.①诗词－作品集－中国－当代
②散曲－作品集－中国－当代 Ⅳ.①I227

中国版本图书馆CIP数据核字（2017）第235189号

张景茂诗词曲选集

张景茂　著

责任编辑	王志刚
责任印制	孙马飞　马　芝
封面设计	展　华
出版发行	中国书籍出版社
地　　址	北京市丰台区三路居路 97 号（邮编：100073）
电　　话	（010）52257143（总编室）（010）52257140（发行部）
电子邮箱	chinabp@vip.sina.com
经　　销	全国新华书店
印　　刷	北京金星印务有限公司
开　　本	710 毫米 ×1000 毫米　1/16
字　　数	440 千字
印　　张	33
版　　次	2017 年 10 月第 1 版　2017 年 10 月第 1 次印刷
书　　号	ISBN 978-7-5068-6488-6
定　　价	74.00 元（全两册）

序

师友面前景茂张，不甘寂寞练笔忙。

千呼万唤自由曲，峡谷深山野菊香。

诗词曲，三峰强；数千载，代代扬；驾轻就熟有定规，小有成就蜜糖尝！何必上虎山，自讨苦吃险危扛！

自由曲，谁主张？诗词大家尊丁芒。时间不过二十载，毛头小伙意气风发头高昂。

我乃古稀翁，求知欲儿强；事事觉新鲜，亲口尝一尝。因此上，试唱自由曲，北调复南腔；咿呀刚学语，怎能珠圆畅？好似炖上一锅肉，火候未到怎闻香？痴心不改一根肠，一写三百装满箱。

何谓自由曲？请听老朽说端详。

她是诗改必经路，妙处说来一大筐。

曲离我最近，通俗幽默俏皮扬；无奈绳索紧，捆之难舒张；声律严，平上去入丝丝扣，曲牌多，一个牌子一个样；小令套数带过曲，紧箍严咒费周章；按图索分毫不差，否则会贻笑大方。今人难写好，读之费思量。

自由曲，保持曲味辣又香，自由舒畅松松绑。平平仄仄歇歇脚，曲牌曲谱也停腔；只留押韵声调美，读来顺口又铿锵；句子可长短，口语佳宾当；篇幅更不论，短则短，长即长；对偶排比尽可用，比喻夸张文采扬；家国大事通俗讲，儿女情长更甜香！何乐而不为？试之欲飞翔！

　　这本曲集分三块，美刺贵人亲情详。赞美英模好榜样，讽刺歪风匕首枪；贵人驾到诸事顺，一生一世不能忘；亲情如火心肠暖，人生路上港湾祥。

　　诸师友，多鉴谅，歪瓜裂枣难登堂；只当盛夏解解渴，虽涩润喉苦权当。谢谢征程扶一把，定然不负众期望；继续跋涉义无反顾逆流上，力争早日登峰尽情享受好风光！

　　献丑自由曲一首，算作序言鸡充凰。

　　注：野菊香：如果把诗比作牡丹，把词比作玫瑰，把曲比作菊花，那么，自由曲就是野菊花。

张景茂

2017 年 1 月 1 日

目录
CONTENTS

美刺篇 80 首

赞美篇 73 首

周总理，我们想您！

——电视剧《海棠依旧》观后

您是高山，**巍峨雄壮笑瞰中原**；您是大海，波涛汹涌广阔无边！您并未走远，您的英灵像一片彩霞，潇潇洒洒直上九天。

现在，您就在人民中间：您赤着双脚，与袁隆平视察在稻田，一阵阵欢声雷动，笑语连天；您穿着短袖，骄阳下看望神舟飞船，激动的脸上泪光闪闪；您坐在高铁动车上，如此多娇的江山在眼前频频闪现；您对后辈的领导人，千叮咛万嘱咐，一定要实现中华民族的复兴梦圆！

总理啊，我们无时无刻不把您想念，分分秒秒都把您挂牵！您应该享享清福度度悠闲，把那些废寝忘食昼夜连转的日子暂放一边；即使您在马克思的国度里还当总理，也要学着劳逸结合体胖心宽！我们看着您疲惫的脸、瘦削的肩，心里难受得尖刀剜、滚油煎！

当今中国，一片锦绣万里好河山；人民安居乐业，家家富足团圆；西花厅外的海棠花，更是开得姹紫嫣红无比灿烂！总理啊，有空您回来看看吧，我们想您想得望眼欲穿！哪怕是看上一眼，我们也会激动万分心满意足得尝夙愿！

祝总理身康体健，与邓大姐携手并肩欢度晚年！

2016 年 8 月 1 日

贺门三烈女

贺龙元帅，铁骨铮铮；三位姐妹，巾帼英雄！

白色恐怖，血雨腥风；官逼民反，长夜难明！贺龙两把菜刀闹革命，追随我党心赤诚！大姐名贺英，拉起队伍反朝廷；驻扎要塞鱼鳞寨，除暴安良土匪惩；打恶霸，亲百姓，分粮配衣正道行。二姐贺戊妹、小妹贺满姑，均在大姐帐中擎；勇猛杀敌枪法准，胜似须眉巾帼红！

无能国党反动派，痛恨贺龙嫁祸生：三女身上下了手，抓住拷打施酷刑。好个三烈女，昂首又挺胸；不吐一个字，敌人发了疯！满姑高大又威猛，敌人备刀惨施刑；一刀一刀割血肉，古代凌迟又重生；惨不忍睹阴间到，一伙恶鬼害人虫！割下姐妹三头颅，悬挂高竿广示众！

贺龙闻噩耗，怒从胆边生；决计要雪恨，痛歼魔鬼营！革命声势日渐隆，一切反动派都在灭亡中！

我们崇先烈，我们敬英雄！中华民族复兴日，天上人间庆大同！

2016 年 8 月 5 日

感动中国 2014 年度人物赞 10 首（选 1 首）

师昌绪赞

　　烛光白玫瑰，奖杯天堂接。九旬千秋业，百岁含笑歇。生前荣获最高奖，材料先驱众人学。彼岸回国军令状，航空涡轮叶片绝。掏出红心跳，肝胆透明瞥。国人皆如此，梦想赶飞碟！

2015 年 3 月 8 日

邹碧华之歌

碧水蓝天好大家，儿女腾飞报中华。燃烧自己献光热，照亮别人化彩霞。高才出北大，昼夜备粮麻。学成悬利剑，贪官脑搬家。涉险滩，你勇做划桨手；辟新径，你毅然明灯拿。司改方案历经三十四稿，日夜奋战体力透支花。当院长，你爱"串门"，常到各部门走走察察；下班后，你惯"回望"，只要有灯光就上楼把话拉。你学识精深，看书阅卷快刀斩乱麻；你求知若渴，在美国进修一年资料几箱匣。司改比蜀道还难，你奋勇攀登决不停下；骨头比钢还硬，你一点一点拱着往前爬。

一灯如豆汇大海，法如青天大道嘉。你从小就仗义，方便让别人，困难肩上砸。你有三句口头禅：有我在，没问题，你们去忙吧！律师你尊重，服务平台解忧愁惠千家；百姓你关爱，找你办事献杯茶脸开花。

你有一个美满家庭，夫人是北大同学品貌双全俏娇娃；儿子正上大学，聪明懂事身挺拔。上班恩爱夫妻一起走，可下班就不知你到何时才回家？深夜催你多遍还不睡，你满口答应可就是上不了床榻！

你是燃灯神，你是奋楫者，你是操盘手，你获众人夸。你正年富力强，怎么说走就走啦？你是累死的一头耕地牛，为母亲更健康不惜热血洒！如今你走了，活着的人心如刀扎！

祝你在天国，一路豪情发！待到司改之树花开日，天上人间酒，共醉乐无涯！

2015 年 3 月 11 日

谷公百年祭

　　谷公者，福建东山百姓对原县委书记谷文昌的称呼是也！习近平总书记多次点赞的"四有"县委书记。

　　华夏清明，祭祖敬宗；天经地义，千古遗风。事有一般，亦有个性：福建东山，另辟蹊径，先祭谷公，后祭祖宗！真乃奇迹，天惊地动！

　　七品芝麻官，竟被誉称公，此中奥妙处，老朽说分明。

　　谷公今年百年祭，《人民日报》重刊登：两版特说加事迹，论坛八次指路灯。想起当年东山事，肃然起敬心沸腾！全县沙荒地，不长粮油葱。搬沙费苦力，毁掉一阵风。要治风沙旱，唯有植树成。试验十多种，皆死行不通。万难苦觅木麻黄，数十万株遭寒冻；幸有九棵仍存活，一线希望燃心中。费尽周折梦圆就，林海固沙惠无穷。神仙难治风沙祸，我党干部显神通。百姓穷根拔，不忘谷公情。

　　一心为百姓，从不顾私情；责任敢担当，为民解忧行。众多壮丁被强抓，"敌伪家属"把人坑。谷公挺身铮铮响，"兵灾家属"正其名。两字之差如冰火，万千乡亲脱牢笼；犹如重解放，怎能不动情？恩人永不忘，胜过亲祖宗！

　　书记当十年，心地特清明，从不乱伸手，一心只为公。省委书记亲拍板，谷公荣升林业厅。家具石头造，木制不相逢。件件事情做周到，党的形象如山崇！

　　谷公驾鹤人心碎，三十四载祭祀红。春节清明人不断，鲜花香烟摆炉中。九十四岁何赛玉，带领子孙拜谷公。一拜就是几十载，拜完谷公祭祖宗。

党的干部能如此，百姓心中有杆秤！"四有"书记标杆树，遍地开花九州红！

2015 年 4 月 14 日

老部长吴波赞

吴波老部长，心红志又壮。两袖清风尘不染，一身正气鬼惊惶。财政奠厚基，三大建设忙；改革税收制，一分也掂量。先后写下两遗嘱，儿女不准继承房；待到驾鹤西游去，交还国家不彷徨。甘作平民百姓，不摆高官架梁。儿女只走自己路，不沾父光在京狂。迫害受辱身忍耐，个人承担不推墙。调研考察住标间，粗茶淡饭吃得香。走后十年久，众人怀念长；薪火代代传，传统大发扬！提前实现中国梦，天上人间共辉煌！

2015 年 3 月 13 日

化缘校长

"化缘校长"莫振高，爱心一颗堪自豪。瑶山子弟多贫困，北大清华双手招。艰难化缘路，屡遭白眼瞧；常常遇误解，每每奚落捎。心志坚如铁，迎击冷水浇。坚冰热情化，慷慨掏腰包。南宁一家化工厂，老总驱车亲察考：寒冬三孩身发抖，父母双亡无依靠。老总畅快许金诺：包到大学毕业遥。先后化缘三千万，两万学子腾高梢。从教三十四，爱生不动摇。工资微薄少，雪中送炭桥。资助三百位，皆变天之骄。重庆大学黄春茜，家境贫寒失学苗。慷慨献出结婚费，一千大钞两载劳。

英年早逝五十九，倾城出动送英豪。抢购一空花圈带，十里长街泪滔滔。孤身压腰断，政府多撑腰。百花园中蜂蝶舞，喜看参天大树矗碧霄！

2015 年 3 月 20 日

为"姚铁嘴"点赞

铁嘴钢牙单田芳,痛快淋漓刘兰芳。理论枯燥如何讲?俨然"二芳"登会堂。大主题小切口,书面语口头讲;标准语如皋话,对胃口接地黄。人称"姚克思",场场如雷放;口若悬河倾,滔滔大江长。讲得众人开怀笑,自有后人接力扬!

注:"姚铁嘴",指江苏省如皋市委宣传部副部长、市文化广电新闻出版局局长姚呈明。

2015 年 3 月 21 日

赞农民代言人毛丰美

履职直言敢谏,乐为农民代言。黑黄恶臭水,一喝十多年;拍桌冲冠起,谁敢喝半碗?取消农业税,坚持整八年。治理荒山沟,东北变江南;人均超两万,城里也艳羡。肠癌加重出国治,不误人大会进言。心累身疲驾鹤去,全国人大送花圈;大寨书记郭凤莲,驱车千里最后看。"老毛"天堂好好养,俯瞰人间再代言!

2015 年 3 月 22 日

出书乐

喜上眉梢事，出书在眼前。手稿失散苦，成卷团圆甜。从来文章千古事，荣辱得失寸心担。苦战三秋集千首，开卷一时哽无言。诗言志，歌咏言，词缘情，曲俏欢。慢慢体悟入门渐，写得多时蛹变蚕。自我加压勤练笔，英模立传笑开颜。先烈天堂慰，魔鬼地狱惨。眼赏香花美，心斥毒草奸。如能给您带来一点笑，自是知足常乐眉眼欢。

老汉一生苦海滚，待到晚年蜜糖甜；老伴西游驾鹤去，儿女膝前吐温言。再有书相伴，夫复有何言？待过几年后，再出小婵娟！

2015 年 4 月 1 日

忙与闲

时光老人步履匆，白驹过隙黑转明。人有清闲有忙碌，此中微妙难说清。清闲的，日上三竿睡大觉；繁忙的，拂晓起床到亮灯。悠闲的，麻将扑克噼啪甩；忙碌的，写诗填词头发懵。有人闲得要死，有人忙得要命；有人美得发狂，有人烦得钻洞。湖边钓鱼闲雅趣，海里打鱼忙险情。

人生路何走，各人迥不同。忙闲各随意，只要好心情。若论高标准，党人铿锵行；心中有民在，掏心晾肺红。五花八门大千世，高低优劣自异同。人的活法各相异，从容应对智慧灵。忙与闲，各随命；闲有味，忙无穷。

有人操劳多半生，退出舞台享清平；清闲一下无非议，还要祝福汗马功。无论闲来无论忙，于民有益就功成，目标一个中国梦，携手并肩奋然行！

2015 年 4 月 17 日

数学神童

五龄童稚脑倍儿灵，一沾数字文曲星。余额三百圆周率，背诵起来爆豆烘。五位连加减，只管报数明；得数算出后，计器尚未应。一个五岁童，尚未到学龄；为何成天才，真是说不清。科学未揭破，暂时处懵懂！

2015 年 4 月 17 日

广场乐

　　时代广场，人的海洋；鲜花怒放，绿树成行。男女老少欢声至，四面八方歌音扬。望苍穹，蝶舞燕翔；观地面，滑冰麻将；运动场上，空竹抖得嗡嗡响；长凳树下，扑克甩得铿铿锵。瞄这里，大妈扭臀广场舞；瞥那边，少年耍棍又动枪。一对翁妪轮椅转，四个老汉话语狂。逗儿吹泡小两口，带孙划船祖父忙。

　　老朽总在想，悠闲补前忙。过去那么忙，屋破缺穿吃不上；现在闲人多，锦衣玉食住豪房。悠闲自在的人们啊，你们可曾想，现在的幸福来自何方？回过头来想，正是来之不易的改革开放，才有了今天的人民幸福国家兴旺！请万分珍惜，不要浪费这宝贵时光！

2015 年 4 月 19 日

劳动颂

君是劳动，无尚光荣；创造一切，珍贵结晶。我们赞美劳动，我们崇拜英雄；劳模我们钦佩，先进我们尊崇。

有了劳动，世界才会光明；有了劳动，中国才有雄风；有了劳动，百姓才会幸福；有了劳动，大地才会葱茏。

中国古代四大发明，开创了文明古国的崭新征程。指南针，指导了海上万里航行；造纸术，造就了人类历史记载的真经；印刷术，开启了文明社会历史的传承；火药术，赢得了人类史上的正义战争。

君是工人手中刀，高楼大厦破苍穹；君是农民手中镰，稻麦丰收惠民生；君是教师手中笔，辛勤耕耘好园丁；君是学子案头书，废寝忘食专又红。长征火箭太空遨，嫦娥飞船月宫行；潜水大洋深万米，高铁动车一阵风。人民战士枪在手，卫国保家真英雄。

没有劳动无一切，有了劳动万物荣。热爱劳动最体面，知识分子工农兵！

让我们亲临一场特别聚会，让我们品尝一次高尚劳动：

主席的亲人前赴后继不怕死，朱德的扁担挑来江山万代红；黄继光用身体堵敌人枪眼，罗盛教用生命救朝鲜儿童；航天员在天宫向嫦娥问好，潜水员在深海向祖国致敬；"当代毕升"是王选，"杂交之父"袁隆平；"铁人"跳井中四肢搅拌，"园丁"课堂上一心育雄；插秧农民描出千顷绿，炼钢工人汗洒万点红；红色战士喊杀声惊天动地，白衣天使救生死感人动容；英明领袖明灯彻夜中南海，人民公仆嘘寒问暖百姓中；诗人绞尽脑汁构思苦，作家出神入化塑群英。

全国人民在奋斗，流血流汗工农兵；为了实现复兴业，开拓创新圆梦成！

2015 年 5 月 1 日　　国际劳动节

老朽爱劳动

挫折陪半生，劳动伴终生；勤劳多努力，内心静气平。

从小到老七十载，不懈学习沿成风。在校读书先不论，离校以后不放松：下地干活带书本，歇盼儿苦读无人境。担任校长不松劲，见缝插针练学功；否则师范考不上，二次转正等于零。文字工作更辛苦，常常一写到天明；一万小儿咧嘴笑，疲惫瞬间无影踪。退休本该身心静，读书上网刻不停；又添嗜好诗词写，真比上班还火红；起早贪黑脑筋转，得一佳句乐成疯；两年擒得一千首，出书正在进行中。学习写作属脑力，也是劳动重头兵。

再说体力活，也是百分功；争强又好胜，创优作英雄：

高中卫生每周评，我班次次夺魁雄；我是班上生活委，带头清扫不敢松。割麦大洼广无际，地头千米无丝风；汗流浃背擦不顾，遥望后边人影幢；麦芒如针刺肌肤，疼痒交加忍痛行。挑水百斤力气费，一次就满两缸盛；因为那时我在外，一周回家都办清。老年就伴相依命，未料贤妻突升空；老来老来学做饭，打鸭上架也要行。

老朽爱劳动，发扬传统风；直到呼吸止，还要攀高峰！

2015 年 5 月 1 日　　国际劳动节

三次不寻常的出行 3 首

大雪赴会

　　素花盛开，漫天飘白；雪天上路，排山倒海。农业学大寨，经验果要摘；县委通知到，大寨点赴外；亲身学楷模，真经取回来。余为书记坚赴会，未料大雪阻路碍。反观雪神欢献舞，天女散花乐开怀；舞会越来越精彩，大地母亲做舞台。地面道路已莫辨，朗朗乾坤一片白；大路小道天下平，常陷沟坎葱倒栽。鼻青脸又肿，全身成雪白；连滚带爬撵，县招落尘埃。

　　室内只聚三五位，皆属城关近道来；二十里外独老朽，乐享扑入雪神怀！雪神啊，君躯晶莹又剔透，纯粹复洁白；纤尘皆不染，两袖清风来！如果人间洁似雪，安有贪腐魔鬼在？！经营雪世界，焕发洁光彩；圆就中国梦，百姓笑颜开！

　　注：大雪赴会，指上世纪七十年代农业学大寨的一次外出参观学习，距今四十年矣！这是本人的历史追忆！

　　　　　　　　　　　　　　　　　　　　　　　2015 年 5 月 2 日

夜半骑车赴狮城

　　亲戚之间，血脉相连；相互挂念，彼此情牵。妻兄瑞华在沧州，经常来往多支援。儿子疾病患，住在舅家把病看。我家困难际，三哥汇款暖心间。

　　三十一年前，国家正困难；粮棉油不足，生活亦熬煎。平时多节俭，积下一袋面。趁着假日半夜起，骑车驮面奔东南；伸手五指看不见，风吹树木响连天；过了姜庄过彭庄，到了三王土堆边；土堆堵路车倾倒，摔下腿疼腰又酸；咬牙忍痛重上路，小心谨慎骑向前。到了大公路，宽敞又平坦；平稳速且疾，心情舒畅欢。一路二百里，狮城现眼前。

　　三哥三嫂一见面，疼爱之情生油然；立即做饭让我吃，饭后休息先不谈。双方问候情难抑，关怀之意润心田。因为我正上师范，不能久住即回返。三哥骑车送我走，边骑车子边交谈；一送送出七十里，青县出现在眼前。我忙下车来劝阻，这才挥泪往回翻。

　　多年常回忆，暖意涌心间；三哥已离去，仍活我心田；永远激励我前进，虽临夕阳不下山！

2015 年 5 月 2 日

半夜绕道去文安

六三分洪文安洼，波浪滔天际无涯。四个月后水下降，低洼之处涌浪花。四周稍高已无水，要到县城需绕达。县城距我村，二十里到家。益年（哥）帮我找工作，要到县城去接洽。又是半夜走，辛苦不在下。本来需向北，改向南出发；走出十里地，再向西方跨；前面河阻路，漆黑双眼花；既无桥相连，又无渡船筏；等待多时久，又闻人应答；有人找来船，这才过河划。一路伸手不见掌，磕磕绊绊滚带爬。直至天亮才到县，拖着疲体见恩家。

前后一计算，五十里有暇；路是什么路？坑坑水洼洼；夜是什么夜？恐怖鬼见怕！那时为何胆贼大？无私无畏闯天涯！一股正气胸中蓄，还有什么谓可怕？！今日霜染发，勇气不可煞；攀登新高峰，重绽夕阳霞！

2015 年 5 月 2 日

书　厦

　　这里是西单，图书码成山。宛若士兵列队，迎接首长检验；犹如一字长蛇，布阵排兵参观。人有，老壮中青少婴幼；职分，工农商学兵知干。看这边，老翁翻开砖头厚；瞧那里，小儿开颜看连环。公仆精挑习理政，村姑细选家养蚕；莘莘学子买教辅，文学青年拜屈原。一片忙碌相，欣欣向荣然。

　　老朽常去图书山，每年十次拜先贤；新朋旧友开颜笑，迎接招待不嫌烦。良师益友请家去，毕恭毕敬促膝谈；有时兴至彻夜诉，痛快淋漓欲升天！

　　书是营养品，书是知识源；书是进步梯，书是顺风船。只要和书常相伴，就能胸宽眉开颜；只要书厦常添友，就能磁铁吸金还！

　　祝愿天下断字人，饱读诗书日三竿！

2015 年 5 月 8 日

和平颂

天使是和平，魔鬼是战争；我们要和平，不要恶战争。

日寇是狼熊，闯入神州营；烧杀又抢掠，乌烟瘴气腥。满腔怒火刀枪举，奋起工农商学兵；黄河怒吼震岛国，长江咆哮掀东瀛。倭寇滔天罪，恶贯充满盈：南京卅万同胞被屠杀，鲜血把中华大地染红；细菌之战惨绝人寰，化学武器灭绝人性；抢走妇女寻欢作乐，当牛做马强征壮丁！狗日的强盗，禽兽都不如；疯狂的恶魔，早晚遭报应！

浴血抗战结硕果，日寇投降我方赢。无数英烈献生命，才夺江山一片红。

看今天，神州一片绿葱葱，漫山遍野百花红；展未来，国富民强百姓乐，万马奔腾唱和平！

2015 年 5 月 14 日

晨练乐

　　站前广场，欢乐海洋；曼舞翩翩，乐音悠扬；朝阳初露，万道霞光；欢眉笑眼，幸福无疆！

　　看这边，声势浩大广场舞，举手投足唰唰响；望那里，慢慢悠悠太极剑，一招一式力推墙；瞥东方，鹰翔蝶舞苍穹闹，百般挣扎欲脱缰；瞭西面，上甩下绕风雷动，空竹抖得嗡嗡响。

　　太平盛世，改革开放；人民欢乐，国家富强。

2015 年 5 月 15 日清晨于廊坊站站前广场

逛北京书市

　　逛北京书市，到朝阳公园。满眼碧绿翠，鲜花竞开艳。书摊一座座，人流涌不完。老朽年迈不服老，乘来换去前往观。这里签字售书热，那边拍卖转画寒；亲子互动游戏乐，翁妪相搀眉开颜；图书优惠五折卖，连环画册售五元。人民文学小说盛，商务书馆多经典；孔子旧书两大栋，青年出版朝气欢。

　　看来逛去兴未尽，太阳正南略西偏；抓紧去往王府井，时间允许去西单。地铁7号线，换乘5号线；再换1号线，方到正地盘。好在车上有座位，不比中心无处站。王府西单店，只买书一卷；抓紧南站赶，检票忙正酣。好险，再晚十分钟，不得返家园！

　　综观书市表面展，热热闹闹人马欢；细查发现新书少，处理积压廉价掀；老朽没买书一本，只当散心驱忧烦！明年再把书市办，说出大天也不再来玩！

2015 年 5 月 15 日于北京朝阳公园北京书市

老年乐

人生短暂又漫长，呱呱坠地风帆扬。少年懵懂不晓事，读书识字上学堂；中青学成精力沛，为国效力本领强；老年宛若夕阳红，颐养天年乐无疆。

老朽路坎坷，祸患重且长。抱定一信念，愈挫愈奋扬；峰回有路转，乌云出太阳；晚年掉蜜罐，天空现曙光。自由自在随心想，想干啥事就是王；读书写诗情流淌，歪诗歪词自欣赏；想吃鱼肉买鱼肉，想喝豆浆冲豆浆；想去京城坐高铁，西单王府书海翔；自然公园赏自然，广场多彩游广场。满目碧水荡，双耳乐音扬；郁郁葱葱绿，星星点点黄；成排参天树，满园百花香。美景赏不尽，遂心自在狂。

有空就上网，万事胸中装；诗词打成字，积多出书忙；此又一乐事，拙笔著笨章。

老年乐，情飞扬；人灵秀，喜洋洋！多托改革开放福，夕阳灿烂变朝阳！

2015 年 5 月 18 日

赞新一届中央领导集体

最新一届党中央，治国理政有妙方。战略布局四全面，复兴圆梦策略强。

总书记，把舵掌；李总理，扯帆扬；五大水手协力撑，浪涛滚滚奔前方。

近期目标，全面小康；用足动力，改革开放；强化保证，依法治国；自身要硬，从严治党。

一切努力为人民，人民满意我欢畅；一切工作靠人民，历史动力大发扬；从医保，到社保；从陆地，到海洋；蓝天碧水山川绿，林茂粮丰畜牧旺；从外交，到国防；东方巨人，屹立东方！

美好蓝图如彩虹，光辉灿烂七色光；全国人民齐奋斗，共产主义旗飘扬！

2015 年 5 月 19 日

谷公家风赞

谷公是福建东山原县委书记谷文昌。谷公家风是"清白持家、简朴本分、为民奉献"。

"先祭谷公,再祭祖宗";民心所敬,地动天惊!

西游卅多载,仍传好家风。夫人及子女,平民大英雄;权势光没沾,老实作营生;临工十五载,敬业得转正;有的做工人,贡献靠劳动;幼子本该留家中,均临花甲需照应;谷公深思作决定,还是下乡拜三农;身居陋室苦,反以为殊荣;待遇比众低,吃饭靠本领;回县祭谷公,县从不惊动;特困大学生,资助十八名。

子女长大方理解,父亲无私心安宁;补足铁硬精神钙,安身立命骨铮铮!

发扬谷公好家风,建设和谐好家庭;快马加鞭赶时代,圆梦复兴胜彩虹!

2015 年 5 月 20 日

清晨读报乐

天刚蒙蒙亮，老朽即起床。动手开电脑，老友寒暄忙，《人民日报》赫然现，双眼一亮放光芒。

先阅大事件，宏观来启航；明了天下势，心明眼才亮。再读论坛章，理论来导航；有了定海针，前进不迷航。三读英模事，感人肺和肠；双眼常含泪，动情又心伤。四阅好文章，诗词散文棒；借鉴写作经，充实自库房。五观领导文，水平更是棒；提升自品位，思想大解放。

常年累月读报忙，大脑充实锦华章；潜移默化不自知，时间一长必周详。写诗填词雪中炭，素材丰富范围广；只要用心多体悟，必有收获充库房。

养成好习惯，轻易不能忘；如蜂酿成蜜，似马驰疆场；春华秋实堪可慰，高瞻远瞩奔前方！

2015 年 5 月 21 日清晨

再逛园博园

今天再逛园博园,心上涌来蜜糖甜;宛若老友重见面,渴盼之情生油然。

上次游览在前年,学会组织前往观;小雨姑娘迎笑脸,唰唰声中滋味甘;又有彭刘老师伴,满载而归心惬然;写出歪诗整七首,《燕南诗词》登四篇。

这次日高照,惠风更添暖;满目葱葱绿,百花齐争艳;蜂儿嗡嗡前引路,喜鹊喳喳叫得欢。前后不过才两年,老友旧貌换新颜。你来看,好漂亮的北京园,亭台楼阁雅又典;杭州西湖十景观,花港观鱼真体验;合肥园,好威严,清官包拯奇迹翻;重庆园,畅襟阁,凉风习习好爽然!

美景一时观不尽,就是祖国大花园。我为母亲点个赞,永远青春艳阳天!

2015 年 5 月 22 日于北京园博园

老兄张勇赞

太阳当头照，赤日炎炎似火烧。一群老翁妪，观景自逍遥。内有一老者，年近八旬瘸腿脚。只见他，一颠一簸身不稳，一步三摇锣鼓敲。

首过卢沟桥，桥面显凸凹；常人也难走，何况老兄摇；紧把牙关咬，迈步慎观瞧；凸处下腿浅，凹面下腿遥；神经紧紧绷，双臂频频捣；顿时急出一头汗，言谈举止洒潇潇。

再游园博园，园容大海遥；全国园林几十个，有点眼花缭乱瞧。跟着导游婵娟走，午后炙热阳光照；满头大汗身疲累，老兄面临严峻考。但见他，有说又有笑，轻松更逍遥。

老朽心感动，也为兄自豪；誓以老兄为榜样，前进路上不歇脚！

2015 年 5 月 22 日

老朽自嘲

昔日小儿童，转瞬变老翁。"张帆扬风，景自天成，茂林盛昌，虎步龙行。"书家米南阳，为我题词封。

榆木疙瘩不开窍，一条小道走到明；心眼实密不透风，待人诚掏出心红；对自己风刀霜剑，对百姓暖如春风。

一生惯走荆棘丛，峰回路转阴变晴；几次历险命将殒，贵人驾到死化生。一生似长征，雪山草地含笑迎；一世如旅行，惊涛骇浪总多情；征途若峻岭，拼出老命往上登；路径是太空，坐上飞船逛苍穹。

前半生，黄连水中品苦味儿，贤妻与我朝夕共；后半世，蜜糖罐里夕阳红，老伴离去守孤灯。老朽有个可爱处，助人为乐喜心中：曾经捡包交失主，内有合同身份证；扶助老弱金钱助，度过难关返家庭。同情心儿盛，感动人处热泪盈；疾恶如仇火，坏人坏事拍案冲。不枉世上走一趟，苦辣酸甜细品评。

如今是，自由自在心花放，随心所欲畅意行。高兴了，写几句歪诗，赞美英雄；体悟了，制几首曲子，讽刺歪风；开眼界，坐高铁眨眼到京；觅师友，到书店恭请尊翁；提品位，学会讲座洗耳听；实地看，京津周边勤采风。与诗为伴，其乐无穷；出本诗集，纪念终生！儿女孝顺，老来无病，整天乐得合不拢，谁不羡慕咱老翁！

2015 年 5 月 24 日

咏中国古代著名文学家

古代著名文学家，人类文化现精华。

犹如星辰最亮处，宛若群芳牡丹花；好像山野猛虎啸，又似鲸鱼海中划。历史最耀眼，千古传佳话；感动大中华，美名传天下。

忧国屈原虑，忧民子美跋；太白蔑权贵，渊明扎篱笆；遭贬东坡苦，叱咤孟德侠；酷刑著《史记》，《红楼》天下夸；《聊斋》唱狐鬼，《儒林》讽探花；乐天妇孺懂，易安展才华；剧坛领袖关汉卿，窦娥感天冤华夏；小说巨匠施耐庵，梁山好汉反京华；而其门生罗贯中，三国故事智多佳；魔幻大师吴承恩，西天取经鬼怪拿。陆游家国恨，李煜丧国家；岑参边塞描，王维诗中画。难能一一尽，百花园中争奇葩；不再人人顾，具体篇幅再描画。

老朽从小爱文学，尤敬著名文学家；今日有缘拜师会，拙笔勤耕恭对话；留下一些小纪念，百年之后微光华！

2015 年 6 月 1 日

咏屈原

爱国诗人，忧国忧民；生在楚国，学养精深；报效社稷，朝庭重臣。
为使民富又国盛，创新朝政费苦心。谁想招致人反对，广进谗言远中心。
后又遭流放，心中更忧愤；才华难施展，报国亦无门；披头又散发，宛
若一狂人。头向蓝天连发问，君主为何重小人？自然历史皆问遍，前后
一百七十问；老天悠悠默无语，悲愤满腔变诗魂。牢骚充满腹，正义难张伸；
忠心何处施，奸人变忠臣。走投已无路，汨水抱其身。

诗风真挚刚健美，至高至大艺术珍；至大至刚人格美，刚毅笃实形象真。
《离骚》《九章》《九歌》唱，《远游》《渔父》连《天问》；内容丰富
有血肉，手法独到显真韵。

每年端午节，百姓祭屈魂；包粽龙舟赛，一片赤诚心；谁是爱国者，
崇敬纪念寻。

全球不忘真诗人，列为世界大名人；常常纪念追思敬，顶天立地中华魂！

2015 年 6 月 1 日

轮椅医生赵红艳赞

　　花儿红艳艳,血儿红艳艳,她的青春红艳艳,她的人生红艳艳! 2003年,一场非典迅蔓延;君正休假日,请战抗非典;不幸被感染,股骨坏死不能站;从此轮椅常相伴,照样出诊不迟延;每天都提前,门诊看不完;最多二百人,午饭总拖延;坐久疼难忍,大把吞药片;实在受不了,刀针刺骨寒;最多三百九十针,丈夫落泪不忍看;口咬毛巾泣,热泪流满面;翌日照出诊,没事人一般。

　　什么力量铸铁媛? 心中病人成信念!

　　一次下大雨,路滑水又溅;不慎掉沟里,挣扎浑身酸;放声大哭毕,重现门诊前。

　　工资虽微薄,口袋常装千元钱;此乃爱基金,常为贫困患者垫;短短几年间,就为病人垫万元。

　　君有两句口头禅,"听话啊,跟我走";君也是病人,病人痛苦亲身担;看到患者满面笑,心中开花比蜜甜!

　　每周六日诊,门诊十三万;无一例投诉,满意千分千;锦旗墙挂满,感谢如雪片;常有病人端汤面,更有患者觅方返。

　　君虽身残疾,心中阳光灿;为给病人减痛苦,享受心灵美好缘。祝君早日挺拔站,坚信会有那一天!

　　注:赵红艳系天津武警后勤学院附属医院消化一科主治医师。

2015 年 6 月 12 日

幸福时刻

老朽晚年，幸福连连；有时不觉，觉时惊天。

当我坐到电脑前，知识兄弟舞蹁跹；争先恐后来问候，我给他们一笑脸！

当我坐到电视前，各路明星大团圆；你方演罢他登场，热热闹闹赛过年！

当我来到广场前，浓荫树下扎营盘；歪瓜裂枣滚滚现，须臾3首任君观！

既然到老年，回忆来拜年；既有辛酸泪，又有收获甜；既有铭心爱，又有刻骨烦；既有香花美，又有毒草奸。走马灯样转，喜忧犹参半；喜是开心果，忧乃经历源；都是好财富，诗词活源泉。

我坐饭桌前，粗茶又淡饭；红薯南瓜甜，豆浆冲满碗；偶尔解解馋，鸡鸭鱼肉鲜；无糖少油又少盐，绿色食品排队先。

晨昏练练功，精气神顿添；兴至赴京逛一逛，各大书店开开眼；请回几位良师友，深夜促膝话语谈。

上述幸福谁赐予？我党奋斗近百年！老骥腾飞千万里，大鹏展翅上云端！

2015 年 6 月 13 日

观电视剧《空巢姥爷》

　　青年婚姻自作主，为何老年婚姻儿女来包办？空巢老人实可怜，将心比心也要把好事办！

　　昔日也曾枪林弹，献出青春献血汗；如今赶上好时光，就该成果享天然；凭啥幸福子女悬利剑？难道人到老年把罪犯？

　　幸福就是树上果，自打自摘莫迟延；子女如还体谅老人苦，就该拿个竹竿打果还！

2015 年 6 月 15 日

贤妻离去两周年祭

贤妻离去两周年，时刻惦念梦魂牵。你在那边可安好？心情可佳体可健？我知你获玉帝赞，教育女神列仙班；教书育神忙碌碌，又有嫦娥织女伴；只要不孤单，我就心放宽；心意虽相通，但却看不见；何日再重逢？是否很遥远？看来简简单单见一面，也是水中捞月难上难！

自从你走后，我心滚油煎；音容笑貌在，天天泪洗面；胸腔难撑持，仿佛要崩坍；这时我方体会何谓亲人，为何挂牵！谁说夫妻同林鸟，相依相恋又相伴；不求同富贵，但求共患难；大难来时肩并肩，生死面前色不变！人生之路难，生离死别尤心寒；早知死后心欲碎，何必生前相热恋！瑞霞啊，你可听见？为夫一日不得安，心痛欲裂魂难还！有空你就回家吧，咱夫妻久别重逢再团圆！

自从你走后，子孝女敬怜；每天来问好，膝前把语欢；常买心爱物，下厨起炊烟。你走一年后，我又住医院；胆囊来捣乱，结石逗我玩；子女守在床，日夜精心遍；住院十多天，康复把家还。你就放心吧，我从阴影已走出，无忧无虑欣欣然！

我的生活很圆满，读读报，玩一玩；写写诗，做做饭。三年写了一千三，现正出书还夙愿。你听之后定高兴，诗集浸透夫妻缘；我为你写了二百首，爱恋之情天地鉴！

愿你在天上天天高兴，日日平安，保佑全家康和健，耐心等我再团圆！

2015 年 6 月 25 日

母亲赞

—— 献给党的 94 岁生日

党是母亲我是娃，神州大地是我家。

高山峻岭是铮骨，平原大地乃身架；长江大河是血液，首都北京脑发达；高铁动车是筋脉，信息传输神经花。党中央是司令部，全国人民主人夸。

母亲生日到，孩儿乐坏啦！峥嵘岁月度，如今放光华；九十四年不算短，母亲成熟已长大。遥想年幼时，处处受打压；内忧加外患，死亡线挣扎；松柏样坚韧，杨柳般速发。追溯中青年，环境仍很差；内部运动总不断，外部帝修反相夹；经济建设受影响，人民生活很紧巴，直到改革开放时，母亲潜力焕然发；思想获解放，生产叫呱呱；山珍海味不算啥，枯树发芽开红花！

这一切，都是母亲管得好，儿女争光意气发。祝愿母亲康且健，复兴圆梦振中华！

2015 年 7 月 1 日

观电视剧《武媚娘传奇》有感

用了十多天时间，我从电脑上把96集电视剧《武媚娘传奇》看了一遍，十分震撼，感慨良多！特吟自由曲一首，以资留念！

女皇武则天，终生荡波澜。巧施四两千斤计，借力打力妙周旋。大唐朝庭，刀光剑影迷离悬；太子立废，血肉横飞鬼影翻；后宫争宠，阴谋诡计总上演。

少女武如意，进得宫来水晶般；双眸清又沏，天真又烂漫；视徐惠如亲姐妹，掏心晾肺心也甘；谁知徐惠如毒蝎，必欲除之尝夙愿。韦妃心更毒，处处设阱陷；杀人如乱麻，根本不眨眼。心机更深杨淑妃，表面含笑施手援；复辟大隋还心愿，颠覆大唐好江山。

太宗赐名武媚娘，面临更多大考验。流言蜚语满天飞，时刻有人把本参；内心如精钢，闯过一关又一关；此女不简单，须眉也难担。几次太子立又废，阴谋犹如雾霾般；杀人不过小楪菜，斗智斗勇破险关。

纵观一生武则天，雾霾遮天难见天；才智超群斗顽敌，拨开云雾见青天；终生尽风险，处处遇难关；夺关又斩将，一路凯歌旋；千古女皇巍然立，历史自能开新篇！

2015 年 7 月 1 日

观电视剧《怒放》赞赵关克

革命之花怒放，北伐之战发光。

豹子团团长，赵关克铿锵。对敌上战场，勇如豹子样；机枪怒扫射，喷火举双枪；敌人唰唰倒，冲锋如箭王。义肝侠胆眉不皱，危急救人不彷徨。堪称英雄孤胆，只身重围敢往；千军万马一人闯，面不改色胜称王。心上人儿俊罗麦，敌人数次耍花枪；巧取罗姑当钓饵，诱骗关克进罗网；明知山有虎，匹马只单枪；宁可开枪伤自腿，也要救人下山梁。

随着觉悟渐提高，迫切加入共产党。演出枪杀师长计，获敌信任入内方。成功举办全国会，必掀革命大高涨。只身了结恩怨事，策反全师追共党。赵团长啊，你是蹿山豹，浑身是胆量；你是真国宝，千载难逢将。

当代改革开放，同样急需干将。成事又担当，事业有保障。恭祝英雄耀千古，换来江山万代长！

2015 年 7 月 3 日

抗战赞

忆往昔，峥嵘岁月；看今朝。碧海蓝天！

时光追溯七十年，母亲遭劫烽火天！

腥风血雨，勇闯难关；气壮山河，地覆天翻！

东瀛强盗张血口，妄吞睡狮霸梦圆。卢沟桥上燃战火，十万雄狮欲吞天！华北危急狼烟滚，神州遭劫浊浪翻！军民齐携手，打狗屠狼愿；大捷平型关，下马威风贯！主席号召持久战，物质精神坏打算。阵前拼浴血，敌后大支援。什么游击战，地道战，战战使寇心胆寒；还有麻雀战，地雷战，战战令贼晕头眩！打得倭奴罗圈转，叫爹喊娘哭青天！惨造南京大屠杀，长江呜咽天人怨；炮制重庆大轰炸，嘉陵泣血巨浪翻！罪孽使到头，惩罚遭天谴！

伟大母亲遭劫难，英雄儿女奋向前！一场全民战，凝聚散沙团；东亚病夫去不返，睡狮醒来怒吼蹿；从此中国人民站，迎来浩荡艳阳天！合作共赢寰宇倡，不忘魔鬼欲翻天！

2015 年 7 月 7 日

老朽迷诗

人来天地间，不能空往返；总得有所念，方慰我心田。

老朽迷诗词，来得有点晚；已到古稀岁，方把盘子端。开始时，平平仄仄不认我，我也不知从何言；标语口号震天响，老干体式流笔端。心中急如火，紧把救兵搬：赶赴王府井，恭请良师还；网购稀缺籍，如饥似渴研；顿时聘来师三百，沐浴更衣洗耳恭听真解馋：诗要打比方，不能直着搬；笔底要生花，不能总概念；形象来思维，逻辑靠边站。试着写一写，果然不一般。笔底开始有活物，咏物也要人情燃。这是一难关，抛弃公文逻辑几十年；犹如新人再造脱胎换骨，内中艰难不可对人言！

现在是，尚未入门踏两边，不慎概念就捣乱；意象时刻放心间，下笔要有物，不能喊空言！

这三年，拼命撰，先过数量第一关，再求质量渐高原；诗词曲，一千三，首首皆是儿女还；先打草稿留个底儿，后请电脑存盘间；每期刊物投几首，如能登上心惬然：最近又要出诗集，留个纪念在人间！老朽度日月，眉开眼笑谢青天；能以诗相伴，不枉世上走一番！

2015 年 7 月 13 日

贺孙女依琳到杭州上大学

上有天堂，下有苏杭；人间天堂，杭州堪当！

孙女张依琳，聪明伶俐分外棒；每次考试前几名，廊坊一中全市重点就是不一样！这次高考五百六，浙江外院录取上，商务英语热门系，学好毕业有主张！

西湖岸边度四载，人变灵秀智慧强；知书达礼多稳重，人见人夸女中王！珍惜好时光，争分夺秒忙；下别人下不到的功夫，就能收获别人得不到的风光！

祝贺依琳：住上杭州房，吃上杭州粮，赏不完的杭州美景，逛不尽的杭州风光！首推西湖水，扁舟碧波上；再去灵隐寺，拜见济公求吉祥；三去六和塔，保佑苍生丰收粮！风光说不尽，慢慢游和逛！祝学习如同过大年，轻松愉快乐无疆！

2015 年 7 月 28 日

说人生

人生人生，谁能说清？扑朔迷离，如幻如梦！

我看人生，比喻而成；浅显易懂，形象生动！

人生犹如一场戏，戏中主角唱大风；生旦净末丑亮相，各显神通露峥嵘！

人生宛若一场梦，穷富贵贱都可能；有时上天当玉帝，有时入地扮鬼雄！

人生似宴会，酸甜苦辣滋味浓；甜时要忆苦，苦中奋然行！

人生如旅行，起点都相同；后来所以天地迥，智愚勤懒划分明！

人生又像诗词曲，庄重严肃诗扮成，典雅艳丽词立功，幽默风趣曲常逢！

人生又似长江水，咆哮平静各不同；平静之时如处子，咆哮之刻似蛟龙！

人生啊，人生，说了半天没说清；仁人志士众英雄，看齐要做主人翁！

人生路上，学松柏冬夏常青，学柳树遇土皆生；学芝麻开花——节节高升，学飞船上打电话——超高水平！

2015 年 8 月 15 日于时代广场

诗集发到家

十月怀胎，一朝分娩，呱呱坠地全家欢！老朽诗集怀四月，先天不足何忍看？一筐歪瓜裂枣，拙词笨句树藤缠！误诗友宝贵时间，入歧途罪过非浅！扪心自问，此为哪般？

弹精竭虑，用心血醮成诗篇；虽然难看，却犹如亲生儿女来到身边；谁的儿女谁不爱？且不可骄纵放任无法无天！儿女在家，心地坦然；一旦外出，提心吊胆；百人百性，怎么周旋？！唯一妙计，让儿女身心康健；登高山，过险滩；入绝境，步桃源；蹄疾又步稳，一步一层天！到此处，方领略无限风光，风光无限！

计划生育，对我放宽；继续生产，多多益善！每年新生几百篇，皆从脑中流笔端！别人不苛求，自身就要严！力争首首锦绣，篇篇灿烂，迎接华夏诗词振兴的美好春天！

2015 年 8 月 16 日

自 挽

人生本无常，不定啥时见阎王！虽说当今，年过七十已寻常，但大手术者则另当别样；元气已失散，毕竟非原装；六年如梭似箭，一晃今非昔样！还是早作打算，以免到时慌张！虽说人死他人挽，来个自挽也很棒！

老朽今年七十三，到了阎王不叫自己去的当儿；谁愿自己见阎王，还是继续度时光！纵观一生，坎坎坷坷逆流而上；既然没做亏心事，为啥命运之神横三竖四总拦挡？！

世人总平常，但谁经历过这样：考上大学不能上，合同五年又回乡；一次转正泡了汤，二次转正才周详；四次遇难险还阳，一个人有几条命供哄抢？若非老朽有口气，稍一含糊早就见了阎王！

老朽胸中这口气，就是让人看看我到底怎么样！是比别人少个鼻子短双眼，还是缺了心肺少挂肠？是比别人愚笨顽劣，还是黑了心肝烂了肠？是比别人坏事做尽，还是肆无忌惮丧心病狂？

老朽自认上述非也，是比正常人还正常！一生律己严，丝毫不张狂；竭尽全身力，心红血满腔；尽为他人想，自身放一旁！

时到今日全想开，早走晚走一个样！但是原则不能放，好坏忠奸要清爽；宁做岳飞断台上，不当秦桧万年长！这就是我的自挽词，只待吉时拜阎王！

2015 年 8 月 17 日

东北抗日联军

倭魔凶残，罪恶滔天！霸我东北，生灵涂炭！

白山黑水，林海雪原；江河怒吼，群山狂暄！

支支抗日游击队，发芽成长开花延；最后连成一片片，万紫千红花满园！犹如神兵天将，神出鬼没扫狼烟；宛若雄狮转移，一阵狂风到眼前！打得日寇晕头转，不知东西南北地和天！

杨靖宇、赵尚志、周保中、李兆鳞，个个堪称英雄汉；民族英雄赵一曼，精钢打造敌抱憾！组队伍，做动员，敌人巢穴连锅端！吃树皮，吞絮棉，靖宇胃中不忍看；钉竹签，身过电，一曼牙碎渡难关！真比长征还艰苦，又胜南方游击战！东北父老扛起天，抗日联军宏图展！今日生活甜如蜜，不忘英雄苦战换新天！

2015 年 8 月 25 日

不能忘却的抗日英烈 4 首

杨靖宇

天当房子地当炕，野菜树皮当食粮；冻饿而亡胜战死，抗联精神大发扬！

白山黑水，雪寒冰光；日寇围剿，气焰嚣张！

贼倭寇，居东洋，悍然侵华强盗当！杨靖宇，领头羊，带领将士赴沙场；东北抗联钢铁汉，怒火满腔屠豺狼！打得倭魔肝胆丧，纠集重兵为灭杨；长途行军巧周旋，分散攻敌鬼怪亡！

春秋时光尚好熬，一到寒冬如何挡？无编制，无给养；狂风吼，暴雪降；缺衣无食，手脚冻伤；零下四十度，大树冻得嘎巴嘎巴震天响；血肉之躯赛精钢！

到最后，靖宇一人拖敌狂；连续周旋五昼夜，胃中只有树皮草根棉絮装！中弹毅捐躯，敌寇解剖详；胃儿缩一团，没有一粒粮！连敌酋都拇指翘，大大的英雄，中国不会亡！

想杨君，心震荡；喉哽咽，泪盈眶；悲痛余，化力量；事迹虽难学，精神要发扬；艰苦奋斗似长江，滚滚东流后浪赶前浪！作为烈士子弟，我更要学英烈，图自强；凡事作表率，夕阳变朝阳；把母亲打扮得鲜花样，使鬼子东洋内心痛，愧断肠！

七十多载眨眼过，英烈精神铸辉煌！抗日先烈记心上，复兴大业阔步闯！

2015 年 9 月 3 日

赵尚志

白山怒吼，黑水咆哮！雪原林海，龙吟虎啸！

东洋小鬼子，本性是强盗；占我好河山，杀我好同胞！英雄赵尚志，怒火满腔烧；率队战顽敌，屡屡捣寇巢！

赵君也曾三入狱，宣传革命意气豪；敌人气急败坏多尴尬，发动狱友把狱逃！

对敌伪，游击战术智和巧；化装伪军大摆摇，一天端掉四个局所百多枪炮；敌人惊叹"小小满州国，大大赵尚志"，多么可笑！

对百姓，爱民如父老，买东西必给钱票；处死汉奸万人恨，父老拍手称快拇指翘！

对战友，似手足；让好马，穿破衣，浑身油渍脸灰瞧；腰疼疲乏睡火炕，自睡地铺气自豪！宛如亲兄长，将士展翅翱！

不慎铸大错，敌特混进瞄；中弹流血犹开枪，处决敌特昏迷被捉到；突击审讯斥敌酋，咬牙切齿骂贼僚；敌人佩服有尊严，眼喷怒火身躯倒！牺牲之际三十四，泰山倾倒震敌枭！

如今满园好春色，万紫千红分外娇；缅怀先烈长志气，珍爱和平我自豪！待到复兴实现日，盛邀英烈举杯痛饮醑滔滔！

2015 年 9 月 3 日

左 权

　　清漳呜咽，太行腰弯！悼念人民的儿子左权，痛惜他的壮烈牺牲给革命造成的重大遗憾！

　　科班出身，善于钻研；勤于思考，见解卓然；既有理论，又善实战；总在第一线，指挥很圆满；多次粉碎敌围剿，闻风丧胆敌逃蹿！

　　协助彭总太行转，与敌周旋妙计献！泰山压顶不动摇，太行浩气千古焕！

　　为什么一个高级将领死在前线？！他把拯救民族危亡装在心间！他才华横溢，智勇双全；他心怀百姓，作战勇敢；他是一个不可多得的天才指挥官，他是一个救民于水火的优秀指挥员！

　　英烈洒热血，换来万紫千红百花园；我们缅怀先烈，就是维护和平迎明天！

2015 年 9 月 3 日

赵一曼

赵君一曼，千古圣贤；钢牙铁嘴，铁骨钢肩；白马红衫，杀敌灭顽；冰天雪地，肚空无眠！

群山作屏障，众水可撑船；林海为掩护，雪原巧周旋！打得日寇地昏天，只好围着磨台转！

不幸被敌抓获，惨遭极刑摧残！什么竹签铁签，什么烙铁烫胸前，什么辣椒水汽油灌，什么电遍全身筋缩短！肉体痛苦牙咬碎，理想信仰大如天！

现如今，抗战胜利七十年，缅怀英烈继先贤！赵一曼，代表英雄千千万；正向我们走来，笑容满面，鲜花一般！我们这些后辈，怎能无动于衷不受染？！我们要，接过英雄接力棒，热血沸腾建家园；请先烈，天上看，神州大地换新颜；全面小康早实现，复兴大业早梦圆！

2015 年 9 月 3 日

烈士子弟更自强

姜庄子斧头战，中外闻其名。里应外合惩寇凶，战争史上辟蹊径。擎天巨斧举起，鬼子脑浆四迸；来不及鬼哭狼嚎，即已痛快赴冥！痛歼东洋二十多，缴获枪炮我军用！战斗只付一代价，勇士张广寿不幸牺牲！

说起张广寿，智勇有其名；担任第二组长打先锋，闯敌营首当其冲；只因手枪卡壳误了事，才被鬼子开枪丢了性命！

至今我难忘，心中隐有痛！大叔未谋面，只闻霹雳名；听奶奶说起过，大叔牺牲我还未出生；从小就自豪，以叔为准绳；与命抗争多半生，从不屈服斩关夺隘死里逃生！

值此胜利日，我心最激动！锦绣江山一铁桶，先烈抛头颅洒热血换来百姓富康宁！我要更自强，不辱英烈名；晚年焕异彩，用笔打冲锋；描画祖国腾飞日，雕刻神州大复兴；直到偃旗息鼓那一刻，带着厚礼见大叔，心不跳来脸不红！

张景茂泣笔

2015 年 9 月 3 日

中国人民抗日战争暨全世界反法西斯战争胜利 70 周年纪念日

阎肃赞

"蜂儿酿就百花蜜，只留香甜满人间"；"白云为我铺大道，东风送我飞向前"。这是阎肃的写照，也是对他的点赞。

空军有个"阎老肃"，活跃军中出金点；智多星，百宝囊；是通才，活字典；德艺双馨，社会典范；才思泉涌，戏舞翩翩！每年排春晚，智慧喷泉现；常年跑军营，战士亲老阎；从来未收一分钱，一盘饺子心中甜！《党的女儿》激壮志，《江姐》感人肺腑悬；《祖国颂》，《回归颂》，赞颂母亲赏慈颜；路在何方引思索，军营男汉劲头添；风花雪月呼啸过，青春起舞血在燃！颂英烈，咏家园；唱时代，作奉献；人品好，经考验！八旬老翁似小伙，热播《军营大拜年》！

阎肃不严肃，整天笑开颜；是个老顽童，童心比少年；见了环卫工，问好身微弯；到了大厨房，炒菜上下翻！众人主心骨，有他心放宽！银燕空中舞，全国大联欢！

祝愿阎老身康健，艺术翅膀苍穹展！

2015 年 11 月 28 日

英模赞歌

神州自古出英雄，一代更比一代红。灵魂化作保护伞，护佑天下众苍生。

模范英雄，与众不同；模范英雄，可歌可颂。

生死关头，义无反顾不惜命；危急时刻，挺身而出往上冲；面对弱者，伸援手助人为乐；坚守岗位，创奇迹练就精英。

抗震救灾第一线，出生入死一阵风；救人可以连轴转，哪顾疲劳和生命；灾民波动多疏导，心理转变才算赢；恢复重建任务重，抢先奋斗打冲锋！时刻走在最前列，车头呼啸万里程！

我们赞美模范，我们歌颂英雄！英模之花遍华夏，迎来理想奔大同！

2016 年 4 月 12 日

防震减灾抒怀

地壳是个调皮蛋，翻个身来抖三遍。抖过扔脑后，人类闹翻天！山崩地又陷，太平起狼烟；楼倒屋又塌，人埋墟里边；又发泥石流，道路被阻断；断粮又断米，断水又断电；居住无处所，家破人又散；一片狼藉不忍睹，人类史上大劫难！

恶魔残暴人有缘，一方有难八方援。中枢发号令，防震减灾法规颁；条条复款款，铿锵有力雪中炭。地震发生有预案，有条不紊心不乱。为使科普人人晓，广泛发动搞宣传；展览图片放电影，印发册子保安全。三军在待命，令下急驰援；全国一盘棋，重任担在肩。从未见，神州大地坚如铁，宛若石榴抱成团；应欣慰，党群连心如鱼水，危难之中真情现！

党是母亲很慈爱，人民做儿喜如愿。一切为人民，党的目标观。不仅看纲领，更要看实践。地震发生后，中枢急定盘；风尘仆仆总理到，步履匆匆细察看；问讯三军到位否，又问救人何困难；紧急召开群英会，集思广益战凶顽。

人民子弟兵，钢铁长城誉满贯！救灾赴一线，危险地段抢在先：救人扒废墟，不顾性命往里钻；疏通被堵路，清石理泥汗水淹；为患作手术，解除痛苦施仁还；运送救命物，满是灾民吃和穿！中华好儿女，与父老乡亲血相连、命相牵！

大批志愿者，四面八方解难关；有的扒废墟，十指流血仍在干；有的送粮米，实现民以食为天；有的救伤员，含泪忍痛精心看；有的洒药水，防止大疫来捣乱！

公仆为百姓，心操碎，力使完，三天三夜不休眠；眼布红丝皱纹陷，痛失亲人泪肚咽；重在救人急，争分夺秒抢时间；规划新蓝图，灾后重建新家园；君是中流砥柱坚，令人感佩奏凯旋！

从中央，到地方，从群众，到党员，万众一心斗魔鬼，并肩携手战凶顽。胜利在招手，人民尽开颜；全面小康指日待，华夏复兴美梦圆！

2016 年 4 月 15 日

母亲之歌

我是小草低柔弱，党是大树高参天；我是儿女不懂事，党是母亲才识全。

漫漫征途，风刀霜剑。涉激流，过险滩，不愧钢铁英雄汉；经坎坷，历危难，百炼成钢凯歌还！

防震减灾，母亲心愿；心装父老，关注危安。调查研究多论辩，制定法规作指南；预防为主，防救结合，指导方针终不变；规划蓝图，切实可行，监测预报要周全；地震灾害提前防，建筑达标最关键；应急救援似网络，救人交通要圆满；过渡安置和重建，百川归海大团圆；加强监督和管理，监察审计和水电。防震减灾，系统攻坚；党要抓总，远瞩高瞻；人民需要和愿望，就是党的真志愿。

只有在中国，才有这样的奇迹和完善；只有共产党，才有这样的胸怀和远见！我们说，没有共产党就没有新中国，这决非空洞口号而是光辉的实践！让我们团结在党的周围，纵横驰骋不下鞍；为了幸福好明天，献出青春献晚年！

2016 年 4 月 15 日

丁芒、樊玉媛老师赞

大漠广无边，百里无人烟。骆驼踏地狱，终逢甘清泉。

田野长荆棘，荒凉不堪言。老牛耕日月，功劳大于天。

苦黄连，尝新鲜；天天吃，烦不烦？泰山压顶怎喘气，苦海无涯何是岸？诗人苦，知识贱；你有才，他妒念；置之死地而后快，踏上一脚泄私怨！

爱的荒原，身心熬煎；诗业凋零，港湾冰寒！眼前忽一亮，浮出美婵娟；温柔又体贴，心红志更坚；坐狱她送饭，流放她陪伴！人生得知己，难上又加难！晚岁贤妻来厮守，修炼千年终团圆！

读传记，泪花现，看到衔冤哽难言；自由曲，刺腐贪，痛快淋漓猛拍案！

贤伉俪，心相依，手相牵，快乐幸福度晚年！奉劝老师悠着点儿，过度操劳身心倦！

待到复兴花怒放，身居高处笑声甜！

2016 年 4 月 28 日

自理自强　有滋有味

古稀稍纵又四年，心态年轻活力添。脸上皱纹日渐少，头顶白发返青颜。

晨早起，网上观，全球大事亮眼前。超级大国操寰球，谁不听话制裁惨；亚非拉美兄弟热，亲亲密密大支援；东瀛小子总挑事，钓岛南海闹不断；中国崛起第二位，理直气壮握有发言权。国人长志气，腾飞宇宙间；老朽亦紧赶，不进则退焉。

老来无啥事，写诗填词心头欢，太平逢盛世，新鲜事不断。注入真情感，武艺十八般；个个婴儿欢蹦跳，行行诗句上青天！一晃四五载，幼苗结果繁；唐诗三百够七本，歪瓜裂枣一小船。非是自家孩子自家爱，毕竟孕育怀胎太艰难！诗集诞一本，姐妹心相连；老二老三已怀孕，火候一到来世间；到那时，姐妹三人手相牵，共同孝敬老父贤！

现在是，光杆司令自由仙，一人吃饱全家圆；吃饭自己做，样样透新鲜；想吃饺子现成煮，欲食馅饼京隆搬，稀粥就喝营养粉，白菜茄子蒸面烂。衣服自己买，合身万般全。每天散步逍遥乐，广场公园逛几番。心态出奇好，梦中笑开颜。兴之所至首都逛，西单府井挑书欢；来去高铁动车坐，尚未坐稳一袋烟。真正是，自由自在身心爽，心眼一动立成仙！

半生坎坷倒霉蛋，石磙上山腰压弯；老来掉进蜜糖罐，呼风唤雨任情愿；生活有滋又有味，老朽真想再活他五百年！

2016 年 10 月 5 日

祭妹文

张帆远航，素朴安详，英姿倩影，赞美荣光。

古稀稍纵又一载，苦辣酸甜亲自尝；苦巴苦掖沧桑历，甜蜜欢颜笑开腔。

生在贫苦家，从小就奔忙；上学让兄长，协母操家常；洗衣做饭学针线，炎夏收麦秋打场；任劳又任怨，高风亮节扬；兄谢妹劳苦，快乐赴天堂！

婚后方长大，风霜雨雪亲口尝：家庭负担重，全身支撑鼎力扛；养育三子女，没日没夜盼栋梁；巧手勤梳理，井井有条清新妆；夫君进步快，转眼升局长；芝麻开花节节高，从此苦汁变蜜糖！

操持家务乱麻样，吃穿用度心中装；全家要饱暖，冬暖夏清凉；招待客人陪笑脸，夫唱妇随多欢畅；儿女嗖嗖长，教育也有方；个个出息都争气，自强孝顺日月长！

长年操劳身有恙，多种病痛伴身旁！打针服药输液治，精心调理不彷徨！全家多关切，守候在病床；嘘寒又问暖，寻医取药忙；仁至义又尽，病魔终不让；如今驾鹤去，解脱俗世缰！

祝愿贤妹放心走，乐享幸福拜玉皇！待到神州梦圆日，天上人间举杯欢庆醉舞狂！

2016 年 10 月 20 日

兄长景茂泣挽

贺王滔付航新婚自由曲1首

孝父母

天下父母贤，苦巴苦掖甜，儿女长大笑开颜。期望汗水为国洒，称雄百花园。

乌鸦反哺前，羊羔跪乳欢，孝顺父母理当然。再忙回家看一看，双亲白发添。

张景茂

2016年11月12日

我市提前供暖

天公变脸庞，雨雾凝成霜，提前四天供暖房。财政补贴民心热，鱼水和谐翔。

室内暖洋洋，直往肺腑藏，儿女感念慈母祥。膘着膀子流血汗，复兴硕果香。

2016年11月12日

公交车免费乘坐

煤改气工程，全市统一行，开膛破肚手术精。线路阻滞绕道走，公交免费乘。

数月未完工，财政奋力撑，不到长城不收兵。造福百姓送温暖，饱含公仆情。

2016 年 11 月 13 日

为优秀电视剧《绝命后卫师》点赞 10 首

观看《绝命后卫师》受益良多

荆棘布长征，红旗血染成，前辈肉躯挡炮轰。敌军残暴胜魔鬼，虎逃狼遁形。

我辈新长征，信念比钢硬，汗水流尽青松挺。天朗气清百花放，天上人间庆。

赞师长陈树湘

目光如电行，智谋赛孔明，以弱胜强次次赢。激励弟兄如猛虎，敌寇心胆惊。

中央在远征，护佑殿后撑，钢师铁旅若蛟龙。绞断肝肠感天地，万古留英名。

英雄战士赞

（一）

结彩又张灯，婚礼热闹隆，新婚三日投军行。冲上前线射白狗，木子李英雄。

雄哥大刀擎，玉妹施武功，打得敌寇无头蝇。伉俪双双洒热血，震撼鬼神惊！

（二）

打虎亲弟兄，上阵父子兵，爹智儿勇俱英雄。为保赖家香火续，师长妙计生。

哥仨同当兵，杀敌双眼红，老二带病先牺牲。大哥震聋洒热血，三弟勇冲锋。

女兵赞

许婷医疗兵，救死扶伤情，精心护理苏达清。理想开花结伉俪，红苗破土生。

满玉男装兵，随夫前线行，枪击腿蹦屡建功。使命中央名单送，湘江炮永生！

跑步行军

以一赢十艰，跑步超车撵，草鞋泥腿铁脚板。一夜行军二百里，望红敌兴叹！

红军钢铁汉，路虎总相伴，以少胜多奇迹现。跑步跑出新天地，致敬英雄赞！

为白狗画像

大军五十万，飞机枪炮弹，师团各有如意算。你战我观冷眼觑，树倒猢狲散！

蒋某毒辣险，"共军誓全歼"，装备精良有美援。失去人心成孤岛，悲哉泪掩面！

红白对比

红军抱成团，生死在一线，革命理想高于天。只剩一人拼到底，可歌可泣赞！

白狗小算盘，保存实力前，打仗只为爱银元。飞机大炮炸讽刺，惨败理当然！

战争奇观

双目瞪幽灵，枪弹暴飓风，浓烟烈火一片红。白狗颤抖乌龟缩，杀声震天隆！

十七三小兵，杀敌打冲锋，师长断留革命种。全师壮烈鬼神泣，老天热泪涌！

红军赞

为民战蒋帮，肋生双翅翔，孤军屡胜凯歌唱。野菜步枪摧大炮，神兵从天降。

今日新辉煌，仍效红军样，出力流汗一根肠。中华园里松柏韧，英烈笑声朗。

2016 年 11 月 16 日

东方巨人

　　百花齐放赤橙黄绿青紫蓝,千鸟争鸣天籁盈耳多宛转,万马奔腾激战犹酣开新宇,亿民欢唱共颂神州美梦圆。天山起舞,黄河宣言;长江亮嗓,雪域浪翻;火箭飞船,太空过年;中华儿女,热泪笑颜!膀大腰圆有分量,万国享有话语权;东亚病夫见鬼去,东方巨人立穹巅。文明古国铁树开花异果献,地球村里方案出炉凯歌还!

2016 年 11 月 19 日（老朽 73 岁诞辰）

优秀电视剧《长征大会师》观后

　　忽喇喇开天辟地远征行,喜滋滋千难万险笑脸迎,客气气围追堵截大军送,志昂昂红军英雄降神兵!

　　湘江血溅,中华儿女折兵将;四渡赤水,用兵如神谋略高;勇攀雪山,战士冻死交党费;奋过草地,七天七夜泥水腥!环境恶劣蒋军迫,党内又出新斗争:有人结派搞独立,拥兵自重野心膨!中央向北他向南,自立中央要蛮横!朱老总,刘伯承,挺身而出勇抗争;保红军,存骨干,想方设法壮革命!

2016 年 12 月 15 日

奉劝被救反诬者

老人如枯树，风吹枝易断。老人过桥多，经历曲又弯。正因如此应达观，不可恩将仇报还。

有的老人腿脚乱，遭遇车祸四体瘫；爱心人士前往管，拨打急救送医院；醒来睁眼即手指，是他撞我定不偏。有口莫辩惨，世有公理然？

时代在巨变，人人青春焕；不但口袋鼓又鼓，脑瓜也在变观念。谁不知，滴水之恩涌泉报？却为啥，蛇活反咬农夫惨？人的一生殊不易，如此怎对油醋盐？

被救反诬人，深思反省然：救君一命前世缘，感激涕零恩人唤；要给子孙树样板，不可自毁长城后悔晚！

2015 年 5 月 21 日

轿车侵占人行道

神州经济火箭蹿，全球第二总量翻。轿车如海波涛滚，各行其道颇自然。

有车蹿上人行道，风驰电掣魔鬼般；赶得众人连天骂，左躲右闪迷藏玩。有车停人道，俨然霸主般；行人东西南北绕，苦不堪言骂苍天！

世上有规则，才有秩序言；如果胡乱搞，天下将大乱！

月球绕着地球转，固定轨道不能偏；地球绕着太阳转，规规矩矩年复年；如果随意任旋转，整个宇宙将翻天！

遵规守矩是天然，各就各位天下欢！

2015 年 6 月 14 日

可恶的骗子

　　大千世界，既有香花，也有毒草；凡人世间，好人多，坏人也不少；特别是那些骗子，给善良人造成多少苦恼！

　　有的拐骗孩子，使一个家庭陷入无尽的煎熬；有的骗取钱财，给当事人带来经济精神上的巨大袭扰；有的骗取感情，使受害者精神崩溃自杀脱逃！悲剧真不少，骗子在逍遥！千刀当万剐，心头恨难消！

　　善良的人们啊，可要万分精到：凡事宜谨慎，不可差分毫；害人之心不想，防人可要智高；尤其陌生人，不可打交道；拒之千里外，心内警钟敲！吸取惨教训，不可悲剧瞧！

　　政法公安加力度，要把骗子当重标；志坚如铁手要硬，严打一个惩千遭！

　　男女老少皆警觉，蛛丝马迹也要瞄；人人充当侦察哨，法网恢恢哪里逃！

　　神州美，阳光照，百花盛开多妖娆；雾霾扫清蓝天丽，百姓安定江山娇！

2015 年 6 月 15 日

说灾道害

灾害千万，个个难缠；灾害万千，代价如山！

说起灾害，各有特点；性格独特，各呈奇观！

有的性如烈火，有的冰冻雪寒；有的干旱地裂，有的波浪滔天；电闪雷鸣天震怒，雾妖霾怪辨不见；连阴雨，稻禾倒地新芽现；冰雹倾，遍地鸡蛋不卖钱；蝗虫扫荡如席卷，恶鼠扑来瘟疫燃；山崩地陷鬼神惧，海啸山呼肝胆寒；厄尔尼诺暖冬变，龙卷台风天闹翻！

灾害个个如魔鬼，面目狰狞神通显；惹不起也躲不过，必须面对把身翻！

首先把脉熟脾性，知道能吃几碗饭；饭量大的下本厚，饭量小的少出钱。

然后对症来下药，制定减灾大预案；能减则减科学践，变害为利更乐观。

群策群力齐上阵，打虎拍鼠手不软；乘风破浪驾云雾，挟雷电叱咤旋！

可想见，化敌为友靠手腕，变害为宝凭实践。总有一天，灾害魔鬼变益友，服务人类俯首还！

2016 年 4 月 16 日

反腐谣

打虎拍蝇，猎狐行动，号令一动刮飓风。贪官污吏丧家犬，胆颤心惊。
雾霾扫净，日丽月莹，神州处处百花浓。清风吹遍人心暖，万马奔腾。

2016 年 11 月 5 日

买　房

百姓想买房，难于上穹苍，天文数字举头望。求爷告奶八方借，（竹）
篮（打）水空一场！

贪官欲要房，上下嘴唇张，百八十套送身旁。二奶小三别墅住，难逃
大法网！

2016 年 11 月 9 日

贪官曲

自诩"公仆"名，实则暗分红，国库钱粮任纵横。搂进亿万犹嫌少，吞天欲望盛！

猛虎带狐蝇，网网不留情，翻江倒海霹雳惊。小小寰球哪里跑？趁早自首鸣！

2016 年 11 月 10 日

贵人篇 92 首

贵人篇序

贵人在身边，万事凯歌旋。

我身遭水火，贵人抢先援；先后捡几命，恩人长寿延。我逢疑难事，贵人解惑援；山重水复疑无路，柳暗花明度难关。

知识之钥谁赠予？恩师多位无私献；既教知识又育人，园丁辛苦我感念！白发又童颜，开心度晚年！

同学朝夕处，手足情深缘；兄弟姐妹同闯关，终生难忘好梦圆！皆临夕阳巅，余热身心燃！

领导尊为亲父，引路领航带牵；花园初进双目观，浇水捉虫花艳！

工作一同干事，责任一起承担；互帮共助新风展，大好风光无限！

服务四十载，如今归田园；吟响平平仄仄韵，翻开册册书书言；脚踏神州大地，眼观华夏河山；夕阳红遍西山艳，翌日朝阳再现！

2015 年 3 月 20 日

恩人 6 首

马志英

　　我村温辛杨，村南卧坑塘。雨季波涛满，群鸭水上翔。本人八九岁，好奇心儿强：追逐鸭戏耍，不觉陷汪洋。幸有小辫水面荡，群童连喊"救人"忙。恩人闻讯飞行至，三把两下脱衣裳。跳入水中奔小辫，连拉带拽抱岸上。肚腹如鼓胀，口中吐黄汤。待等肚皮瘪下去，眼睛一睁还了阳。恩人给我第二命，我祝恩人乐天堂！

2015 年 3 月 20 日

李益年

　　同村李益年，县府作大官。为人热情似火炭，扶困助人解危难。本人大学未能上，皆因父母家境艰。六三大水如猛虎，扑将过来灌文安。满目狂风舞，浪涛水连天。父老无柴点，只得买煤燃。虽有文化没人荐，公家也似险峻山。兄长益年亲出面，安排小弟卖煤炭。从此披肝沥胆干，月月先进重担担。没给恩人丢脸，反而增光开颜。人生路上贵人助，恩人长寿享天年！

2015 年 3 月 21 日

李哲英与李秀芬

哲英秀芬好姑娘，品行纯洁貌端庄。同学兼大姐，一片热心肠。为我拉喜线，给我当红娘。介绍瑞霞贤良女，一见钟情永难忘。亲陪拜岳父，老人朴实又善良；徒步临学校，恋侣勤俭且芬芳。何德何能穷小子，手捧明珠泪盈眶。从此后，鸿雁传书解思苦，一旦见面胸滚烫！俗话说，欢娱嫌夜短，苦难度日长。熬过半年漫漫路，欣登幸福婚殿堂。相濡以沫半世纪，蜜糖罐中度时光。如今贤妻已驾鹤，想起芳容倍断肠！若非红娘眼光好，也无老翁自在王！祝愿大姐身心健，中国梦中迎曙光！

2015 年 3 月 23 日

孙锡武与任恩铭

　　锡武任恩铭，柳河好园丁。精心培桃李，参天大树擎。想起六四倾盆雨，不由重唤心动容。当时卖煤租屋破，百年瓦房老龙钟。夜间突降天河水，轰隆一声地流平。老翁正懵懂，只觉双脚疼；屋顶覆成伞，将我砸其中。急喊快救命，跑来二园丁。狂风暴雨扒残物，将我拉出虎牢笼。登上教学楼，暂喘气难平。传来声声轰隆响，又有十家房倒平。我随园丁去营救，拐着瘸腿艰难行。

　　再说同事戴瑞明，普查人口到基层。他的床铺砸两半，幸免于难多侥幸！想起恩人心潮涌，再生父母盼重逢。祝愿二位多长寿，尽享盛世晚照红！

2015 年 3 月 24 日

甄文俊与黄文

白衣天使，上天所派；救死扶伤，对民关爱。

住院因心梗，医护笑脸迎。重症先监护，查体各室行。

二位医师品高，刀功技艺尤妙。待各项均达标，这才开胸动刀。

先是麻醉迷人倒，体外循环施巧招。手术漫长九小时，二人轮换气自豪。大功告成启心脏，两次失败如何好？

医师拿不稳，出外家属明：第三次再不成功，病人只有两天程。儿女脸色突变样，贤妻风心犯了病。这边顿时乱了套，室内又传喜讯红：启动三次获成功，悬空之心才落营。

医师累得弯了腰，护士残局收拾好。安排夜餐请入席，餐后就地眯一觉。谁想到，深夜渗血湿纱布，误认出血又开刀。满头大汗折腾完，这才发现误判了。

术后出奇事，医护没准章：血栓侵犯钻腿内，血养来时口难张。一天下来肚腹饿，一到餐时厌饭汤。医师查遍中外籍，从无记载近荒唐。只得出院家调养，一月过后转正常。

京院住月半，奇迹开了眼。多谢医护关照，捡回小命逍遥。回想往事心感动，一路顺风恩人行！

2015 年 3 月 25 日

刘宗群

又添一恩人，君乃刘宗群。

主编刘宗群，真是大好人。为友肋插刀，危难送炭勤。心胸多坦荡，水晶照亮人。

从小即写诗词曲，一举成名天下亲。九州游人遍九州，诗人精品真诗人。

老朽识君两年半，关怀备至胜十分。慨然接我入学会，妙语真言将我熏。讲台飞神采，诗词生花魂；书法圆又润，养眼格外馨；精心编刊物，心血稿上寻。我乃初生老牛犊，瞎碰乱撞不入门。苦口婆心掰揉碎，耳提面命授真文。诗词对仗准，词语特来神；历史信手拈，典故随口论。比我年轻二十载，我做学生不够份。想来真惭愧，起步悔晚春。学习更吃力，记忆犹迟钝。为励我上进，每期上稿勤。欣喜知自短，埋头更发奋。

使我更感者，出书操持亲。三番激励苦，联系出版人；教我具体事，为我审稿勤。一片真心昭日月，满腔热血润诗魂。

我乃幸运神，得遇真贵人。加上自身劲，微果或可云。老牛负重再加鞭，夕阳落下朝阳喷。祝君体健精神振，百尺竿头扬诗魂！

2015 年 6 月 5 日

老师9首

井濂凤老师

中学时光实难忘，生龙活虎学有方。文安中学井濂凤，不让须眉能力强。精明又强干，办事不带汤。教学呱呱叫，板书燕飞翔。身长婷婷立，亲切又大方。对待我们妈妈样，苦口婆心不张扬。大龄不婚配，一心工作上；操心又操劳，心碎体又忙。如今想起真惭愧，愧对老师好心肠。唯有祝愿身康健，长命百岁笑夕阳！

2015年4月19日

姬殿魁老师

班主任，姬殿魁；心火热，意气飞。班上学生四、五十，大事小情随时追。爱生如子女，管班似军队。一人挑大梁，独立撑巨桅。有条有理工作顺，卫生考核总夺魁。又似大兄长，我们如弟妹。红红火火一家亲，心中畅快吐蓓蕾。多年飞逝过，想念如燕飞；何时再见面，不得轻易回；衷肠尽情吐，晚照声里归！

2015年4月19日

刘兆峰老师

浓眉大眼刘兆峰，说话干脆板钉钉，从前中学当教师，后在师范校长荣。我们第一届，格外受关重；对我尤重视，典礼发言情；后建团支部，支书让我承；我荐年轻者，这才勉罢兵；又组班委会，班长由我冲；党添新血液，培养陈宝同；评选三好生，榜上有我名。凡此种种事，校长点我兵；终生不能忘，传统犹继承。祝愿体健身长寿，乐享太平望复兴！

2015 年 4 月 20 日

苏向华老师

教导主任苏向华，兢兢业业心血花。十年树木常青绿，百年树人豪情发。巧排师授课，妙布生之家；突查卫生事，常听教师言；组织观摩会，举办文艺沙（龙）。一腔热血育师资，两袖清风境升华。教育先行铿锵响，大批园丁意气发。劝君悠着点，别把身搞垮；尤其保护眼，使她放光华；畅享改革新成果，健康长寿绽红花！

2015 年 5 月 1 日

齐之强老师

躯如关羽金刚身,声若洪钟传令神;板书龙飞又凤舞,细观字字清秀魂;口吐莲花迷学子,情如烈火感幼林。

齐老师,班主任,快刀乱麻日日新;小葱端来拌豆腐,一清二白不容混。齐老师,又课任,教育心理史地耘;听课犹如相声演,书文并茂提精神。

人生遇良师,真乃奇迹寻;一生终难忘,时时总感恩;学习恩师精气神,为我所用献晚春!

2015 年 5 月 4 日

张玉芝老师

　　身体虽有恙，心态好风光。老牛乐负重，老骥赛疆场。蚁儿觅食驮泰岳，蜂儿采蜜飞远方。如履薄冰备课慎，如临深渊阅卷忙。担任班主任，母亲抚儿郎；冷暖心上顾，优劣胸中装；进步君关注，落后君相帮。工作效率如闪电，五十作业顿饭昌。婆心苦口掰揉碎，古道热肠暖胸膛。君教代数老生谈，却像新陆初发样；课堂如数家珍授，自习如影随形亮。恩师对我更关照，经常询问个别帮；详解习题疑难释，开导思路见曙光。敬业不分昼和夜，爱生哪管女和郎。

　　分别多年后，不晓师怎样？真想再晤面，亲自聆师详。唯愿：枯树开花结果旺，夕阳虽西下朝阳升东方！

2015 年 5 月 6 日

苏光洁老师

精力源源不断，才华滚滚滔天；授课利索干脆，板书铿锵自然。听课是享受，接触更有缘；话语简而练，待人亲又圆。曾任我班班主任，有条有理有序然。学生皆民师，如今学生扮；从前尽管人，如今被人管；心理难接受，表面不自然。光洁老师堪大度，顺其自然点一点；借助学生管学生，站在岸上心中甜。年轻又才广，前途不可限；祝君快马再加鞭，勇站潮头尽开颜！

2015 年 5 月 7 日

刘宏华老师

宏华与我有奇缘，前后角色变三变。龙街中学我为师，她是学生善钻研；黄甫中学当校长，她是老师共患难；文安师范我成生，她反成师站讲坛。世事多沧桑，不知如何变？万事不离宗，做人要友善。角色既然变，适应面向前。

师范学习八三年，年届不惑重负担。宏华政治讲得好，可见功夫深有源。加之谦虚会体贴，容貌秀丽嘴又甜；深得学生钦和佩，每天微笑鲜花般。在她心目中，我们永有师生缘；在我心目中，一日为师父母还。她对我尊敬，我对她钦羡；有事常问我，仍是学生般；我常请教她，也是学生般。真有传奇性，珍惜作纪念！

过去三十载，物非人也变；几成老年人，往事已如烟。愿老师青春永驻花容貌，虽临夕阳不下山！

2015 年 5 月 7 日

任小玲老师

又是奇缘事一桩,听咱慢慢道其详。

古洼大地出奇迹,古镇苏桥美名扬。只因景才老同学,诚信经营百里乡;个协主席当多载,只要一提响当当。

奇缘出在女儿身,颇有大家闺秀样。我的老师任小玲,师范教学勇担当。年轻热情溢,干事利索强。按说应叫我大叔,但学生身份要好当。老师也要当,学生更要当!

老师年纪轻,乐于助人忙。河北振兴答题赛,量大题难费周章;老师托友助臂力,换来最后二等奖。

性格又开朗,教学质量棒;学生均爱戴,工作又有方。前途无限好,老师志高昂!

祝愿老同学,事业辉煌体康健;祝愿小老师,天天进步向前方!

2015 年 5 月 10 日

同学 14 首

马瑞英

君住村中间，我居村东边。同上一所校，同念一个班。共同执掌班委会，大事小情商量圆。同时加入少先队，红脖飞翔村民鲜。喜爱萍师魏，信寄苏少年。珠圆玉润小婵娟，脸黑心红大老憨，狠命把书念，榜上总前沿。眼亮心纯如水晶，只觉美妙胸中甜。君在台上演，我在台下观；只因爱面子，终生绝艺缘。六载过，小学完；初中三，各分班。毕业后，君赴卫校杨柳青，我升高中留文安。

卫校毕业回本县，卫生防疫献终年。一晃半世纪，皆入夕阳巅。君有双千金，聪明人喜欢。幼女蔺迎春，曾有师生缘；虽处仅半月，娇娃胸中悬；曼妙小身影，总在眼前翩。组织分队"悄悄干"，踏遍敬老幼儿园，好事做了千千万！长大口才坐火箭，亲聆演讲耳福添：礼堂人坐满，掌声响连天；观众齐站起，虎啸波涛翻。好一派众星捧月、一枝独秀、万绿丛中一点红的生动画面！作为老师的我，心花怒放、浮想联翩、惊喜交集、胸卷巨澜！这肯定与其父蔺毅的潜移默化相关联。

这位老同学，初中在丁班，男女混搭配，身小力不全。没想到，参军几年经摔打，身高马大个儿猛蹿。快板相声活表演，那叫一个万众欢！供职县工会，节目传全县：曾在礼堂微妙演，也在我村大会翻。

贤惠伉俪情似海，父母恩情重如山！

美好回忆远，温馨滋味甜。难得曾聚首，真乃妙奇缘！遥祝老同学：鹤发童颜、身轻如燕、欢歌笑语、仙度晚年！

2015 年 4 月 4 日

唐金铎

金铎兄，铿锵行；团书记，雷厉风；思缜密，字精工。干练精明脸绷绷，风度气质真不同。同学前一本正经，暗地里恋爱成功。毕业后不久，即娶卢俊英。那是风雅高贵女，多名男生追不成。曾记得，一颗粗辫脑后甩，满脸阳光透清明；人见人爱姑娘美，回眸一笑百媚生。佳偶乃天成，幸福终一生。

兄长参军坦克兵，结构复杂万件零。曾寄书信告慰我，刻苦钻研不放松。我信水穿石，更信兄韧功；技术呱呱叫，名震大军营。

复员归来左各庄，与妻同住润花红。当名警察卫民福，风来雨去不暂停。愿贤伉俪飞比翼，全家笑脸映日红！

2015 年 4 月 16 日

王省民

　　胜似弟兄相处欢，外语天才总夺冠。品如水晶玲珑透，根扎泥土稼禾缘。高中聚三载，相见倍投缘；形影不离身，终日喜相伴。外语课堂君如流，如数家珍同学赞；老师讲错君指点，每次考试大满贯。课余时间温馨遍，你我二人总相牵；出入教室紧相随，棒打手足不离散。高考险关至，面临大考验。考场如战场，骤马遛出欢。俄语君满分，不出我计算。考入河北财经院，天津上学尽开颜。河北师大录取我，但因家寒未如愿。

　　君赴津门去深造，我则回乡来种田。六三大水突发至，一片汪洋前未见。水围村庄高两米，日夜巡逻恐冲埝。家中无事赴天津，找点活计干一干。管事大叔出外联，我们青年满城转。一次去找君，恰好君未还。以后鸿雁传，友谊逐日添。暑假君返家，登门去望看；钢笔赠一支，晚上又同眠。君登观礼台，我贺并艳羡。随着日出日落久，慢慢联系渐中断。听说君分外交部，骏马上阵终梦圆。自强不息君努力，四门外语得真传。外交事业加把火，辉煌一生罩光环。

　　想起往昔事，涕泪挂满脸；又思友谊深，幸福胸中甜。多想再见面，衷肠叙不完！人生途中一佳话，友情似海永流传！祝君多长寿，夕阳别下山！

2015 年 4 月 22 日

谢巨惠

　　"大老谢"，是昵称，老实人，受尊重。出言带有泥土味，做事暗含老农情。一张憨厚脸，两只纯朴睛；说话面带笑，相处弟兄行。君本任丘人，来到文安中；只因三县并，故尔是乡童。尽管习俗不一样，仍是处得乐融融。君掏一颗红心去，换得称兄道弟情。那时瓜菜代，君饿热水充；大碗水下肚，抓紧睡矇眬。现在看来实可怜，那时无奈只随风。

　　分别几十载，想念心愈浓。不知身何处，情牵格外重。祝君健康更长寿，继续攀登新高峰！

2015 年 4 月 23 日

李品瑶与宋兰英

宋兰英，李品瑶，荐我入团气自豪。那时节，瓜菜代，低指标；日三餐，四分饱。怕饿惧苦东北逃。别人口中，叫我小茂；课文朗诵，意飞气高；爱写板书，负责板报；又管卫生，每次首翘。撩开腿，伏下腰；和小兔，赛赛跑；前路遥，景奇妙；别人向外跑，我向团内交。追求进步没觉苦，反愿组织来严考。肚中虽常叫，精气神不倒。整天乐呵呵，一晃三年到。

兰英大姐嗓音妙，珠圆玉润百灵鸟；曾演京剧震全校，那叫一个梁上绕。班内总歌唱，天籁声难找；我们乐享受，神仙也下瞧。至今忆起仍向往，此生再难有奇俏。多年不见真想念，不知何时重逢豪？祝姐寿比南山遥，福如东海乐陶陶！

大哥李品瑶，豪爽令人骄，说话竹筒倒，班干轻松飘。常和我谈心，照顾堪周到。介绍入团恩不忘，力争上游站前哨。虽为一个县，好久没见到；想念红娘苦，唯祝长命遥！

大姐大哥夕阳好？红遍西山更妖娆！

2015 年 4 月 24 日

刘振民

弟兄八位赛虎龙,老腻振民排下风。看个头,不高不矮居正中;品身材,不瘦不胖人中龙;论性格,细语温言善人意;说爱好,长跑蓝球全校红。男人女性阴柔美,人见人喜铭胸中。与我同班处几载,兄弟情谊与日增。学习互帮助,生活共照应;值日抢先干,聊天笑连声。金色年华犹向往,惦念之情油然生;不知君何处,真想重相逢;倾吐积胸语,共度夕阳红!

君曾参军保家国,锻造身心尽精忠;钢筋铁骨泰山移,技能超群夺高峰。复员迈进工商院,市场秩序费心情。乐与商家交朋友,营造安宁蓝天空。以君性与能,干啥都出众。人缘天生好,相处热腾腾。开花又结果,业绩火箭升!

余为同学自骄傲,愿君长寿永乘风!

2015 年 4 月 25 日

张秀花

　　同学张秀花，见面笑哈哈。精干身富态，圆脸俏娃娃；常随俊英后，二人不分家。身坐前排听课便，后排同学眼不眨。活泼好动人缘好，往哪一站笑料发。君为回族女，习俗大相差；就餐在回灶，待遇叫呱呱。像是全班小妹妹，谁都情愿高看她。

　　一晃五十载，青丝变白发；忆起当年事，依稀眼前发。多想再相聚，倾诉心里话。如今已成爷和奶，风摧枯树叶再发！祝愿小秀花，依然笑哈哈！

2015 年 4 月 28 日

陈宝同

又是一个回民生，师范校园凝深情。一见如故倍亲切，无话不说成弟兄。历经沧桑苦，铸就铁英雄；身板如钢制，饭量廉颇增。论学习，起早贪黑火箭功；说锻炼，大刀阔斧雷厉行；议爱好，唱歌体育均拿手；道奉献，默默扫地管车棚；比进步，迫切入党红心显；评人品，说一不二板钉钉。性情与我似，一见就钟情。不是弟兄，胜似弟兄；形影不离，朝夕与共。学习互帮助，生活互照应；入党我介绍，阔步同路行。

眨眼三十载，时光不留情。你我均为长寿树，尽管已临夕阳红！唯愿生前再聚首，倾诉衷情慰平生！

2015 年 4 月 28 日

穆景然

　　全班排老二，贤弟穆景然；早年即相识，情况仅一般。师范重相会，亲热超从前；两次排同桌，惺惺相惜然。老实厚道功不浅，理科更为突出篇。脚踏实地钻课业，其他不问心愈专。为兄理科差，正可补补短；贤弟文稍弱，为兄倾囊翻。如鱼喜得水，苦儿尝甘甜。

　　身穿旧衣衫，吃饭又简单；待人特和气，与人堪为善。其他同学常请教，笑脸相迎满意还。频繁交往陈宝同，类似师生在攻关。坚持真理主正义，刚直不阿心不偏；党的队伍添新员，可喜可贺高峰攀！

　　一对老搭档，说得拢来合得欢；两个难兄弟，身处逆境志更坚！年齿前两位，成绩均占先；奥妙问何在，熄灯仍攻关！

　　多年未见面，心中特想念；如能再聚首，倾吐胸中言。唯愿贤弟身康健，心情愉悦养天年！

2015 年 4 月 29 日

付云祯

付云祯，孙氏人，心思缜密纯；爱文学，迷书法，语文水平深。师范期间很努力，文科考试总趁心。同学关系好，打成一片亲；自己喜钻研，成果感染人。

教学有一套，本身擅创新；学生爱听兴趣浓，教学效果超别人。主观原因是根本，客观因素也认真；打造完美新境界，教书育人塑灵魂。

退休不懈怠，色彩更缤纷；诗书画齐步，成效更喜人；书法精隶体，珠圆又玉润；观之心头暖，字字润于心。

祝君百尺竿头更进步，虽临夕阳远黄昏！

2015 年 5 月 1 日

刘淑玲

同学刘淑玲，老乡巾帼红；生就男人性，不让须眉情。曾任班上学习委，收发作业查得清。挥舞球拍似小虎，乒乓案边穿梭赢；常常对阵男士猛，毫无惧色应对雄。人的基因不一样，有人软来有人硬；有人温柔有人铮，发挥优势才会胜。

古有花木兰，今有邓亚萍；昔赞梁红玉，现赞宋庆龄；古今理相通，皆效女英雄；男女一个样，为民心更红！

2015 年 5 月 1 日

张栓柱

生就和善相，说话温柔腔；善良又老实，课业用功忙。在我上铺睡，上下轻悄样；从无大声叫，梦中亦安详。一颗红心天地鉴，好人好报不虚狂。家中贫困精细算，从不因此误正章。我的好兄弟，不晓今怎样？如有困难告为兄，一定相助倾私囊；共同圆就中国梦，春色满园百花香！

2015 年 5 月 2 日

杨庚辰

笑星逗人欢，幽默高峰攀；往往三两句，听众尽开颜。唯独同班六年整，真乃前生带奇缘。本人老实无心计，君常调侃乐趣添。晚上宿舍里，一锅煮翻天；君常主角扮，笑料抖不完。聊斋说鬼怪，三国道忠奸；西游论真假，好汉逼梁山。欢声笑语百鸟叫，鼾声如雷睡梦酣！君是快乐神，我等俱成仙；六载眨眼过，回味蜜糖甜！

君是好园丁，耕耘在校园；培育小幼树，渐长成参天；此生功劳大，敬佩多感念！

愿君胸怀阔，心路更放宽；夕阳西下全红遍，朝日初升高山巅！

2015 年 4 月 26 日

王国山

　　小小作家王国山，小有名气县中传。师范同班机缘巧，有缘请教文中贤。小说常登报，人物活鲜鲜；脑袋何开窍，生花妙笔艳。二十郎当岁，跨步众人先。笔下小木匠，有趣人喜欢。艺术细胞充大脑，比之我等翻几番！羡慕小弟天才相，加鞭策马赶向前。

　　眨眼二年即毕业，我进县府弟送欢。两三年，一瞬间；县长换，如灯盏；张科任，我荐贤；弟履职，随县官。朝夕相处如亲眷，拎包递水出自然。张县脚伤碍行走，贤弟顾后又忙前；夜晚陪住多辛苦，一片丹心天地鉴。素质众目观，尽竖姆指前。后提乡领导，此是后话言。

　　同学同事处一番，佳话屡屡实流传，可谓忘年交，师生颠倒翻。为兄多愚笨，小弟何良贤！人生得知己，已属不易然；倍加珍和惜，锦上添花鲜！

　　祝愿贤弟多进步，造福一方美梦圆！老兄拭目向前看，神清气爽艳阳天！

2015 年 4 月 28 日

同事 80 首

张宝林　张树金

　　两个皆转业，同姓又同音。一个张宝林，一个张树金。二人共搭档，协力又同心。售煤革命化，顾客当亲人，整理煤垛亲自干，刮风下雨也光临。送货上门常态化，尽展为民一片真。"文革"皆挨斗，依旧不灰心。祝君再努力，发扬中华魂！

2015 年 3 月 28 日

李　瑛

　　革命老黄牛，老当又益壮。首任审计局长，清廉响彻廊坊。虽然未曾同过事，耳闻目睹胸中装。离休不歇脚，会所来帮忙（会所，即会计师事务所）。日日上班早，事事管周详。青年视长辈，领导参谋当。

　　一次偶然事，带我调查忙；市办企业二十家，不坐轿车骑车强；没在企业吃顿饭，自带清茶饮着香。佩服清廉赛清风，体现俱在行动上。

　　君已驾鹤去，悠然赴天堂；祝君喘口气，天上人间乐无疆！

2015 年 6 月 11 日

付瑞祥

　　主管副局长，付局名瑞祥；审计人事科，服务局长忙。伯乐善相马，职责要相当。党员也要认真管，应做群众好榜样：学习要努力，心明眼亮不迷航；工作应勤奋，服务中心不偏向；生活宜简朴，节约尚俭不铺张；待人需诚恳，掏出赤胆红心亮。

　　工作第一，名利不想；性情低调，不事张扬；对下属，平易近人不端架；对上级，保持距离不卑亢。有点马大哈，文字有时忘；宽厚待别人，亲如一家样。合作十多载，愉快又吉祥；开花结硕果，心中志气昂。

　　退休常见面，一如旧模样；唯愿老兄身康健，追梦路上意气扬！

2015 年 6 月 12 日

张 华

文化底子厚，专业技能高；业务水平硬，文字能力豪。业务领导堪优秀，红红火火拇指翘。会计造诣深，审计素质高；把关又定向，精品万人瞧。

平时学习勤，见缝插针好；业务钻研透，实施巧领导。商贸审计出新招，工业调研指路标。全局审计主心骨，业务人员有依靠。廊坊审计获先进，君之努力非小瞧。

退休十几载，快活又逍遥。愿君身康体又健，精神愉悦乐天豪！

2015 年 6 月 12 日

薛 冬

青春年华，意气风发。

是审计，成就了他，茁壮成长，吐穗开花！

单位办公室，杂事乱如麻；作为指挥者，轴承叫呱呱。经责科，始发芽；善维护，官督查。总审师，质量把；精品项，锦添花；廊坊精品审署拿，有君功劳众人夸！主管副局长，科室靠山搭；项目关亲把，成败取决他！

年纪轻轻把舵掌，肩头负重责任大！

唯愿锦绣前程花铺地，大鹏展翅越天涯！

2015 年 7 月 29 日

李树新

河北审计厅，处长女英雄；处曰综合处，树新乃大名。

二十年前密接触，隔三差五巡回行；综合文字铭审计，经验之花遍地红；活动活起来，经验常传经；人心也活跃，人人专又红。

曾赴邯郸拜古城，献出珍宝又取经；学步桥上笑学步，丛台顶上望台丛；又到安阳看袁墓，世凯近代出大名。

也曾观瞻塞外城，张北草原野花红；一望无际天光远，骏马飞腾上天庭；昔闻宣化安乐窝，如今变成工业城。

大名鼎鼎赴保定，又是一座文化城；莲花池内水清沏，荷花仙子笑脸迎；小鸟喳喳叫，莲蕊落蜻蜓；我等心欲醉，宛若神仙境。

又曾瞻仰热河宫（避暑山庄），外八庙内大佛逢；棒槌山高耸，令人喜又惊；祖先智慧广，文化永传承。

来到廊坊无啥看，白洋淀上风光行；淀面浩又渺，芦苇一丛丛；船儿咿呀叫，鱼儿跳又蹦；大雁鸣嘎嘎，鱼鹰突扎猛。无限风光看不尽，水乡泽国不虚行。

树新大姐曾服役，巾帼英雄实符名；仁厚慈爱胸开阔，兄弟姐妹浓浓情；语柔面含笑，春风透心胸。文字堪活跃，巡回妙策行。回忆往事历历目，时光倒流夙愿成！

祝愿大姐身康泰，心想事成美梦赢！

2015 年 6 月 13 日

张文山

　　一晃五十年，往事在眼前。当时供职在煤建，业务主管张文山；老兄笑满面，计出一眨眼；平时悠闲坐，有事电话联。还有我和杨振山，三驾马车驰煤坛。业务会计加统计，办公室内遥指点。

　　老兄对我勤帮助，手把手地常圈点；统计数字如何准，来龙去脉追溯源。贤妻常会面，情意比蜜甜；老兄腾床铺，温语又热言；长兄如亲父，心中谢照关。

　　忆起往事泪涟涟，唯愿老兄身康体健笑颜欢！

2015 年 6 月 13 日

高呈贤

雪中送炭，高氏呈贤；新镇煤建。夜送温暖。

话说五十年前，古洼洪水滔天；乡乡建立售煤点，供灾民取暖做饭；新镇煤建最突出，负责人是高呈贤；白天正常销售，夜晚小船送炭；河水波浪迎送，一篙撑下往还；伸手不见五指，红心照亮前边；一船送出文安县，张青口乡属雄县；两县当使者，红娘雪中炭。

文安煤建，季度评先；唯一一等奖，次次高呈贤；我等诸人皆二等，还有三等全县传。众人皆佩服，赶超奔向前。

老高与我有奇缘，石油公司共同建；他为负责人，我是会计员；二人同心协力，努力攻克难关；不久即营业，车辆跑得欢！

还有一点顺便提，老高乒乓技艺圆；打遍煤建无敌手，球拍一挥则栋还；一派将帅风，气势压群巅！

多年未谋面，心中常挂牵；老来享福否，身体可康健？愿君福如东海常流水，寿比苍松在南山！

2015 年 6 月 14 日

崔文瑞

大眼溜睛，虎虎生风；爱开玩笑，幽默天成！

与君相处不寂寞，笑语连连欢声声；尤其瑞霞来到后，说笑打闹更颠疯。想来真可爱，时时动真情；决不装腔势，一片心赤诚！

六十年代搞革新，君和景儒培典型；节煤炉灶反复试，最后获得真成功！

君还热衷打乒乓，左手横握猛冲锋；横扫千军势，痛快淋漓风；气势涌力量，给人正能行！

多年未见面，也无消息声；心中特想念，真想立重逢；祝君晚岁笑口开，心想事遂梦圆成！

2015 年 6 月 15 日

孙景儒

深思熟虑般，性子悠悠慢；书画技能好，待人溜溜圆。煤炭行业初干起，业绩可佳受称赞；后调县城搞试点，节煤炉灶功圆满；风吹草动有定见，从不盲从随风转；我等回家亲黄土，君却转正端铁碗。

不知何时升，乡镇主政官；董村乡书记，地方一大员。特能闲聊天，一聊星西转；心理素质坚如钢，双肩挑起千斤担！

几十年未见，真想与君谋一面；倾诉多年心里话，驾鹤之前作纪念！祝君身康健，快乐度晚年！

2015 年 6 月 16 日

邓宽友

　　当过子弟兵，心眼最实诚；待人热似火，对敌寒如冰。胸存正义感，宛若度春风。

　　凭着一腔热血涌，慷慨激昂语声声。与我很亲密，脾气相投迎。一次瑞霞去县城，石油公司与君逢；当时怀孕已数月，说笑打闹缠不清；佩服君等花样新，无尽无休夜半终。

　　些许往事如昨日，回忆起来动真情；挂念老兄过得好？可否有个好心情？晚年欢乐度，再攀新高峰！

2015 年 6 月 17 日

李秉忠

李门秉忠，报国为荣；心思周密，绵绵柔情。一起主攻黄中事，古洼深处献聪明；我为校长君主任，朝夕相处荣辱共。商量发展计，共议教学情；分析师状况，研究生纵横。不久乡里抽下乡，千斤重担君独承：既管教学，又管行政；既要教课，又兼平衡；生旦净丑一人扮，师生教农双肩擎。从此二人沟通少，但是内心皆相通。诚谢老兄独力撑，使我肩头负担轻。愿君献余热，更上珠峰顶！

注：黄中，指文安县黄甫中学。

2015 年 6 月 18 日

袁从义

李君调走后，袁君来继任；早已心仪久，见面更相亲。豪爽大度讲义气，勇于担当负责任。文学有才华，讲话鼓劲真。亲自兼课生欢迎，也给老师注灵魂。惺惺相惜庆相聚，同事有缘又有份。可惜下乡绊住脚，难能共谱将相吟。不知现在君何处，遥祝晚年子孙满堂幸福魂！

2015 年 6 月 18 日

冯绍武

袁君调走后，冯君再荣升。冯君多年在黄中，伟绩不论有丰功。带领师生种麦粟，每年一个好收成。汗珠滚滚落，双手老茧硬；从容指挥处，颇有大将风！

荣任教导主任后，全身扎入教学中；蚂蚁啃骨头，不怕东西硬；疾风卷落叶，地净叶扫清；师生颇钦佩，心血众眼明！

马李袁冯走马灯，只有老朽丝不动；原因何在没深探，留待历史说分明！诸君多安好，幸福面前迎！

注：马李袁冯，指与我一起共事的副校长马绍勋、教导主任李秉忠、袁从义和冯绍武。

2015 年 6 月 18 日

冯广才

黄甫中学一老乡，教师生涯比我长；精明强干智慧广，教学世俗皆特棒！早在龙街中学时，我们同是孩子王；黄中相逢真有缘，共同培育好栋梁。

心直又口快，敢说又敢当；富有正义感，疾恶如仇虹；留有余地少，可能把人伤。江山易改性难移，我行我素不彷徨！

老朽欣赏敢担当，钢铁硬汉又自强；祝君生活多快乐，子孙满堂乐无疆！

2015 年 6 月 18 日

李尚武

精干身躯金刚钻，头脑灵活招儿千万；文安政府办，英才聚眼前；老弟出类又拔萃，文字门面皆不凡；负责工交企，常常转一转；实况心中装，领导参谋扮。

平时好琢磨，吃透两头新发现；不用一袋烟，一篇小稿呈面前；广播常有声，文字见报端；年终摘取报道冠，扬眉低首更向前！

与我常相伴，脾气最投缘；时常难题共攻克，一同度过艰难关；后来分别远，老弟又遇大空间；投身保险业，扎入大平安；身负重任双翅展，前程无量梦境圆！

再后又返政府办，年轻主任压双肩；一颗螺丝钉，拧在哪儿都露笑脸；一块四方砖，哪里需要哪里搬！

祝愿老弟青春焕，险峰峻岭再登攀！

2015 年 6 月 18 日

李炳洪

文安县府办，文教李组长；郑重又严肃，堪称一大将；跟随副县张佩藩，文教卫体了如掌。文教抓改革，卫体抓开放。县域如乱麻，理顺方为强。抓点带面是上策，纲举才能细目张。工作有业绩，提拔理应当；出任计委副主任，全县计划费周章。

二十多载晃，思君挂肚肠；何时再聚首，水中捞月徨。祝君晚年全家乐，老当益壮耀夕阳！

2015 年 6 月 19 日

王玉圈

马大身高王玉圈，热情似火心坦然；待人诚恳如朋友，工作状态日中天。与我同在农经组，经常下乡搞调研；科班出身专业厚，文字信息堪顺眼。得力助手扮，减轻肩上担；年轻有活力，前途不可限！

最近听说又升迁，环保局长挑重担；低炭绿色生态圈，造福百姓功圆满。祝愿老弟再登攀，无限风光险峰看！

2015 年 6 月 20 日

郝国华

　　小郝名国华，忘年交如霞；脾气极相投，学习开红花；最初缘自考，携手学分拿；年轻记忆好，先我证件发。同甘共苦数载过，心中盛开友谊花。

　　自我调到廊坊后，小弟充分展才华。升任新镇镇书记，各项工作火箭发；又重自身修和为，荣获省优党员佳；这在全县极罕见，凤毛麟角荣耀夸。后又任文教局长，百年大计育苗芽；心操碎，渐白发；皱纹增，血汗洒；带领园丁育苗圃，参天大树最挺拔！祝君才华遍全县，人才辈出胜朝霞！

2015 年 6 月 21 日

王志开

　　志开志开，壮志开怀；不苟言笑，思密行乖。负责商贸财政事，一团乱麻撕不开；耐心小心又谨慎，协助县长理顺掰。

　　自我离开县府办，小弟才华展开来；升任农工部部长，全县农村装君怀；农林水企如何布局，农民口袋怎鼓起来？重任压在肩，愉快登上台；一片新面貌，处处放光彩！大鹏展双翅，雄心向未来！

2015 年 6 月 22 日

张国校

文字才华展，秘书组长兼；升任副主任，开辟一片天；年轻有作为，工作干得欢。后来柳河当书记，三十五村大洼繁；注重班子一股劲，农村经济大发展；升县人大副主任，千斤重担扛在肩。依法治国重，保障公民权；费心血，过险关，百计千方攻克难。骏马飞驰不歇脚，创造晚年业绩翻！

2015 年 6 月 23 日

武葆英

秘书武葆英，待人憨厚情；工作热如火，（对）歪风寒如冰。

文字注重精细，档案讲究真凭；一字一数不含糊，十全十美见行动。生活较粗放，穿着也宽松。大大咧咧很平易，心无城府清水明。愿君晚岁身安泰，笑口常开润春风！

2015 年 6 月 24 日

马永旺

廊坊审计，君为管家；事无巨细，亲自掌辖；文字档案信息化，财务车辆吃喝撒；单位能运转，君握开关阀。

时间不分昼夜，何时有事何时抓；事情不论大小，大事小情精力花；人员没有上下，谁的事都办得叫呱呱。

尤其对待老干部，那真叫关爱有加：征订刊物老世界，经常聚会把话拉；关心身体好不好，牵挂生活佳不佳；组织体检，心脑血管是否硬化？举办参观，爱国教育开出红花。

君有一特点，干事火辣辣；雷厉又风行，效率真可佳。老朽赏识带点赞，拇指高翘戴红花！试设想，如果人人如箭发，复兴大业怎不提前早拿下！这几年君太累，真该休养生息解解乏；身体是本钱，不能总是透支花！愿君多保重，欣迎彩虹霞！

2015 年 6 月 28 日

张军胜

说军胜，道军胜，军队胜利赞官兵。老弟张军胜，还真当过兵；也曾摸爬滚打，也曾行军黎明；酷暑汗流浃背，寒冬踏雪卧冰。吃得苦中苦，方为人中龙。说话炒崩豆，行事一阵风；正中我下怀，亲密又忠诚。

转业来到审计局，科室踏遍获多赢。与我是老乡，缘份造化功。办公室里，我管人头升出进，君管大伙吃喝行；下乡扶贫，我俩一个点儿，出谋划策孔方兄；乡镇社教，留各庄属大城，寒冬三月冷如冰；整顿领头雁，发展岩棉红。

君是兵出身，财务哪里懂？审中学审计，哪能倒栽葱？现已退休真自在，谁想已到夕阳红？祝愿老弟壮如牛，轻松愉快把家耕！

2015 年 7 月 2 日

刘春刚

  年纪轻轻，部队主营；转业审计，人事一兵。工作很繁杂，事事过得硬：干脆利索棒，效率追箭行；填表一挥而就，打字疾如流星。我心生羡慕，决定虎山行；花甲之年学电脑，上网打字件件通。

  后来老弟任科长，井井有条事事红。又有良机提拔处，赴一高校副处擎。愿君百尺竿头再进步，前程似锦百花红！

2015 年 7 月 6 日

滑志新

滑子是昵称，志新乃大名。性格多风趣，满脸堆笑容。挤眉又笑眼，逗人乐无穷！各项审计皆尝试，当今主抓人事功。君有绝活儿，魔术人前迎；无中可生有，扑克出不穷；引得观众哈哈笑，前仰后合嘴不拢！

老弟讲义气，更重弟兄情；与君交往心踏实，轻松愉快夏临冰；热情似火燃，又如雪中送炭融！

人事科长我首任，君为四任有其名。对党忠诚排首位，为人正直事方成。提高素质重，引进人才赢；管理信息化，我局屡立功。祝君展翅大鹏跃，万里征途攀高峰！

2015 年 7 月 8 日

商立辉

　　大名商立辉，立业放光辉。总有大姐样，亲切含笑归。与人交往，犹如春风拂面；谈及干事，宛若夏阳火堆。件件审计拿得起，轻车熟路头不回。又管法制几多年，审计执法凭法规。兼任支部党建事，与我合作愉快飞。

　　如今已退休，名退身不退；事务所里烧把火，规范企业正行为。愿君多保重，余热再生辉！

2015 年 7 月 9 日

高长林

　　逢人露笑脸，亲切又自然；表面大大咧咧，内心花枝招展；浑身磁铁招手，同事八方聚焉。

　　老弟歌喉似天籁，一曲京剧洪钟贯；绕梁三日余音渺，如醉如痴酒仙还。

　　自学成才君真棒，主持婚礼大场面；口中吐莲花，满脸笑容灿；诙谐又幽默，各方均点赞；好事继续做，积德又行善！老兄佩服你，出手不平凡！

　　望君多珍重，征途万里远！胸中才华尽情展，留给后人榜样悬！

2015 年 7 月 10 日

张秀玉

　　文安一老乡，老家左各庄；嫁汉高长林，神仙眷属强！情投意合贤伉俪，你欢我爱情何长！

　　君努力，掌案详；君精细，数字良；审计项目有创意，调动全科一齐上；刻出精品光荣榜，满脸堆笑欲飞翔！

　　一个弱女子，打拼在前方；犹如啄木鸟，除去害虫树兴旺；宛若一警钟，审计一线常敲响！老朽鞠躬敬，尖兵创辉煌！

2015 年 7 月 30 日

孙建国

　　与五星红旗同升，与共和国同龄。好大的荣耀，好深的感情！

　　君不吸烟，少喝酒，一心扑在业务中；心痴迷，脑集中，不攻难关脚不停！廊坊审计屡夺冠，君的领衔立大功。初识青丝发，不久霜染成；心血写青史，肝胆铸长城！

　　如今身已退，仍在忙碌中。为企业发光发热，为家庭燃起明灯！愿君老来多健壮，好人好命享太平！

2015 年 7 月 11 日

李万忠

能侃大山，喝水肚圆；常研法制，豪爽乐观。

考试合格进审计，十八武艺上下翻。有段时间，与我共同抓党建；思路敏捷，大事小情想周全。待人如炭火，面对繁杂巧周旋；对事似成竹，井井有条处自然。下点儿审计，复杂局面能掌控；意见交换，侃侃而谈天地宽。能人自有能人术，日积月累人成仙。

心脏有点颤，手术做圆满。愿君多珍重，欣迎百花灿！

2015 年 7 月 11 日

杨家珍

家珍家珍，家国奇珍。雍容华贵，嗓音圆润。

谈审计，如数家珍；唱京剧，天籁遏云；抓党建，认真细致；说交往，温暖晨昏。人缘好，阳光临；面带笑，和风熏；亲和力，聚人群。一曲京腔震天地，女扮男唱包公韵；行云流水音不绝，绕梁三日享乐真！

一晃二十载，今成老妪亲。现已退在家，唱歌跳舞勤。见面满脸笑成花，出唇如雨润人心！

愿君老来精神旺，人面桃花永清纯！

2015 年 7 月 12 日

郭长生

昵称小郭子,大号郭长生;祝福长生不老,足见父母深情!为人很随和,满脸堆笑容;工作又勤奋,红心见赤诚。

2005年,脑梗住中院,郭子看老翁;携来大礼包,关切问病情;双眸流露焦急色,真令老朽心感动;内心认下好弟兄,相帮相助奔前程!

年龄五十几,满面光润红;健康正能量,好人身心赢。祝愿小弟百尺竿头再进步,攀登屋脊立珠峰!

2015年7月13日

潘书启

多年部队苦,为国青春献!转业到审计,乐做审计仙!

与我同室抓党建,心胸开阔手放权;总支支部任书记,抓住大事心放宽!我打下手心欢畅,写写闹闹乐翻天!俩人一盘棋,珠联璧合般;心领又神会,活儿多圆满!上级常表彰,干事理当然!

后来脑部不听唤,手术过后歇天然!祝君身体得康复,重归祖国大自然!

2015年7月13日

张淑清

身体较丰满，有个大姐范儿；为人又诚恳，求事真心办。同在审计办公室，朝夕相处笑脸还。工作很认真，文字也精练。不摆架子，朴素自然；打成一片，留有余念。

老公曾任市长官，鼎鼎大名全省传。家中常来八方客，殷勤招待不嫌烦。退休回唐夫妻聚，颐养天年梦归圆！愿君身心康又健，长命百岁夕阳巅！

2015 年 7 月 14 日

李桂欣

终生青春翔，未临新婚床。办事认真样，统计全省强。与我同在办公室，审计统计真是棒；几年之间无差错，统计分析有分量；曾有一份报省府，主管省长批示全省扬！

后又抓法制，不改认真样；更兼学会副秘长，学会工作有担当！

君是一好人，好人有吉祥！愿君晚岁多幸福，乐享成果寿无疆！

2015 年 7 月 15 日

张长安

司机师傅张长安，平安驾车十几年。大小事故从未出，接送局长上下班。

技术娴熟，手勤嘴甜；态度和蔼，节油省钱。坐车如沐春风，总是喜眉笑脸！特别出长途，小心更谨严；勤查车状况，驾驶全神关；平安到达目的地，师傅劳累不需言！

前些年，身体不适已闭关；子受父命来接班，后继有人使命延！

祝张师傅身康健，平安快乐度晚年！

2015 年 7 月 17 日

王东青

东青东青，东方常青。年轻有为，学历飙升！

开始当司机，技术有点生；经过君拼搏，渐渐熟练行！审计机关缺人才，较高学历更难逢。君下决心钻专业，几年下来竟成功；由大专，而大本，一路走来步步赢！分到科室搞审计，则由蓝领变白领！此乃一奇迹，周仓变关公！望君多珍惜，叶绿成花红！

2015 年 7 月 17 日

张玉海

先是业务科，后到人事科；与我同科室，帮扶过生活。老兄经验足，抓活内审事务所。国家审计是主体，社审内审作依托。内审乃是机关派，社审就是事务所。抓住典型趋完善，带动全面方搞活。交通内审成榜样，社审典型至信所。

老兄人缘好，也爱勤张罗；值得我学习，助我一臂多。愿君晚年身心健，长命百岁享金窝！

2015 年 7 月 17 日

贺 静

心无旁骛，心神宁静；宁静致远，为国立功！二十多载一阵风，相识分别梦境中；初识君是一小妞，中专毕业心地红；审计犹如一道菜，备料切割煎炒烹；一道一道均练好，方可上阵打冲锋。小妹雄心壮，埋头钻审情；边学边审计，芝麻开花升。

前几年，政府债审提日程，全国统审更集中；小妹抽出战正酣，不想家中出险情：女儿临高考，婆母住院心脏病；老公出差又在外，家中无人怎么行？好贺静，临危不乱部署清：请求大姐照顾女，二姐照料婆母病；自己一线如磐石，老公返回两头迎！真是一场布阵好排兵，可见心细功夫硬！审计结束堪圆满，小妹立功喜报迎！

一晃四十几，成竹已在胸。早已升科长，责任双肩擎！欣闻又转大管家，全局事务君担承；精心唱好和谐曲，腹有运筹气自雄！

祝君枝繁叶茂盛，迎来怒放百花红！

2015 年 7 月 18 日

2016 年 3 月 22 日

姚 英

小姚是昵称，大号尊姚英；女中拔精英，巾帼称英雄。财务权，掌手中，精又细，廉出名；心细如发，木鸟捉虫。

回到前几年，债审进行中；被抽参战斗，审查汇率情；君如侦察兵，敌情看得清：一个美元差四分，反复核实功夫硬！放在全国天文数，女将出马立大功！

老朽退休前，电脑故障找君行；次次排除复完好，耐心细致又热情！我心生感动，点赞女魁英！

君有一男儿，活虎又生龙；真是好福气，幸福度人生！愿君凤凰双展翅，飞向苍穹俯河清！

2015 年 7 月 18 日

段承业

继承伟业，发扬荣光！小伙儿朝气足，工作拼命郎；心诚红似火，处事更有方。管理钱财若清水，服务老干如绵羊。云南考察前后跑，吃住行游分外忙；君与会忠同心力，老干笑脸写心上。

小段啊，你是财神清廉样，你是老干娘家郎！祝福前程似锦绣，事业如竹钻天杨！

2015 年 7 月 18 日

王 森

能说会道，处事周到；出头露面，脸皮不薄！辗转全局各科室，得心应手气自豪！

君有一优点，对人畅所欲言瞧；指出缺点心口服，大步迈向康庄道！

老兄长几岁，经验丰富饶；我将多取经，完善花和草；繁荣百花园，满目多娇俏！

愿老兄身康体健精神旺，长命百岁乐逍遥！

2015 年 7 月 30 日

孙清泽

早年搞勘探，野外奔波忙；为国找矿藏，尊重理应当；吃过重重苦，应该享荣光！

后来改行搞审计，一门心思钻硬墙。勤学习，到现场；多实践，本领强！在我记忆中，老兄工交科里舵手掌，扶持企业诸葛亮！

老年退休后，不幸住病房；脑病来捣乱，行动不便恙。佩服老兄毅力强，艰难行走下了床！一步一挪真可敬，走到广场晒太阳！这里边，应谢大嫂多扶将！

愿君尽快复健康，乐乐呵呵幸福享！老夫老妻多恩爱，鸳鸯腾飞天上翔！

2015 年 7 月 30 日

高满昌

高满昌，真是壮，八十多岁满面光；全身没有一点病，一生享受好时光！老兄怎么养，经验快出膛，也让小弟沾点光！

咱俩也曾处一室，互相照应施妙方；不久老兄即退休，没有处够真惆怅！后来听夜谭，美好故事放：老兄游遍东南亚，夏天海南去乘凉！好心境，人难忘，如何仿效却无方！真羡慕，好榜样，人生就该这么棒！

长命百岁小儿科，请替小弟把福享！

2015 年 7 月 30 日

房素荣

市审同龄有三名，王局老朽房素荣；今年临本命，六轮羊年生。那时东洋霸我土，烧杀抢掠任横行！生下就命苦，颠沛流离功！能活下来已万幸，谁想晚年夕阳红！王局房姐生日大，我为小弟真荣幸！

房姐嘴巴巧，能说会道有舌功；察言会观色，逗得大家乐融融！那时同在办公室，嘻嘻哈哈课完成！

丈夫王德恭，人大副职好威风；退休来到诗词会，执行会长勇担承；老朽弄不清，何时写诗出书精？文笔很老辣，书法也有成！曾赠诗集给老朽，从心眼里佩服情！

房姐退休十七载，出门遛狗乐融融；姐俩常见面，亲热笑谈中！祝愿贤伉俪，相濡以沫沐春风，欣迎复兴中国梦！

2015 年 7 月 30 日

李伯良

原本是会计，后来升科长。内心有锦绣，出口好文章。

人前有个派儿，凡事有主张；主意板上钉，处事灵活样。各科走遍均应手，桃子摘来龙呈祥！

胆大又心细，果断胜人强；团结全科人，奋力向前方！

祝君体壮精神旺，征途万里乐无疆！

2015 年 7 月 30 日

刘丽萍

审计尖兵，巾帼女雄；又一科长，名唤丽萍。

君干工作有激情，心红似火赢光明。年轻气盛，业务精通；持续用力，不断攀登；先攀高原，后攀高峰！审计如良医，诊病很高明；开出一剂药，药到病除清！审计似卫士，铸成钢铁城；国家财产得保护，人民利益获安宁！

神圣的岗位，一线的尖兵！护卫我母亲，心中装百姓！

向人民功臣致敬！祝女雄青春火红！

2015 年 7 月 30 日

程锦芳

文安老乡程锦芳，大清河畔史各庄。心宽体胖身雄伟，心直口快多豪爽！虽为女儿身，性格男子样；业务是骨干，同事聚身旁！有话噼里啪啦往外倒，决无小儿女的扭怩样！胸无城府，像一堵洁白围墙；心急如火，不等豆熟就吃光！

退后创办事务所，一批志同道合战友聚身旁！为企业号脉诊断，治好病症再启航！就连志旺黄局长，也被吸入加盟长！

老妹人缘旺，磁铁吸力强；加之人豪迈，定能出精钢！祝愿事业如日中天势往上，创出一片新天地无比辉煌！

2015 年 7 月 31 日

崔咏梅

主席赐名，无尚光荣；名要符实，奋力攀登！

老家居大城，与我近邻生。只因夫援藏，调来市审升。生有一贵子，虎头虎脑灵。母子相依为命，为国奉献赤诚！丈夫援藏忠心热，身处高原冷如冰；极度缺氧难喘气，紫外线强伤神经！君在家乡既尽孝，又要培养小精英；还要干好监督岗，一身三职双肩擎！

审计中，勤用功；细观察，深思明；渐渐入轨心花放，直到主审硕果成。审计学会秘书长，理论研究助澜行！

现在全家已团圆，伉俪情深朝夕共！祝君前程似锦绣，复兴路上建奇功！

2015 年 7 月 31 日

张 勇

　　老兄知足乐，总是笑吟吟；不笑不说话，一笑更加亲！年齿近八旬，小伙儿般精神！

　　虽然双腿有点儿不对称，但意志如钢赛天神；三轮蹬得噜噜转，广场超市来逡巡；步行波浪漫，节奏很均匀；我心生崇敬，胜似一家人！

　　前些时，卢沟桥上亲身临，凹凸不平腿难分；又去园博瞻胜景，赤日炎炎汗湿身！老兄笑容灿，一步一认真！

　　祝愿老兄常锻炼，健康长寿乐晨昏！

2015 年 7 月 31 日

臧树贵

与老朽是一路人，心对口，口对心！

老实疙瘩世罕见，恨不剖开一片心；损人靠边站，一切为他人！

审计中，保健医生尽责任，财经卫士捍忠魂，制度翻新页，经济规范运！

退休之后不闲身，返聘会计价值寻！老骥腾飞千万里，前途光明日月新！

愿老弟，人生之路更圆满，绘就夕阳精彩文！

2015 年 8 月 1 日

冯国泽

身材很魁伟，双眼如铜铃；性格似女性，内含豪迈风！

东北大汉，力壮身猛；迁来关内，会做营生。来到审计，拉套用功；同事和谐，鱼游水中！

君与老伴儿，和美融融；相互欣赏看不够，眼中西施乐无穷！

现已退休在家中，夫唱妇随享太平！兄嫂身康体多健，天伦乐，夕阳红！

2015 年 8 月 1 日

李 霞

李霞马大哈，整天笑哈哈；喝了笑料酒，插上笑料花！身躯又高大，一笑三颤腰歪斜！

心地如水晶，胸中泛彩霞，少有防人意，更无害人刷！一片赤诚感人泪，胸无沟壑千人夸！

从事监督似不妥，处理违规怎能笑哈哈？事情有辩证，严肃活泼可转化；人也有两面，冷时如冰热沸花！使出严肃一面，也能把人震吓！

小妹已退休，机关少了笑哈哈；天津卫家中，平添几许欢乐花！子孙已满堂，天伦之乐乐无涯！

2015 年 8 月 1 日

刘广玲

君乃回族，少数民族受保护！虽然习俗有异，但是目标同路！一家人，应同步；吃饭时，允好恶，你爱萝卜心里美，她喜白菜善排毒！

加入审计团体屋，共同作战多幸福。你查账，她监督。啄木鸟，铁嘴叼出害虫除；害群马，钢鞭抽打被揪出！

退休已有十几载，京城安家首善塑，膝下一千金，成家立业不含糊！外孙绕膝乐，人生一厚福！望老妹晚年不寂寞，枯树开花也知足！

2015 年 8 月 1 日

吴家顺

审计一老兵，卧薪尝胆红；起初锋芒敛，后来露峥嵘！经责审计系新生，一张白纸洁又清；吴君钻研美如画，开花结果带前行！擅总审计经，辅导全市行！老荷露出尖尖角，多只蜻蜓落于顶！

老实又忠诚，堪称主人翁；能创此奇迹，足见实力雄！

现在已退休，余热献聪明！好人一生平安立，乘风破浪赶鹏程！

2015 年 8 月 1 日

薛玉杰

老家在胜芳，胜水泛荷香；原为文安一胜景，故此我俩算老乡。

见多又识广，胸怀如海洋；小事不计较，大事办周详！平时一副满不在乎样，胸有成竹备刀枪！

审计一老兵，技艺本领强；各种审计尝试遍，驾轻就熟如飞翔！常常当主审，责任敢担当！企业遇良医，哪还有症状？

今年就退休，回家享安康！祝老弟每天有个好心情，阖家欢乐度时光！

2015 年 8 月 1 日

于永久

有副好身材，得体好穿戴！动作也潇洒，面向大未来！

多年干纪检，党务抱在怀；素质在提升，面貌也在改；配合中心写材料，名目繁多不意外。老朽在岗经常写，腰酸腿疼双手不知怎放来！

老弟在坚守，何时解脱开？

愿君平心静气耐心来，高兴点儿，乐开怀！

2015 年 8 月 2 日

王新龙

文安老乡真叫众，又一老弟王新龙；处事有点儿一根筋，应予灵活可变通。

老弟有绝技，工程审计独家赢！可见，没有寒彻骨，哪来梅花红！老弟埋头下苦功，才有业务精又明！老弟贡献大，充分加肯定！

平时待人很热情，拉家常，找老翁；家乡事，谈得拢；心纯净，如水晶，可多交往增感情！

老弟退在即，也将加入夕阳红！望保重，享人生！

2015 年 8 月 2 日

缑万娟

　　小缑一婵娟，纯净如丝绵；朴素无华丽，内力大无边！

　　爱心溪流哗哗潺，润物无声胜有言！不事多张扬，而重埋头干；秀美小字体，一饱眼福添；做起事来赛儿男，井井有条众目观！

　　办公室连踢带打，放下收据拿起钱；业务科下乡审计，吃住活动在下边；女子有其特殊处，不方便处不待言！

　　纵观小缑十几年，素朴大方人共羡；做事牢靠足信赖，应予提拔何需言？

　　愿君站高又望远，鹏程万里头不还！

2015 年 8 月 2 日

李晓东与刘文平

晓东文平，招聘成功；来到审计，已堪大用！

一九九九年，人事科长是老兄；为选千里马，人才市场行；拨开人丛，眼前一明：南审学院李晓东，山西财大刘文平。二人均为审计系，对口安排板上钉。果然不负众望，中流砥柱初成功。

李晓东，家赤峰，草原旷达豪爽风；投资科里显神通！协助纪检办案情，因突出被看中；如今已调市纪委，十分荣耀责更重！

刘文平，三晋生，为人诚，有水平！分在金融科，深钻细研渐适应。后升副科长，业务更提升！如今已有十六载，我看已成专家型！

如今二人是，结婚生子，事业有成，可喜可贺，望再攀登！

2015 年 8 月 3 日

张志军与刘仁

志军刘仁，2001年选拔到任；一学建筑工程，一攻税务专勤。十四春，探索深；有建树，很喜人！如今已成领头雁，各自领域建功勋！

张志军，固安人，建筑学院学认真；工程审计顶梁柱，已成市审第一人；棘手项目拿得起，有的还进精品群。

刘仁君，三河人，河北经大税务分；财政审计挑大梁，举足轻重特谨慎；每年都有重头戏，任劳任怨难题啃！

此二君，好人品，值得信赖压肩沉；今日皆成主力军，大显身手不需论！

祝二人芝麻开花节节高，大鹏展翅腾彩云！

2015 年 8 月 3 日

许永钢

许永钢，真叫棒，一表人才吐芬芳；业务精，工作强，性情随和人缘旺！

原籍江苏邳州人，抚顺油院学有方；会计专业正对口，技艺精湛脑灵光；维修电脑如同摆弄玩具样，待人热情宛若晴天晒太阳！

对同事，擅帮忙；亲动手，排故障；审计当中挑重担，重大项目扛大梁！后起之秀扶持好，他们才是祖国的未来，审计的希望！

2015 年 8 月 3 日

潘双玲

　　犹如一股清泉，叮咚脆响；宛若一对铃铛，悦耳清凉；又似一只喜鹊，叽喳欢畅；更像山间野花，纯洁飘香！

　　初识小妹，风华时光，近半世纪，铭记难忘！你我工作曾一起，宣传主席红思想；二人同在天店住，一日三餐同来往；晚餐也在农户进，饭后漆黑月无光；中间地里刷刷响，毛骨悚然头膨胀；一前一后匆匆赶，生怕魔鬼拦路旁！说实话，我虽男儿胆量壮，心中未免也慌张！

　　你有画眉歌喉亮，高亢一曲钻天翔；水声潺潺波浪远，大珠小珠落玉缸！"八角楼上灯光亮"，"民兵训练斗志强"；歌歌动听，曲曲悠扬；你是北叩民兵的骄傲，你是龙街青年的辉煌！

　　你是苦命女郎，从小慈母早亡；父女兄妹相依命，中学大学更未上；你有善心一片，更有聪明念想；与人为善开口笑，助人为乐勇担当！民兵集合，全乡拉练，你一张口，没人敢唱！

　　你的心灵似水晶，一尘不染亮堂堂；牛鬼蛇神，魑魅魍魉，不敢正视，闻风胆丧！

　　以后又赴刘么乡，同在一村缘份强；朝夕相处勤来往，更觉小妹如荷香；出污泥，不染黄，洁白莲藕似冰洋！可惜相处如兔尾，匆匆回村会计忙！从此两地相隔望，直到多年会廊坊！

　　月有阴晴圆缺，人有福禄祸殃。万恶煤气浑魔王，夺去亲人痛断肠！可以想象，你撕心裂肺，头撞南墙！独生女儿啊，千顷良田一棵秧；可爱外孙啊，掌上明珠托心上！晴天霹雳，如何承受，怎么疗伤？时间是良药，慢慢血结霜!

如今又有小儿郎,继承家业不彷徨!精心栽培育桃李,长成参天大树好乘凉!望小妹,双眼向前看,一心放忧伤,与铁群共度晚年好时光!长命百岁圆美梦,巾帼英雄做栋梁!

2016 年 8 月 15 日

沈树田

县委副书记,市审计局长;县长和书记,政协副主席;一连串头衔,征途殊不易。我与君相识,始于古洼地;我乃小秘书,君尊副书记;听君作报告,醍醐灌顶奇;从旁多观察,清秀文雅极。

你我二人有奇缘,吉祥荐我到君局。首次下乡我陪伴,会忠开车三人齐;一路欢笑一路习,君正学车浓浓趣;每到一县君主持,我在一旁负责记;九县调研毕,亲密一家谊。首过元宵节,君请我家去;饺子元宵殷勤待,饮酒接风感心底!

来廊一年后,我任副科级;昼夜加班干,以报党知遇。

我儿劲松大学归,君联外贸工作谊;内心深感谢,只有工作向上齐!

可惜短短四载过,君就被调离;辗转三县后,这才调市里。只此一段传奇事,心中感动永铭记!

2015 年 6 月 1 日

王文起

　　我与君同龄，哪有君胸宽？大事敢担当，工作很圆满！沈局走后君来担，机构改革落君肩；试点定我局，你我同心干；我是人事副主任，具体步骤亲操练；摸着石头过河滩，浪花飞溅心欢颜；竞争上岗新鲜透，一锤打破金饭碗！以后共事遂心愿，心心相印无疑难。三讲全党办，生死存亡关。记录党组会，认真不嫌烦；上报材料一批批，心血汗水闪光环；结束写总结，夕阳下山朝日悬；万宝欢蹦跳，君批很好露笑颜。

　　文明精心创，荣誉省审先；文明之花结硕果，一支独秀心血填。

　　配合默契心有数，惺惺相惜恨知晚；夕阳红透不下山，朝日又临高空悬！

2015 年 6 月 1 日

韩少奇

才高智广，人中精英；年轻有为，思缜言通；语如春风，心似雪融。

二十多岁任副处，财政责任奋力撑；又到县里管干部，水平随风涨不停；来到审计才中年，一干就是十五冬。如今已成专家型，在署讲课全国听。

我拜君为师，甘当小学生，学君思路广，学君文字精；学君方法妙，学君口齿清；君是一磁铁，众星捧月红。

你我相处达九载，相帮相助又相融。次次报告君细阅，每每肯定语声声；历次活动材料多，我只一人独力撑；与君心相印，心底感佩情。

我临退休际，年龄花甲生；君挽再协助，一干又五冬；合作共事如过节，整天笑口乐融融。永铭君助力，仰望大星空！

2015 年 6 月 1 日

黄志旺

当过兵，打过仗；对越自卫反击战，也曾猫儿洞中防；身为指导员，自然冲前方；牺牲有战友，至今不能忘。心胸豁达，为人豪爽；性情乐观，助人为常。多才又多艺，诗词书法精深放；人缘格外好，男女都愿近身旁。

君与我，脾气相投相互帮；内心我钦佩，外表更悦详；君也愿交我，犹如师生情义长。我当科长管人事，君为主管副局长；合作愉快似同窗，恨不拿出全身量，创建文明单位棒，省级名号天下扬。

退休后，仍欣赏，彩云之南游八方；同居一室多亲切，熟睡一夜不起床；君身壮又健，真乃洪福享！如今又有胖孙乐，团团圆圆晚年香！

愿君夕阳当空照，喷薄欲出大朝阳！

2015 年 6 月 1 日

李培宁

局长李培宁，女杰豪迈风；政协任常委，参政又议政。审计商贸起步，不久副局擢升；工作认真负责，待人诚恳热情；尤其关心我，出于对老尊重；也曾联名论文，珠联璧合无缝。

我儿张劲松，河大毕业哲学融；分配市外贸，财务出纳尽力攻；后调贸促会，下海辞职自由行；香河同学处打工，风餐露宿艰难情；企业不景气，劲松回家中。培宁局长热心肠，极力举荐学会撑；从此又有正业做，不枉大学深造功。

君现已退休，乐享安和宁；祝君老来健，灿烂夕阳红！

2015 年 6 月 1 日

张振杰

身体有恙，我心常想；几年未见，不知何样？心地善良，助人为常。

从业务到纪检，工作跨度不寻常；反腐教育抓不懈，清正廉洁正面讲；几年下来风好转，一腔心血换花香。

我是注册会计师，感君热心当红娘；推荐我到邯郸所，开始一段股东祥。

振杰贤妻冯广慧，耳目一新芙蓉样；人又努力干，进步格外畅；恩爱夫妇齐携手，又有虎子京城翔。祝君身体早康复，中国梦中铸辉煌！

2015 年 6 月 2 日

施文河

　　大学毕业，乡镇挂职团书记；团结青年，农村建设齐出力。一帮一，一对红，活动开展有意义；协助党委抓中心，党团携手绣大地。人缘佳，口碑好，桩桩件件皆出奇；真给审计争了光，年轻有为蓄潜力！

　　回到审计局，业务更给力；本就学财经，审计没问题；商贸企业了如掌，工业企业家珍奇。因为业绩好，晋升副处级；先是助调员，后升总审计（师）。

　　为人很和气，亲如兄和弟；工作肯钻研，人品数第一。钦佩老弟风格亮，追梦路上创佳绩！

2015 年 6 月 13 日

赵洪富

　　老家黑龙江，举家迁廊坊；审计办主任，协调能力强。见人笑口常开，处事冷静有方；开口风趣幽默，为文严密周详。与君同在办公室，各负其责相互帮；君把总儿，我管人，配合默契正气扬；综合文字强，后勤工作有保障；机关犹如发动机，齿轮螺丝不彷徨。沟通上下，协调各方；单位运转，靠君筹忙。

　　最值一提者，文字真争光：字字如珠玑，篇篇似锦章；参加市征文，荣获一等奖。我曾总结生活会，局长说它一般样；请君另起炉灶写，果然妙笔生花香！我心生钦佩，学君好榜样！

相处二十载，友谊花芬芳；君任副调员，我心赞栋梁；现在皆退休，各自更繁忙；君送孙儿上下学，老朽平仄敲得响；时光很宝贵，决不虚度夕阳；友谊更珍惜，并肩携手互帮。祝君焕发青春力，再献余热迎朝阳！

2015 年 6 月 13 日

李玉艾

进入小李儿这一关，素质高低来检验。别看叫小李儿，资格可不浅：建局初期到，一直在此干；先是办公室，继之人事揽；后到经责科，开辟新科源；常与市组相沟通，俨如两家联络员。工作很出色，领导尽开颜。

说起交往事，追溯三十年。人事科刚建，正副科长担；我管小宏观，君管大微观；党组事一大摊，科内事君承担；井井有条工作顺，头头是道真赞叹；一直干了七八年，直到退休转正盘。

由于工作好，今任副调员；精力更充沛，硕果又翻番！

历经沧桑苦，亲如一家圆；心里呼呼热，见面甜又甜！祝君永葆青春美，迎接母亲艳阳天！

2015 年 6 月 2 日

刘会忠

司机首席，为局长开车努力；驾轻就熟安全系，一路顺风提气！

九十年代初期，各县考察实地；沈局带我同往，三人一路欢喜；途中局长学驾，车行弯弯曲曲；一路欢笑一路唱，欣然抵达目的地！

新任局长王文起，君又开车当司机；接来送往心谨慎，平安无事数第一！又来局长韩少奇，开车一段改工离；老干服务真周到，体检参观拉话语。祝君退休老干列，也享夕阳照大地！

2015 年 7 月 17 日

张金鑫

老弟是个工作狂，拼命三郎无晨昏！你看他，行色匆匆忙出进，一会儿写字一会儿吩；综合文字累死人，一人把总头脑晕！局长讲话要得紧，总结报告催得频；一人难把身体分，提高效率才是真！

依仗小伙儿身体棒，昼夜加班勤，方才保证运转工作顺。

老弟性和善，笑脸语气温；让坐递热茶，就像自家人！

编辑刊物千头绪，《廊坊审计》全市亲；心血洒得多，辛苦付出勤；换来累累硕果，单位总排先进！

愿老弟劳逸结合爱身体，巧抓重点腾青云！

2015 年 8 月 2 日

杨振山

振山老兄，善于沟通；灵活机智，眼亮心明。

五十年前曾同事，一室办公朝夕共；君为会计堪精通，算盘珠子欢乐蹦；一手好字个个美，犹如精兵列队形；心眼灵活脑瓜快，一天能顶两日清。

老朽那时实心眼，榆木疙瘩窍不通；老兄常常来取笑，气氛活跃情浓浓。君乃小孔明，观事高一层；一眼即看透，办事不透风。会计事务繁又琐，井井有条清又明。

以后多年无音讯，二十年前又出征：审计局长任，财政局长行；人大副主任，步步攀高峰。精明又强干，花开鲜又红！

祝君晚年多快乐，再来一个朝阳升！

2015 年 6 月 13 日

李秀峰

秀丽山峰，和煦春风。农林水企副县长，文安腾飞打先锋。带我常下乡，访贫问苦情；开个座谈会，抛砖引玉逢；研究招商计，引凤栽梧桐。也曾驻村亲诱导，觅个西瓜抓典型。企业兴旺史各庄，焊接器材厂闻名；股份设置开先河，推而广之吹东风。

旷达又豪爽，热心讲交情；何论上下级，一片兄弟情。鞍前马后五载逝，农办副职始炼成。乍起炉灶，白手新生；独立一室，开始支应。还是在君麾下，目标仍是兴农；规划打井找水，推广新型品种。正干酣畅处，君调政协参议政；我调市审计，离开文安谋新生。从此别君后，心中挂念情；感谢君指导，向君致礼敬！愿君晚年多欢乐，子孙满堂夕阳红！

2015 年 6 月 11 日

郭增山

文教副局长，乡镇书记担；又转县府办，再升任副县。交道好多年，也是有奇缘：从文教，到县办；管农副县长，对口服务先。心思够缜密，知识颇博渊；出言逻辑强，办事精明干。

一同赴鲁学桓台，单产千斤怎实现？肩上万钧压，举重若轻贤。捎带瞻仰孔子庙，学习圣人治国源；又登泰山攀绝顶，众山遍览我最险。士气敬万丈，回县要大干。

主管农林水，工作大负担；经常要下乡，有时到田间；深入了解农民想，制定兴农翻一番。还要领导众企业，关系文安大发展；塑料之乡，板材之县；日新月异，奇迹频现。整天跋涉和调研，全县农业很可观；君之努力结硕果，百姓富裕笑开颜！

2015 年 5 月 20 日

狄绍青

古洼灵秀能人添，第一手笔绍青贤。骨硬筋坚精华聚，心红志壮不平凡。锦心又绣口，笔下起波澜。地道文安通，心中装罗盘。我的老领导，助力不需言；工作压重担，文字亲口传；虽累心喜悦，一步一层天。记得行署要开会，企业材料急又难。晚上下乡座谈毕，回县灯下龙凤旋。一夜只涂三千字，君来一字一句看。事简字少要重写，我心甘愿无怨言。重返乡下觅素材，返回连夜挑灯干。六千宝贝三十页，龙蛇一夜未合眼。心怀忐忑敲小鼓，这次一见心喜欢。抓笔唰唰一挥就，大会发言不迟延。此次视为亲拉练，实干当中悟性添。

新任县长谁不找，单请君来昼夜谈；就餐有人端室内，内急时节匆匆还。县府管家不好当，七八县长露笑颜。君是资料库，找啥都方便。全县一支笔，笔下生花团。文安古洼常年涝，兴修水利扬水站；近来又是常年旱，打井植树地不干；乡镇企业异军起，塑料钢铁木板缘。经济腾飞人欢笑，功劳簿上君当先。

心累身疲多半辈，退休本应养天年。谁知迷上诗词曲，平平仄仄梦中甜；首首七律精品现，期期刊物榜上圆。九旬在眼前，鹤发又童颜；心思更缜密，枯树逢春天。诗词大赛又获奖，青春再现智慧添。多年以来我费解，一人能吃多少盐？！为何精通件件事，大脑是否网络悬？有人熬一辈，一事无成关。君应欣慰笑，全胜凯歌还！

本人多幸运，遇上恩师贤；五载不算短，一千八百天。日日把手教，时时亲口传。指我路径怎么走，教我待人如何贤；授我笔下生花术，扶我出步攀山巅。老主任啊，愿您长命百岁黑发添，伉俪情笃蜜糖甜，唐松宋柏新枝翠，子孙满堂笑开颜！

2015 年 4 月 5 日

袁增祥

麻利干脆爽，做事敢担当；心中一团火，脸上笑模样。县府副主任，一派管家样；主管商财贸，流通闪亮光。

兼任机关副书记，赶超活动布周详；党员人人做表率，工作个个拼命郎；本人就是头老黄牛，一声不响拉套忙；书记发现常鼓劲，奉献精神大发扬；年终总结榜有位，号召大家赶超强。

鼓励激斗志，从此直线上；年年是模范，岁岁先进当。感谢袁书记，前进路上不彷徨；祝福袁主任，永攀高峰身健康！

2015 年 6 月 5 日

外 10 首

自由曲·想起老伴儿泪双流（组曲 10 首）

（这世上我最贴心的贵人，就是老伴儿张瑞霞）

（一）相见欢

刚见面，双眸展；如磁铁，粘相连；看面前，细皮嫩肉白玉兰，我一个，傻大黑粗大老憨；一块黑煤炭，一枝白牡丹；一个闷葫芦，居然竹筒倒豆子说起话来没个完；自己难解其间，这难道，就是千年修来的前世缘！始相信，世上真有一见钟情恨见晚！两人促膝低声谈，就好似，高山流水源不断！猛抬头，日头偏，饭菜已凉重新燃！这才起身四目观，恋恋不舍会家贤！

2015 年 6 月 25 日（贤妻张瑞霞离去两周年纪念日）

（二）心挂牵

自从见一面，相隔万重山！虽只六十里，犹如银河拦！

音容笑貌常闪现，内心翻滚卷巨澜！吃得香不香，睡得甜不甜？教学累不累，学生顽不顽？身体好不好，心情欢不欢？心中总惦念，时常情挂牵！那时节，通讯落后不过关，打个电话难于上青天！只好传书寄鸿雁，相思之苦字行间！盼信如盼亲人面，一见来鸿望眼穿！现在想，那种滋味真比滚油煎！熬过长长二百天，终于美梦成真花好月圆！

2015 年 6 月 25 日

（三）婚如蜜

熬过黑夜现曙天，喜结良缘在眼前！惊天喜悦，你可曾想见？动地乐欢，君可曾预览？

我二人，心相连，情相牵，望断秋水早把佳期盼！十一月十四日的一九六四年，文安大水尚未干，君坐悠悠荡小船！简朴婚礼刚刚过，君就扑入我怀间！一眨眼，一股蜜水心中绵，泪如雨下笑开颜！紧紧抱，热吻连，一口长气不能缓！

小土屋，倒座南，简陋土炕喜气添；洞房花烛夜，终生只此番！村中发小洞房闹，目标仅在女婵娟；动手动脚没大小，吆喝一声抱了圆儿；这种阵势何曾见？满脸陪笑舞蹁跹！据说是，闹得越是欢，以后日子越蜜甜！已经过夜半，闹声渐渐淡；及至人走净，窗根下面转；找来大堆高粱秆，一根一根戳屋间；等到黎明睁开眼，半屋秸秆显赫然；苦笑一声罢罢罢，乡规民俗顺自然！

欢娱嫌夜短，一晃过三天；媳妇回娘家，我也单位返。没想到，途中转大圈，巧遇贤妻开会还；良机能错过？又在她家住三天！你欢我爱火燃旺，一天胜过二十年！

虽然县里批评我，全面接受心里甜！我仍卖煤炭，就像煤里往外钻！从此后，经考验；两地分居鹊桥连，牛郎织女眼望穿！

2015 年 6 月 25 日

（四）天使诞

婚后离家园，两月才相见；都说相思苦，我有深体验！

我是独生子，千顷一苗鲜！父母早把孙儿盼，屡催我俩梦儿圆！实无奈，着急吃不得热汤面！结婚三载过，肚儿方见圆；六八五二〇，老大千金现。一声啼哭胜天籁，哭得全家笑开颜！快起名，天遂愿；爷爷奶奶枉睁眼，千斤重担落我肩；灵光一闪现，主席诗词翻："不爱红装爱武装"，"爱武"二字金光闪；主席起名天大面，定会苗壮成长天地翻！

事情开了头，就会不间断！两年后，七〇一一八，哇的一声男子汉！这次起名循旧规，仍是主席来决断："暮色苍茫看劲松"，"劲松"二字够新鲜；苍松挺拔坚贞显，长大成人钢铁汉！

到如今，儿女双全，天遂人愿；好人好报，终生平安；阖家欢乐，全家团圆！

放眼天底下，最幸福的人就是老朽景茂俺！

2015 年 6 月 25 日

（五） 园丁难

纵观老伴儿一生间，步步攀登步步难；可叹一个弱女子，敢比古代花木兰！园丁辛苦人共识，有些细节不说谁能见！

说起当园丁，不当没体验；我也曾，教书育人十多年，个中充满酸甜苦辣咸；虽然苦中伴随甜，也要度过重重关！

千花摘一朵，万村岁月艰：水中跋涉穿湿裤，返浆双脚陷泥潭；就这样，一天不误育人事，瓢泼大雨学校赶；路滑滑，难睁眼；十丈高坡突滚翻，鼻青脸肿义不返；上课穿湿裤，学生哭连天！发誓从此狠命学，不负老师爱心甜！

学校五里远，放学速往家中赶；缺柴米，少油盐，点火做饭实在难；哄儿吃过填几口，晚上还往学校赶！回家路过白杨林，哗哗巨响鬼嚎般；心哆嗦，直想喊，真是一座鬼门关！

万村岁月几多年，贤妻过惯若等闲！校长只去查一次，就谈起虎来色变蓝！连连发感慨：这些年，怎么过的十八难？

以后到姚么，三级复式天地翻；连续几次三连冠，夺得盛誉美名传！

2015 年 6 月 25 日

（六）硕果甜

有了万村岁月苦，方有姚么硕果甜！

当时是，我在刘么当校长，贤妻随迁到夫边；分配姚么教小学，三级复式度难关！两年后，我被转回当民办，一股逆流上下翻：幸灾乐祸看热闹，恶意诽谤造谣言！一股作气考师范，四十岁的老学生面对二十多的师严！就在此际，公社统考到当前！异校异师来监考，二十三所小学翻了天！这可是真检验路遥知马力，国难显忠奸！是骡是马拉出看，真假立辨一目了然！

贤妻平时功夫硬，混龄教育显奇观：兄弟姐妹同一室，兄姐授课弟妹灌。考试完，结果现；一个个大眼瞪小眼，魂魄半天没还原：五个年级五个冠，贤妻夺得三个冠！一时间，翻了船，炸了鸡窝翎毛翻；奖金席卷多半天！难怪校长让请客，破费一点儿心畅欢！

以后又来几次考，贤妻三级复式均夺冠！很多人白眼翻：复式教学难上难，为什么张瑞霞能如此这般？难道她是文曲星下了凡？县府授她当模范，光荣入党立誓言！家长乡亲奔走告，村里建房三大间！

想来真后怕，我幸上师范；如还当校长，是红也黑变！众人之口堵得严，这口窝囊气，可想而知真难咽！而贤妻，苦尽甘来师生欢，细细品尝硕果甜！

2015 年 6 月 25 日

（七）团聚乐

为了全家相聚欢，同调廊坊离文安。女儿在外贸，儿子就读莲池畔；只待河大一毕业，分来廊坊家团圆！初期没房住，租赁一小间；房小没关系，住着情满满；每天我上班，老伴儿家务干；其乐融融天天盼，相比鹊桥强千万；待到劲松分廊坊，这才真正聚梦圆！以后单位分了房，方才落脚心顿安！

回想前半生，颠沛流离南北转，鹊桥相会苦中延；反观后半世，百川归海汇一处，全家团圆蜜糖甜！儿女们，团聚之乐来不易，百般珍惜眼珠般！发奋努力报祖国，欣迎复兴艳阳天！

2015 年 6 月 25 日

（八）朝夕伴

二〇〇三年，老朽花甲应回还！谁想局长挽留咱，留下继续抓党建！老伴儿愿望又落空，对我一顿好埋怨：钱什么时候挣到头儿，哪如回家相陪伴！我心有同感，好言来相劝：老牛再拉几年套，为党为国再出一点汗，再进一点言！说时迟，那时快，一晃就五年；到了二〇〇九年，彻底解套回家园！老伴儿心喜欢，朝夕共相伴；同去保龙仓，买肉又买蛋；同游大公园，欣赏风筝飞满天；坐在小湖畔，扁舟悠悠观不厌，同坐公交车，爱心免费不花钱；想去哪儿去哪儿，周游廊坊凭心愿！

可惜好景不长远，不过半年我住院；急性心梗来捣乱，需要开刀救命还。老伴儿忧心焚，昼夜守床边；端屎又端尿，好言细声劝；后来转院去北京，我睡床上她地摊；及至开刀出险情，一下急得把病犯！我俩心贴心，我俩肺相连，一人离去肝肠断！幸好住了一月半，回家调养把命捡！变着花样烹炒煎，尽量让我多吃点！晚上我睡床里边，老伴儿接尿睡不安！

病后恢复快，又与老伴儿出去转！整天乐呵呵，形影不离散！

我的好老伴儿，天下难找我占先！老朽何德又何能，与妻相爱五十年；如果人生有来世，重做夫妻再团圆！

2015 年 6 月 25 日

（九）晴天霹雳

老伴患有风心病，倒倒歪歪几十年；虽然身体衰又弱，还不至于命倒悬。谁想有突变，脑梗来捣乱！二〇一三年六月二十三，半身不遂双手颤；傍晚住进县医院，全面检查心脑电；只一天，昏迷不与家人言，深度昏迷闭双眼！直到驾鹤西游去，未与家人吐半言！晴天霹雳晕头乱，东撞西碰泪已干！赶紧通知亲属到，来见老伴儿最后面；遗体告别我未去，遗体火化更心酸！抓紧买墓地，就在万桐瑞景苑；瑞霞景茂最后宿，可见事先安排有苍天！

老伴儿离去后，终日泪洗面；再想见面水中月，只在梦中见一见！如今已两载，心中忧痛稍平缓！愿老伴儿教育女神列仙班，嫦娥织女常相伴！

在天上，笑开颜，耐心等我再团圆！

2015 年 6 月 25 日

（十）活心间

音容笑貌脑浮现，精气神魂活心间。高尚女性你堪配，圣洁女人你周全，我俩内心深相爱，相濡以沫五十年！漫长岁月，沟沟坎坎共度过，惊涛骇浪肩并肩；温馨时刻，眉开眼笑同欢乐，甜蜜共尝爱浪翻；危难之际，同甘共苦齐奋斗，携手向前度难关！

你是我的贤良妻，你是舵手顶风船；你是家庭顶梁柱，你是苗圃园丁冠！

你的一生光芒闪，只为别人忘己贤；总干活，手不闲；心灵巧，最良善！一个大写人，一个真美仙！在我心目中，你最完美，你最圣贤！你是儿女最好的母亲，你是同事最好的伙伴！

祝愿在天常欢笑，保佑百姓富康安！

2015 年 6 月 25 日

亲情篇 64 首

卷首诗

内蕴一颗滚烫心，重新审美善和真。

闪光之处频发现，小曲开言后代存。

2015 年 8 月 8 日

江城子·卷首词

情意似血化心中。更鲜红，愈兴浓。思念魂牵，今日曲升腾。只怕涂
鸭君见笑，学厚脸，重激情。　　自由散曲乍学功。弃缰绳，变流萤。幽默
诙谐，浏览笑心中。先人有灵当欣慰，留纪念，后人擎。

2015 年 8 月 8 日

【北仙吕】一半儿·卷首曲

内心兼有乐和忧，思念亲人春复秋，唯愿写出俗曲留。夜难休，一半
儿轻吟一半儿吼。

2015 年 8 月 8 日

家庭 10 首

祖母张殷氏

　　胖嘟嘟的身躯，慈祥祥的脸面，从容容的神态，温和和的双眼。农村一老太，本就很平凡；三男一女站面前，平凡之中透非凡！长子张广彦，浑身似黑炭，终其一生地里转，精神专注从不嫌；次子张广寿，心红志愈坚，参军抗战似猛虎，姜庄子斧头战中把青春献；三子张福岗，刻苦学习文状元，曾到津门去赶考，因犯地名命不还；还有一女瑞英唤，雄伟身躯嫁大汉，丈夫出名巧木匠，人大会堂手艺献！如此看，祖母平凡又不凡，为国捐出好儿男，获得尊崇也自然！

　　我幼时，祖母宠爱时常唤，有好吃的沾嘴边；讲个小故事，逗我欢乐玩；做个小游戏，开智又解馋！偶尔打会儿小纸牌，那是唯一的开心源！

　　祖母是烈属，国家发银钱；每月四十角，以解小困难！

　　心宽又体胖，晚年享安闲，活到八十九，寿终归自然！孙儿来装殓，买来水泥棺（1974 年，极少木棺）；埋入公墓群，上天也有伴！

　　祝愿祖母安息好，以后孙儿去相伴！

2015 年 8 月 8 日

父亲张广彦

其貌不扬，黑颜瘦黄；半生受苦，晚年风光！

扁担肩上扛，汗水湿衣裳；干的牛马活，咽的糠菜粮；春秋打短冬讨饭，四十才娶老伴儿香！

耕耩锄刨样样俏，干脆麻利一闪光；合作化，当队长，整个人是领头羊；锄地精又细，打头又查岗；收获大高粱，小镐翻飞一搂枪！六三大水遍汪洋，秫秸连成百丈长；以水借水溜村去，人人见了拇指扬！

老实巴交怵交往，闷嘴葫芦难道详；为啥大伙选他当队长，其中深意不用想！

对儿女，很慈祥，赶集上店瓜果香；自己从不吃一口，儿女吃下自己透喜心房！

身体一直比牛壮，药片从未进口腔；晚年患了直肠癌，吃个药片赛演讲！

转眼逝去四十载，想起老爸心神伤！愿父母双双在天上，高高兴兴度时光！

2015 年 8 月 8 日

母亲程明銮

嘹亮精明，算盘倍儿清；目不识丁，张口数成！当家过穷日，精打细算粗粮充；供我高中上，三亲六故借遍行；无力上大学，强弩之末再无能！我心特理解，甘愿面朝黄土背苍穹！

想起过去事，父母拼命冲：我家有块地，远在十里以外营；农忙季节到，半夜就叫钟；母亲做饭备干粮，父亲带上农具就出行；及把高粱个子运到家，场里晾晒母亲功。那时无车马，都是步下行；此中苦滋味，不亲身体验怎么说得清！

家里一把手，母亲紧紧盯；场里粮食别霉烂，家里一日三餐还要供；圈中猪羊嘴不停，鸡公鸡婆也不是省油灯！

我是独生子，上有姐下有妹我居当中；小时就娇惯，好吃好喝首当冲。及至我务农，父母压力才减轻；出外做事情，工资一半交家中。结婚生子喜事生，母亲抚孙乐融融！

这一生，如点灯，油尽灯枯自然情！母亲离去三十载，一想音容双眼红！愿她老人家，永远安息好心情，伴父一起享尊荣！

2015 年 8 月 8 日

大叔张广寿（革命烈士）

青春焕发，精神可佳；国难当头，奋起抗日卫中华！小日本，惨无人道抢烧杀；我卫士，满腔怒火刀枪拿！

抗日艰苦期，文新大队战古洼！日寇姜庄建据点，四周派夫辱女娃；稍一拖延机枪扫，民愤沸腾发誓据点拔！

当即成立赶死队，里应外合巧力发；大叔负责一组往里闯，倭奴脑袋一个一个咔嚓咔嚓速切下；没想到，一个日兵刚换岗，大叔举枪就开打；谁料臭子儿没打响，反被日兵开枪杀！呜呼，壮志未酬身先死，扼腕痛惜泪开花！

据点被拿下，乡亲笑回家！朱总司令颁奖令，斧头奇战传天涯！

大叔虽牺牲，为国捐躯叫呱呱！愿英烈天上欣慰笑，用生命换来的铁打江山艳如霞！

注：姜庄子斧头战，发生在 1942 年的河北省文安县姜庄子村。

2015 年 8 月 8 日

老叔张福岗

煤油灯，跳得欢，老叔用功在灯前；倒背如流不松劲，文章锦绣鲜花般！

小时候，乡亲谈，我老叔，才华展，给个县长都不干！当时我不懂，不知县长是大官！

后来真不幸，赴津赶考命未还，说是犯了地名死得惨！

一代英才惜早逝，叫人怎不肝肠断！

我要继承老叔志，未竟任务勇承担！

注：大叔、老叔，我都没见过面，因为他们去世时，我尚未出生。

2015 年 8 月 8 日

本人张景茂

脸如包公，心如血红；忠诚老实，勇于担承！心地如水晶，心灵似坚冰；心肠比火热，心胸如长虹！

少有凌云志，想当雪芹公！上学晚一年，跳级来补成；学习很用功，三遍可背诵；从小学，到高中，次次考试前三名；同村同学，原因尚不明：我上高中，他们初中，差了三年，具传奇性！考上大学家贫阻，自学成才大学攻；还是喜爱的中文系，只用三年心愿成！

心中有股风，争强又好胜；不拿第一名，吃睡都不宁！早在高中时，文安中学有传统；每周查卫生，名次很光荣；我为高四（班）生活委，次次评比皆头名！八十年代在政府，不分昼夜在拼命；两个昼夜连轴转，写就典型天黎明；绍青主任速批改，点头称是才收兵！人称老黄牛，增祥主任树典型！九十年代市审计，每年市委搞活动；材料首当冲，天天报不停；我局只我一人担，其他单位三四名；"三讲"教育几个月，最后总结成坚冰；勇气增，信心擎，跃跃欲试必成功！夕阳红，坐屋中，树纲立目忙碌中；灵感频频来光顾，一气写出万字红！晨鸡鸣，红日升，光芒万丈刺眼明；未及合一眼，速报王局应；赫然有批示，"写得很好"鼓励行！

老朽有一好，帮人心中涌：曾拾皮包还失主，内有合同身份证；也曾出资助贫妇，买好车票回家中；乞儿骄阳下，满脸大汗冲；伸手讨金钱，哆嗦颤不停；耐心来询问，建议阴凉中；取出二十块，千叮万咛寄心声！

老朽心肠软，容易受感动。每逢英烈牺牲事，热泪盈眶哭连声！六十年代学焦公，我读报纸大家听；读到肝病椅被顶，现出一个大窟窿；我心抑不住，难受哭高声；同事大眼瞪小眼，不知为何牵神经？即使到现在，老朽七十已挂零，遇到感人仍激动，热泪奔涌江河倾！这是否就是情？情到浓处丢理性！学写诗词，情由心生，有情方可骚坛擎！

　　说起诗词事，青年时期就独钟；但限平仄还懵懂，只是押韵准古风！真正当回事，还是入会以后情；自己啃书本，老师教圣明；兼之采采风，实地考察行；拼命写，数量拥；多写必然体悟逢，熟能生巧自成风；犹如半锅米，加水温度升；升到百度水沸腾，再过不久饭熟成！写诗理相同，温度时间火候赢！如果只是少而精，何时温度升到顶？温度不到饭不熟，岂不枉费心机饭夹生？！于是乎，三年诞生千名童，虽然难看亲身生！主编刘宗群，爱心透心胸；耐心讲诀窍，刊物几首登；鼓励出书事，亲联出版情！现在正刊印，不久可相逢！

　　为啥好人没好报，崎岖坎坷总临逢？老朽心肠好，从无害人情！但是征途多猛虎，大吼一声拦路功！幼年险些丧水命，中学抢险千米冲；房屋倒塌砸底下，手术开胸捡条命；考上大学因家穷，合同五年回家中；转正取消重归农，一落千丈雄变熊；愈受挫折愈拼命，考上师范再转正！有点传奇性，热泪含眸中；任谁遭遇只一项，也够喝上一壶体实情！

　　虽然苦半生，幸有好家庭；贤妻对我情独钟，冷风邪气共同顶！儿女孝顺面前迎，每天问好美食供！

　　纵观一生，酸甜苦辣滋味浓！前半生，百般挣扎苦海中，幸有贤妻俩人撑；虽说痛苦心煎熬，毕竟磨砺助成功！后半生，蜜糖罐中享福荣，头脑清醒有理性；身心闲不住，昼夜学习写作中；生活充实有趣味，一天一个好心情！

　　但愿老朽，无灾又无病，身心多充盈；创作胖娃娃，欢蹦乱跳个个精！

2015 年 8 月 8 日

妻子张瑞霞

瑞气霞光，灿烂辉煌，一旦褪去，黯然神伤！

椭圆脸庞，细腻含霜；双眼细长，丹凤朝阳；嘴阔有福，吞吐八方；身躯柔弱，意志如钢；身材精干，精华独享；为争口气，终生要强；功德圆满，含笑天堂！

君当园丁施妙方，幼苗伸腰飕飕长；混龄教育奇迹创，多次夺冠三级棒（三级复式）！从事教育三十载，眼花缭乱画太长；只摘一叶一花芳，老朽讲来听端详。

万村岁月苦，姚么硕果香；没有严冬寒彻骨，哪有腊梅扑鼻香？

说起万村千般苦，锤炼意志如精钢！离校三四里，每天往返多少趟；一次倾盆大雨下，别人急往家里闯；她却冒雨斜身钻雨墙，十丈高坡滚当场；鼻青脸肿到学校，全身湿透上讲堂；学生双眼突发红，一片嚎声十里扬！

那年沥涝大水荡，一米多深吓人惶；刘村小船接师上下班，万村无动于衷没事儿样（刘村比万村还近一倍多，老师是同村的何淑贞）；好瑞霞，牙咬响，往返趟水上课堂；一天不误学生课，穿着湿裤声宏亮；学生眼含热泪望恩师，一字一句记心上！

到了春天又返浆，双脚陷入烂泥塘；烂泥软中带硬吸力大，拔出一腿费周章；就这样，筋疲力尽到学堂，好一副美丽的狼狈样！

晚上回家过杨林，哗哗巨响鬼怪唱；心胆战，欲飞翔，说不害怕骗人腔！时间一长胆变壮，再不害怕魔鬼狂！现实残酷炼精钢，真得感谢万村岁月悠悠长！

没有万村岁月苦，哪有姚么硕果香！

七十年代，我调刘么乡当校长，妻随夫迁理应当；分配姚么教小学，三级复式张牙舞爪扑来狂！凡教师都周详，单班好教成绩强；三级复式东也忙来西也忙，忙了半天乱撞墙；镜中花，水中月，竹篮打水瞎胡忙！但事在人为，奇迹独创，异校异师统考中，两次全乡三冠长！犹如一声霹雳响，震得全乡欲发狂；教师们大眼瞪小眼，一时间张大嘴巴合不上！那时虽然我霉运，但取消转正不彷徨；考上师范正拼命，也就无形中免除嫌疑堵了口腔！那时我也困惑不解，三级复式三夺冠想也不敢想！拭目看，全乡23所小学，只有五个冠军，贤妻竟一举夺得三冠长；任谁也不敢想，但事实已现样板亮！更何况，那时流言蜚语飞短流长，讽刺挖苦加诽谤！心灵得受多大伤？！加之照顾瘫婆婆，试想想，一个人能承受多大重量！贤妻意志比精钢，于此可见一斑信其详！比之须眉毫不让，巾帼英雄能否当？！

我的困惑无法解，直到混龄教育帮了忙！这位老兄浑身宝，老朽一一说端详：混龄者，不同年级在一个班里听讲，取长补短真理想；低年级提前听了高年级的课等于预习，而高年级听低年级的课如同复习一个样；变"要我学"为"我要学"，这一主动思想大解放！真佩服这些几岁的孩子，人生地不熟竟考出三个状元，你说棒不棒！

经此后，县政府授予她模范教师，县妇联赞誉她三八红旗手荣光；又光荣加入了中国共产党，村里特为她建了三间大瓦房！你说欢畅不欢畅！

贤妻不仅育人有妙方，各种活计变花样；村里老少缝补事，缝纫机一转响叮当；稍一清闲双手舞，七垫八罩满屋翔；一生干了多少活？恐怕几个女人也难挡！

不仅园丁特别棒，贤妻良母更堪当：老朽两次住院因心梗，北京医院开胸差点难还阳；贤妻昼夜守病房，请医抓药分外忙；端屎接尿不嫌脏，听说我危险犯病汗珠淌、腊渣黄！儿子肾病沧州治，一人携子独前往；那时我正上师范，星期日里去看望！柔弱女人真自强，胜过须眉志如钢！

贤妻已然赴天堂，说病死不如说累亡，终生风心病何等猖狂！她就为争一口气，看我过得怎么样；为此付出代价广，终生好胜又争强！

她是新时代的贤妻良母，又是优秀园丁好榜样！在天上，玉皇大帝封她教育女神，教书育神仍然忙；好在有嫦娥织女常相伴，不会寂寞心欢畅！

望君耐心待，等我去天堂！到那时，咱夫妻再团圆一场！

2015 年 8 月 8 日

儿子张劲松

山顶劲松，潇洒从容；狂风骤雨，郁郁葱葱！

儿子张劲松，一派儒雅风。表面很文静，内心锦绣生！常有波澜起，愈挫愈峥嵘！

少年时节患肾病，贤妻携子沧州行；舅家一住半个月，求医觅药上天怜悯生；长针刺肾多痛苦，小儿咬牙声不吭！当时是，我遭霉运上师范，周六看望周日返回程！看病误课程，有空钻书中；降级远遁去，河大莲池逢！

一件小事趣味浓，看姨返程暴雨中；表哥表弟仰天叹，命比车子要贵重！雨狂路粘推不动，咬牙弃车返归程！哥俩十几岁，决定真英明！都是独生子，命比黄金重；一旦出意外，两家怎安宁！大人寻车去，扛车回家中！

大学毕业分外贸，出纳握掌中；分家贸促会，心胸不畅辞职行；挚友小刘有企业，诚邀加盟很热情；去协助，苦头迎；个企风雨摧，只得返家中！

期货股票炒，提心吊胆慄；鲜有收和益，难得散户赢！

培宁局长援手助，审计学会谋营生；组织论文搞活动，连踢带打一人功；心灵又手巧，事事轻松应！

每天都问候，手中从不空；有此孝顺子，老朽返老又还童！

2015 年 8 月 9 日

儿媳张培芬

文安史各庄，儿媳好家乡；大清河之畔，人杰地灵光！

思想很开放，没有扭怩样；医科大学石市读，可惜医院没分上；专业不对口，空费好时光！从事招聘考试强，忙忙碌碌好紧张；加班小碟菜，连轴转寻常！

夫妻恩爱，母女贤良！常与女儿出外游，大好河山胸中装。曾去杭州西湖逛，又观山西平遥墙；欣往青海赏湖景，青藏铁路长又长！

生活有情趣，饮食花样香！敬公婆，孝爹娘，晚辈生涯不愧当！

愿培芬犹如大鹏展双翅，前程灿烂又辉煌！

2015 年 8 月 10 日

孙女张依琳

灵秀婵娟，马叫人欢；天天微笑，日日康安！胸揣一团火，脚底涌波澜；高中上重点，大学外语圈；读书西湖畔，灵魂上九天！

经多识广见世面，尤爱神州好河山！一山一水是家园，一草一木心上惦；江河湖海母亲血，山川平原肉相连！

孙女好乖巧，哄爷多喜欢！抓紧备粮草，攻克外语难！

愿如西湖玲珑透，六和塔上欲登天！

2015 年 8 月 11 日

本家 6 首

大哥张景德

人说傻景德，我看不见得！人心若实在，就会如此说！这位老大哥，外傻里精活。人情事故样样懂，待人处世也洒脱；娶个媳妇特嘹亮，双眸一转巧言说；生下四个儿，个个牛犊脱；有的当医生，有的企业活；金银大大有，愁肠变心乐！

别的且不表，咱说一段肚如锅：那是低指标，天天都挨饿；肚中空半截儿，桌上没有货。有一次，打来小鱼惹了祸！做的小鱼贴卷子，死面卷子硬如砣；大哥吃了一个又一个，直到肚鼓如圆锅！这可怎么办？当时肚皮薄！如果死面一膨胀，活活撑死不可赦！缺医又少药，只得土法说：两人一左一右架着遛，试图消化保命活！几个钟点悄然过，圆锅渐瘪人皆乐！好一场惊险戏，至今记忆犹新活脑壳！

大哥年近九十岁，身体健康又壮硕；祝愿晚年享清福，日日天伦乐！

2015 年 8 月 12 日

二哥张景槐

　　文化过了关，公家饭碗端；旱涝保丰收，一干几十年！财务会计算盘响，小葱豆腐清白辨！小字写得好，双字正又端；小时跟哥学，进步一重天！娶个婆娘精明干，生了二子赛虎般！如今早退休，有点糊涂颠！

　　晚岁幸福多欢乐，天天胜似过大年！

2015 年 8 月 13 日

弟弟张景福

　　乡村大功臣，幕后集大成；不当一把手，大权握在胸！

　　老朽在家时，七十年代红；我任村支书，小弟支委雄；宣传兼民兵，成竹总在胸！工作轰轰烈，带起一股风！

　　近年我出外，听说办厂成；化工东洼建，收益可观行；经常外出搞谈判，脑瓜好使又聪明；遥控指挥村中事，重点难点掌舵功！

　　小弟脸沉严肃风，不苟言笑特持重！办大事，是块料，不事张扬装心中！身体也有恙，心脏支架通；望君多珍重，晚年唱大风！

2015 年 8 月 13 日

弟弟张景山

不愧名叫张景山，身材高大如座山！额上可跑马，肚里能撑船！

先搞斗批改，后留物资站；自己回家搞一摊，销售建材能赚钱！为人够豪爽，口中吐重言。常来看望我，弟兄亲情不一般！有个好妻室，死心踏地干；三个儿女真争气，女儿邯郸成财团；小儿石市开车转，长子在家父母伴！

经多见广常跑外，谈判销售两周全！如今也已古稀岁，身板硬朗壮如山！愿小弟晚年快乐如喜鹊，长命百岁福寿延！

2015 年 8 月 13 日

侄子张树林

　　年龄比我大，一生勤劳夸！庄稼地里一枝花，耕耩锄刨样样叫呱呱。精打细算过日子，一分钱掰成两半花！为盖房，地基抓，整天小车咿呀呀；汗流如雨不顾擦，腰肢累弯身累趴！

　　为人讲正义，挺身而出发；一生不容易，应予尊重他！

　　晚年在校干杂务，认真负责面面抓；不怕辛苦不怕累，喜获师生人人夸！

　　祝愿贤侄多幸福，晚年盛开快乐花！

2015 年 8 月 14 日

大侄张文清

　　人称老八路，为国建军功！打仗多少年，身上伤重重！

　　转业搞金融，兢兢业业风；一丝且不苟，事情少通融！待人很客气，说话君子风！离休回家享清福，子孙满堂乐无穷！

　　晚年多珍重，百岁夕阳红！

2015 年 8 月 14 日

女儿家 2 首

女儿张爱武和女婿张建辉

"不爱红装爱武装"，主席起名真荣光！

一副老实相，毫无狡猾腔；说话无虚假，办事缺变方！

高中学习有偏向，重文轻理亏大方；廊坊财校已录取，不愿就学再考大学上！我想如再考，中专落榜不如现在上！可能伤了自尊心，以后人生带重伤！小豆厂出纳会计多少年，经营不善下了岗！

下岗犹如没娘娃，东冲西碰似撞墙；给人打工谈何易，又怕热来又怕凉；转了一家又一家，此中滋味谁体谅！

对父母，孝顺不张扬；经常买物品，三天两头来看望；双休来父家，做饭又擦窗；有时外边吃，专挑好的上；关心父身体，说话温柔腔；是个难得好女儿，打着灯笼也无双！

女婿张建辉，农民子弟强；大学钻机电，技艺较在行；吃苦又肯干，勤俭无邪章；平时脾气好，家务也担当；有时心不顺，就现急躁腔；今后携全家，石榴抱紧向前闯；心情如喜鹊，创造幸福和谐享！

愿全家红红火火更兴旺，团结奋斗奔辉煌！

2015 年 8 月 18 日

外孙女张丹蕾

牡丹蓓蕾，含苞欲放；一旦开花，国色天香！

自幼聪明憨厚，唐诗背诵有方；每天一首响当当，乳臭未干稚样！姥姥学校接送，老师助手铿锵；成绩总在前边晃，吐气扬眉真棒！高中苦战衡水，吃饭小跑打仗；鸟困笼中无非想，河北工大考上！平时严以律己，学习成绩靠上；保送天大研究生，土木工程争光！

从小就在身旁，姥姥照顾特周详；别饿着，别冻着，别有恙！一旦有病，立即奔忙；请医问药，着急忙慌！

执着性犟，知难勇上；衡水三载，考验两商；智商要高，情商要棒！工大四秋，锻炼自强；对己苛刻，日飞月翔！生活不求高档，衣着平民一样；什么抹油不抹油，什么化妆不化妆，统统抛入太平洋！

对人忠厚，掏心晾肠，一片真心感上苍；知恩图报，养精蓄量，万般蜜意亮衷肠！

继续攀登，前程无量；小小寰球，手中欣赏！

初愿日日新，月月创，每年一个大变样，直上珠峰展芬芳！

2015 年 8 月 18 日

大姐家2首

大姐张素贞

大号张素贞，小名叫张娟。与我异父同母，相处短短几年；16岁即出嫁，联系暂时中断。为人老实，缺个心眼儿。婚后生了三女二男，为婆家作了大贡献！

相处时间，在我十岁之前；照顾我吃，优先我穿；干活抢在前，享受在后边！感谢大姐情深厚，姐弟相谐过难关！

因患心脏病，过早离人间！愿忠魂天堂乐，护佑我平安！

2015年8月19日

姐夫邵秉财

大城杏叶林，姐夫的故乡。民风很淳朴，是个好地方！

识文又断字，大队会计当；秉公办公事，支部书记扛；带飞领头雁，飞向更远方！那时学大寨，改天换地种棉粮；汗珠子摔八瓣，到头来仍然空着半挂肠！当此时，我在村中也把大旗扛，哥俩儿遥相呼应权力掌，真不枉来到人间走一趟！

后来到市里，看守大门尽衷肠；因为肚里有墨水，处理杂事如反掌！现在岁已高，身体倍硬朗！愿长命百岁，欢乐无疆！

2015 年 8 月 20 日

大妹家 5 首

大妹张素英

　　婆家南叩里，丈夫郭俊山。起初负担重，孩多活累不得闲！后来到县城，芝麻开花——节节高！俊山做了官，家人喜气添；住上二层楼，鸡鸭鱼肉餐！

　　作为女主人，家务操持很圆满；吃与穿，要饱暖；有客人，陪笑脸；会周旋，一大关！内政外交获双赢，小家日子像火燃！儿女教育有方，个个出息不凡！多年操劳身受损，一身毛病常捣乱！愿大妹晚年多欢乐，幸福又平安！

2015 年 8 月 21 日

妹夫郭俊山

说到俊山，不怕艰难。从乡镇小厂到烟草局长，一步登天！内中的征途崎岖，风刀霜剑，只有自己能体验！

烟草行业，竞争火燃；前几任上，举步维艰！自从拿起接力棒，开拓市场心铁坚！几下云南，云烟请来作客还；贵州常去，茅台味醇尽开颜！效益如火箭，噌噌往上蹿！领导夸，群众赞，启用新人不一般！

如今早已卸下鞍，休养生息度晚年！愿身体健康多幸福，合家欢乐上峰巅！

2015 年 8 月 21 日

外甥郭民

大妹膝下一棵苗，苗壮成长气自豪！待人很忠厚，办事又牢靠，鞍前马后左右跑。我们舅甥缘不薄，每次见面舅亲叫；接风洗尘，传巾递皂；问寒问暖，喝好吃饱！身体安康否？血压高不高？术后可舒畅？心情好不好？

与父同掌监理事，每天风来雨去辛苦熬！办事公道不徇私，坚持标准分厘毫！正值壮年岁，精力旺盛饱。祝贤甥事业有成光祖耀，幸福健康展翅遨！

2015 年 8 月 22 日

外甥女郭存

从小住在姥姥家，无拘无束就长大。脾气温柔说话笑，待人和气暖心花！与和平，朝夕发；相爱恋，美如霞；结连理，蜜罐挖！相敬如宾不红脸，放下簸箕抄起笆！如今经营窗帘店，伉俪携手红火把。愿青春永驻，相互无华！

2015 年 8 月 22 日

外甥女郭芳

长相漂亮，热情奔放；双眸会说话，酒窝时闪荡；一帆风顺事业兴，家庭和美宝贝强；从小上学成绩好，分配工作如愿尝。待人如和煦春风，缕缕温暖透心肠；心态似明朗阳光，丝丝线条照胸膛；工作若芝麻开花——节节高；家庭像掉入蜜罐中——甜满腔！常到廊坊报资料，来去轻松如游逛！

乐观豪爽，给人力量！愿事事如意，时时歌唱！

2015 年 8 月 22 日

小妹家 1 首

小妹张焕芝和妹夫赵双喜

　　比我小十岁，从小明珠掌。穿衣买新装，吃饭挑样尝；干活做轻事，紧怕累出恙！

　　长大上师范，毕业之后教师当；常与嫂子作交流，吸取经验改教方。自由恋爱军人想，美满姻缘结晶煌；女儿伶俐招人爱，一晃成了大姑娘。

　　妹夫赵双喜，南海舰队服役忙；精明又干练，立下功劳不彷徨！转业到地方，商业战线献力量。

　　现在花甲皆休养，欢度晚年蜂蜜尝！

　　祝全家幸福美满，体健心康！

2015 年 11 月 17 日

姑母家 2 首

姑母张瑞英和姑父万明伦

姑父和姑母，一个高来一个胖。姑父是木匠，作品写在大会堂；姑母家务掌，相夫教子不彷徨。六个儿女都养大，苦巴苦掖烧高香！

万村温辛杨，犹如隔着一堵墙；胡同北头望姑家，坐北朝南砖瓦房。长兄在天津，全家老小条件棒；二哥终身鳏，光棍一条自在王；表弟袭木匠，平时为人干活将；表姐小表妹，均嫁农村种地郎；大表妹万文兰，教书育人园丁忙！

全家都有事，各自奔波忙！愿生活愉快，身体安康！

2015 年 11 月 19 日

表妹万文兰和妹夫王士昌

　　表妹夫妻都姓"公"，公家事务都办"红"。表妹人漂亮，辛勤耕耘好园丁；曾经育才成梁栋，也曾经营园葱茏。妹夫王士昌，文字很过硬；政协工作成效显，人品作品均上乘。

　　育有二女很争气，一个瑞士一北京。崇文医院作医生，治病救人济世行；外语拔尖选国际，父母常赴欧洲行，全家皆精英，为国奉献人生赢！

2015 年 11 月 20 日

外祖父家 7 首

外祖父程吉宽和外祖母

凄风苦雨度一生，五男三女乘凤龙。早年北京砂锅卖，风雪交加怎过冬！老家土里刨食难，受尽剥削与欺凌！

雄鸡一唱天下红，分田分地不扛工；一颗汗珠摔八瓣，果实归仓自享成！外祖典型一老农，吃苦耐劳如嚼葱；祖母贤妻良母型，持家精细节俭风！

时常帮我家，我才上高中；心存感激意，想起泪涕零！

如今都作古，精神我继承；暗鼓冲天劲，誓为人中龙！

2015 年 11 月 20 日

大舅程明辰

大舅居住京南苑，早年出外生意难；风餐露宿苦亦乐，漂流在外度日艰！吃的猪狗食，充当牛马干！相依为命过，舅母苦熬煎！

雄鸡唱过后，穷人把身翻！儿女成群皆争气，有的已成大财团！

如今都上天，祝愿日日欢；有朝一日我拜访，再叙旧情大团圆！

2015 年 11 月 20 日

二舅程明海

中年丧妻人遭殃，又当爹来又当娘；幼女长成多茁壮，教授光环够辉煌！

也曾管学堂，贫下权利掌；看风把舵稳，船行一路畅！随女到廊坊，晚年幸福享；皮裘羽绒暖，鸡鸭鱼肉香！

可惜身有恙，常年卧病床；小女精心伺，饭菜亲口尝；翻身擦后背，夏天煽风凉！一旦归天驾鹤去，女儿女婿痛断肠；我也忙前复忙后，随车回家办事丧！

祝愿天宫重团圆，旧情复燃幸福长！

2015 年 11 月 20 日

三舅程明高

文才响铜钟，算盘翠如风；秀才掌会计，数字一口清。人品如竹清白绿，心性似霞晚照红。有女无男从小扯，妻室早丧倍寒凌；跟随女儿京郊去，男女一样孝又敬！可叹人生多苦难，笑颜面对夕阳红！

2015 年 11 月 21 日

四舅程明起

　　身似关东汉，心肠热火燃。早年在京卖瓦匠，干活从来猛虎般！孝顺父母羊羔跪，寄钱买物及时还！回家种地累，汗珠摔八瓣；接济我家贫，心内谢意添！舅母结核常年病，照顾温言心不烦！抚养子女五六个，长大成人枝叶繁！如今已作古，天堂再团圆！

2015 年 11 月 22 日

老舅程明发

　　优雅有文化，土里刨食忙！脾气温和易交往，好人好品好心肠！孝父母，好吃好喝端桌上；爱子女，指点教育耐心量！

　　小时走亲到舅家，教我识字张李王；考我算术智商高，四乘二五名百强！今天驾鹤天堂往，明日我去拜舅王！

2015 年 11 月 22 日

表妹程省和妹夫付广巨

　　一为司机一园丁，开车去把学生迎！园丁累，园丁荣，百花园中百花红；师傅艰，师傅明，多位市长坐车行！

　　做园丁，心如慈母望成龙；当司机，胆大心细平安中！

　　园丁荣升副教授，一生甘苦有回声；师傅有儿上哈工，多名市长联合攻！

　　伉俪如今皆鞍卸，抚养孙子乐融融！表妹有兴学诗词，妹夫书画有小成！与我常来交流广，过年过节互走动！

　　祝愿晚年多笑脸，子孙满堂如彩虹！

2015 年 11 月 22 日

大姨家 1 首

大姨和姨父郭树清

家住大城东魏庄，苦巴苦掖田中忙！姨母家务作精细，姨父曾经当队长！育有二男皆古稀，多年煎熬度时光！

小时曾往姨家住，照顾温暖又周详；白天学骑自行车，晚上收听音戏腔！

一晃一甲子，二老上天堂；祝愿天宫福寿享，再度团圆乐无疆！

2015 年 11 月 22 日

老姨家 1 首

老姨程文珍

嫁往北京南苑，日子幸福香甜；家丁兴旺茂盛，眼角眉梢笑颜！

双眸会说话，精明比猴圆；人情事故经见广，傻人遇见仰高贤！

记得一次返家园，说是遇盗分文完；性情尴尬可怜见，我生怜悯心内燃！毕竟长期不见面，亲情荒疏缺份缘！

唯愿全家多欢乐，日子越过越蜜甜！

2015 年 11 月 23 日

岳父家 15 首

岳父张学明和岳母张田氏

伟岸像山梁，憨厚如绵羊，勤劳似蚂蚁，爱心比火烫；柔弱随风荡，志气岳高昂，终生操劳累，儿孙放掌上。

岳父生前迷土地，耕耩锄刨样样强；集体视如双眼护，劳模荣誉身上光；孝敬父母心上放，好吃好喝捧手上！岳母在家持家务，上老下小家难当；养大儿女看孙辈，心脏发作沧州亡！

二老耿直又坚强，在我心中是榜样；为我生养好伴侣，一生美满胜蜜糖！祝愿神灵在天上，团团圆圆幸福享！

2015 年 11 月 23 日

大哥张瑞岐和大嫂

十七参军正青年，血气方刚杀敌顽；负伤多处不下线，三等荣军凯歌还！挖煤苦，万家暖；地下险，处处全！可惜英年早逝撒手去，留下孤儿寡母度日难！

一把屎来一把尿，养活长大三女男；坚守在家单身过，白天受累夜难眠！双眼流了多少泪？双手干了多少番？别人难测不上眼，自己哑巴吃黄连！好在为了儿女事，吃苦受累心里甘！娘家更困难，常伸双手援；家家经难念，日历照样翻！

如今大嫂八旬过，平平安安度晚年！唯愿健康又长寿，幸福欢乐尽开颜！

2015 年 11 月 23 日

内侄女张银苍

　　大大咧咧笑脸迎，心中有苦独自撑；丈夫早逝儿女小，苦巴苦掖拉扯成！乌云终消散，柳暗变花明；儿子在医院，女儿研究生；孤独化欢悦，子孙乐融融！

　　为人豁达直爽，说话吐绿花红；肚中不藏弯弯绕，面上总挂笑笑容！到我家做客，亲自下厨烹美味；坐下唠闲磕，劈里啪啦一阵风！好交往，无机锋，相互往来润深情！

　　祝愿晚年开口笑，笑观晚照夕阳红！

2015 年 11 月 23 日

内侄张铁彦

少年丧父心煎熬，忠厚老实也堪豪！青年插队沧州往，三哥关照把心操。吃热饭，穿厚袄，无灾无病多勤劳！返京工作下力干，少言少语多赶超！长期无房住，误子终身遥！居家经难念，京城霜雪飘！

年近花甲应豁达，儿孙事儿儿孙了！还是欢度晚年乐，日子一天一天好！

2015 年 11 月 23 日

内侄张佩彦

活泼机智脑灵通，广交朋友心灯明。出租车上度日月，人情事故文章红。讲义气，豁心胸，江湖之上行事赢！

想法添点进钱道，养鸽养狗运气逢。竞争烈，强手能，提高本领避险凶。为度穷日浑身攒，儿已长大待婚成！

全面小康面前迎，困难犹如初夏冰；盼望艳阳照大地，一切难题皆消融！

2015 年 11 月 23 日

二哥张瑞图和二嫂戴玉贞

十四参军少年强，欢蹦乱跳志高昂；心中窝着一团火，誓与敌人拼刀枪；战场受伤恨日寇，荣誉军人不愧当！工作转地方，会计算盘响；增收又节支，以社为家帮！

早年嫁来很开放，夜校动员莲花香；发动妇女搞生产，协助支部工作强！养育三男三女累，长大成人春风扬！女似刘兰芝，男比范蠡忙；八仙比过海，神通大显扬！老人殷赡养，好吃好喝芳；平时温语对，欢度好时光！

如今兄嫂驾鹤去，天堂团圆小酒尝；健康永长寿，千载万年长！

2015 年 11 月 23 日

大内侄女张爱芹

女中小诸葛，道道头发多；脑筋轴承转，比加油还活！早年在百货，八面玲珑经营活；擅长打交道，口吐莲花特能说！回家也不吃老本，什么赚钱干什么。开浴池，搞外卖，每天忙碌紧张罗；一人能顶八人干，一个头脑十人活；真不愧巾帼精英天地小，开辟空间驱群魔！

如今也已六十多，老将出马斩阎罗；打场官司京城进，凯旋归来乐呵呵！一生传奇广，凡人奇迹多！祝愿晚年享清福，子孙满堂最快乐！

2015 年 11 月 23 日

二内侄女张崇雁

眼珠一转计上心，巧嘴会说征服人；精打细算过日月，身似貔貅只吃进！与夫鄂学增，心意相通魂；步调相一致，发家指日寻！

生意进县城，豆皮豆脑纯！起五更，睡半夜，又脏又重累死人！善于巧经营，嘴上功夫甜又勤；市场竞争烈，摔打锻炼上青云！

唯愿生意兴隆效益好，身康体健胜清晨！

2015 年 11 月 24 日

三内侄女张双爱

自由恋爱建家园，蒸蒸向上日子甜！与国明，心相牵，情投意合有奇缘；手拉手，肩并肩，同奔小康高峰攀！

农村度日很艰难，土里刨食更维艰；经常打点野味卖，贴补家用气暂缓！待人很温暖，宽容大度还；笑容常浮现，祝愿丰收年！

2015 年 11 月 24 日

大内侄张双燕

老实巴交又寡言，半生坎坷最堪怜！发妻蕉毒先驾鹤，次子高处坠落冤！苦难藏胸内，鲜与外人言；拼命砌墙砖，每日达三千！瓦工卖苦力，热泪双眸悬！我祝内侄露笑颜，晚年幸福唱乐观！

2015 年 11 月 29 日

二内侄张留彦

卫校学医最用功，两载获得真本领；毕业搞防疫，预防传染病！后搞药交流，学会商经营。家中大小事，出面迎头撑；婚丧又嫁娶，纠纷官司衡；犹如家族长，操碎全心灵。眼看小树苗壮长，枝繁叶茂绿葱葱；我心真高兴，祝福再壮行！

2015 年 11 月 29 日

三内侄 张领彦

心灵手又巧，干事有妙方；缝纫裁剪妥又当，马换鞍来人换装！又搞涂料刷旧物，思路新奇来钱旺。娶妻又生子，日子蒸蒸上！谁想英年早逝去，令人扼腕痛断肠！好在后代皆争气，接续事业继日长！

2015 年 11 月 29 日

三哥张瑞华和三嫂

大学时期高材生，外贸部里是精英；平时惯说真情话，一吐为快心胸明。就为这，灾难逢；贬出京，罚狮城！一生倒霉运，未遇桃花红；同事升部级，他仍处座轻！

为朋友，两肋插刀义气重；待亲属，掏出红心捧在胸！那年劲松患了病，投奔三哥沧州行；三哥寻医找药脚不沾地，托关系买紧俏昼夜不停！幸好病愈人康健，感谢终生又涕零！治病供学（那时我们爷仨上学）财路短，三哥汇款帮妹情；原路寄回三哥怨，兄妹情深骨又硬！

答谢三哥义，驮面半夜行；天黑不见掌，路上摔大坑；上了大公路，方觉重货轻；到达沧州后，三哥让休整；及至往回返，三哥骑车送；一路谈话浓，不觉到青城；再三劝导三哥听，这才返回归去程；我回文安一百八，三哥送我百四程！此事刻在骨，牢记整一生！

后来三哥病床卧，我与老伴看亲兄；兄妹见面唯流泪，命运捉弄真无情！为啥好人无好报？天爷玉帝也无能！

三哥逝世日，我赴沧州行；失声痛哭无言语，痛到极处已无声！

三哥一生真伟大，大写人生我赞成；与我性情最相通，正直厚道不逢迎；我尊三哥为典范，做事为人享一生！

回过头来说三嫂，涿州人氏大家庭；终其一生做园丁，施肥浇水勤捉虫；培养栋梁百千万，皆为华夏追梦行！

步行上下班，不紧不慢正适中；心态出奇好，管他炎凉冷暖刮歪风；因此上，如今已届九十龄，尚能看报不戴镜！

衷心祝愿好兄嫂，上天在地如意成；三哥天堂享清福，俯瞰人间保太平；三嫂壮如佘太君，长命百岁老仙翁！

2015 年 11 月 29 日

内侄女张德艳

与人为善，踏实能干；孝顺双亲，天天照看；温言细语，小棉袄般！如今只有娘亲在，挤出时间来陪伴；擦桌凳，扫地面；洗衣服，捶捶肩！老娘业已九十岁，身康体健明双眼。老人在一天，儿女福在先！

培养儿子上大学，毕业多家抢人贤；如今已是公务员，施展才华鱼水欢！丈夫也是公务员，沧州市府成骨干。

家庭很美满，甘蔗两头甜；为国多效力，高峰再登攀！

2015 年 12 月 6 日

内侄张生彦

　　为人厚道，古道热肠；心有主意，腹藏谋良。孝顺父母，陪伴身旁；知冷知热，穿净洗脏！爱妻室，疼儿郎；常散步，话家常；情真意切一如往，相亲相爱似鸳鸯！

　　工作热情干劲棒，心思缜密有主张；常调研，总下乡，农业生产指挥详。人品佳，素质强；口碑好，有良方；如鱼得水事业旺，创新发展靠自强！

　　愿百尺竿头更进步，蒸蒸日上更辉煌！

2015 年 12 月 7 日

妻姐家5首

大姐张瑞芬和姐夫郜砚田

　　大姐养育四子女，举家度日过难关；吃饭穿衣细谋划，一家欢乐苦又甜！早年事，也要翻；不能忘，传统连。巧手编织大地毯，山水动物活灵现；家有良田十多亩，亲自下地播种管；天高气爽黄灿灿，胜利果实咧觜欢；大雪纷飞出门难，缝衣做鞋手不闲！一年四季有活干，还要算计吃和穿！一生辛苦累，现在天上闲；愿姐多保佑，全家都康安！

　　姐夫郜砚田，早年园丁贤；物理体育都教过，培养栋梁百千万；后又转行到机关，老干管家柴米盐；宝贵财富视珍宝，开会旅游搞画展；老干娘家温馨暖，一片丹心天可鉴！退休之后齐鲁度，照顾小女在油田。后又续上并蒂莲，共同生活蜜糖甜！发展兴趣好，书法练得欢；真草行隶篆，样样龙蛇盘；有幸目睹识真颜，肯定一饱眼福享书缘！

　　祝全家美满生活甜，一帆风顺再登攀！

2015 年 12 月 8 日

外甥郜国泉

身材很匀称，长相精气神；心思灵又巧，办事意可人！能张罗，活气氛；死人能说活，心肠热又淳！

不惧苦和难，经营企业身；赚钱与否先不论，锻炼一番壮骨筋；人生在世不容易，闯荡一回价无伦！

终身大事轮番演，周期一次又一轮；尝遍苦辣酸甜味，人生才得圆满真！

喜动身活跃，嘴巴似簧云；聚会酒桌上，高谈又阔论；话语似喷泉，源源不断滚；我心生羡慕，可惜嘴拙笨；此乃大长处，性格来定论。

愿后半生更精彩，创造奇迹天下闻！

2015 年 12 月 8 日

大外甥女郜萍

脸上很阳光，说话笑模样；原本大咧咧，更有可爱相！身材很丰满，没有臃肿样！

妇产医生多年当，常摸婴儿变童腔；眼神柔和透温暖，快刀乱麻一扫光！夫君法律工作强，鉴定公正服双方。一双儿子虎头脑，必有后福等着享！

祝身康体健工作顺，容颜越来越漂亮！

2015 年 12 月 8 日

二外甥女郜素

办事堪精明，心眼如繁星；嘴巴加上锁，讯息不透风！老干局里管家当，滴水不漏满堂红！

丈夫当校长，供职在二中；个儿小更精明，看着就机灵。工作热心干，雷厉且风行！经常组织活动，学校活虎生龙；深得师生爱戴，不愧优秀园丁！

夫妇感情深似海，从来没有脸发红；又有儿男很争气，全家欢乐再争锋！

2015 年 12 月 8 日

三外甥女郜国庆

技校毕业分东营，油田待遇高一层。夫婿油田干，美满小家庭。赡养双亲尽孝道，接去朝夕欣相共；父母带外孙，夫妻上班行；好吃好喝好招待，温言细语宛转声！一晃十多载，幼童变学生；纯粹在养老，依旧孝和敬！

愿好人得好报，平安康健朝阳红！

2015 年 12 月 8 日

妻妹家 3 首

妻妹张瑞玲和妹夫裴德吉

心机宛若王熙凤，眼珠一转飞彩虹。青年时期赴永清，四清运动往前冲；访贫问苦处，同吃同劳动；评比获优秀，心血染旗红！

也曾百货搞经营，卖布售纱生意通；善与顾客打交道，布匹热销现兴隆。

回家种地庄稼绿，风吹日晒脸发红！麦收也曾去助力，收割打轧忙不停！

又给儿子卖兽药，治马医猪成郎中；方圆十里有名气，卖药治病晚照红！

一生肯吃苦，腰身成弯弓！平凡而伟大，我心生崇敬！

早年参军苦练功，大红喜报送家中；复员又把粮库进，天粮管好济世穷！逢年过节不离岗，看家护院睡不宁！光荣入了党，先进也曾评；红心昭日月，发扬红军风！

生有一张乖巧嘴，能说会道调民情；张家有事说和好，李家纠纷能调停！因此人缘好，乡亲很欢迎！

酒桌上能喝，话语赛洪钟；牌桌上乐耍，兴高码长城；玩到兴浓处，几近颠狂疯！也算人间一乐事，随其自然功可成！

愿伉俪晚年幸福快乐，心想事赢！

2015 年 12 月 8 日

外甥女裴九菊

老实厚道人生难，婚姻不顺两次艰。首次只因婆吝啬，干涉太多整天烦；二次又因夫患病，丧失劳力等吃穿；若是如此烧高香，最近本身重病摊；眼睛失明存危险，脊椎瘫痪难过关！如果陷困境，今后怎么办？三个儿女要成长，全家五口要吃饭！难呀，难！难呀，难！要想办法度难关！

仅是生活还好办，治病需要大笔钱！国家低保沧海粟，只能算个芝麻盐；父母兄弟来相助，看来此是唯一源；亲戚扶持作补充，远水近渴不达鞭！如果社会来捐献，这倒可行试试办；需要能人来牵线，如能实行才圆满！

唯愿难关顺利度，恢复健康大团圆！

2015 年 12 月 9 日

外甥裴云峰和甥媳李素玲

外甥裴云峰,心地善良性;为人正且直,不会绕道行!大学期间谈恋爱,找个伴侣赛孔明;心胜比干多一窍,眼珠一转妙计生!且说俩人创业事,真是柳暗又花明!借助畜牧卖兽药,不交税收净利丰;批发兼零售,门市并亲送;红红火火似烈焰,大把钞票怀里拥!置房产,做股东;搞投资,大额挣!亲友有求必相应,家中兄妹多帮穷;父母有病钱开路,一派奋勇慷慨风!

小两口,志相同;步调一,成果丰;一儿一女双全好,遂心如意遇顺风!女儿桂林大学上,如诗如画风光中;小儿刚刚四五岁,天真活泼惹人疼!四口之家多美满,一帆风顺攀高峰!

祝愿百尺竿头更进步,早日跨入共产营!

2015 年 12 月 10 日

哥哥家 1 首

哥哥张凤池

我住温村靠村西，哥住杨村靠村东；同住一村常来往，关系亲密水乳融！老实又厚道，面善且心红；办事堪可靠，待人如春风！

担任大队会计职，一把算盘清又清；日清月结做得细，款项物资列分明！有人要办事，和蔼带笑容；公款把得牢，监督吃喝风！

嫂子善言谈，风趣幽默生；长嫂如亲母，时刻照顾行！

祝愿好人得好报，健康长寿不老松！

2015 年 12 月 10 日

附 录：短文、故事、对联、诗钟

张景茂短文 5 篇

宗旨：有感而发，短小精悍。

内容：看亮点，找差距，谈感想，明方向。

序

想写短文的初衷

我经常在电视上、电脑上或日常生活中，遇到一些感人的事，有时感动得热泪盈眶，有时激动得唏嘘难言，有时干脆就痛哭失声！这些瞬间一闪而过，想来实在太惋惜了！要记录下来，为自己，为后人，可能是有意义的一件事。另外，个人的一些想法，也可以倾诉出来，减轻心理上的负担。

是为序。

2014 年 3 月 31 日

朱彦夫，好样的！

这两天，中央电视台和人民日报都隆重推出了朱彦夫的报道。我看了极为震撼，无比感动！

朱彦夫，一个没有四肢的人，竟然做出了正常人都难以做到的事情，创造了大奇迹！他为改变家乡贫穷落后的面貌，毅然担任党支部书记25载，风里雨里，常年奔波，既献出体力，又献出智力，也现出财力，终于使家乡变成了富裕文明的村庄！这是健全的人轻易能做到的吗？

还有，为了记录自己的一生，他用残臂夹笔，用嘴咬笔，花了七年多时间，竟奇迹般地写出了30多万字的自传体长篇小说《极限人生》，用坏了40多支笔！这得需要多么强的韧劲和多么大的毅力啊！说实话，我现在还做不到！

为什么一个健全的人反不如一个四肢不全的人呢？

这就得在理想信念、毅力坚韧等方面找原因了。

看了朱彦夫的感人事迹，我感到无比惭愧，甚至产生了无地自容的痛感！怎么办？虚心学习他，创造有价值的晚年！

"老牛自知夕阳短，不用扬鞭自奋蹄"。这就是我今后的座右铭。

2014 年 3 月 31 日凌晨 4 时

看到双目失明的史光柱

史光柱，在 1984 年对越边境作战中，负伤 4 次，重伤 8 处，在双目失明的情况下，仍然指挥战斗，带领全排收复了两个高地，胜利完成了任务。伤好退伍后，他自强不息，在深圳大学学习中文，获得了我国第一个盲人学士学位。他坚持文学创作，连续发表了大量诗歌、散文，出版了《眼睛》《黑色的河流》等 6 部诗文集，在国内外发表了诗歌、散文 500 多篇，曾获得 17 次国家级文学奖，许多作品还被译成俄、法、英等国文字，广为传播。

他凭着超人的毅力和执著，创造了当代中国史上的许多第一：

除了第一位获得学士学位的盲人，还是第一位演讲超过 2500 场的新中国英雄，中国第一位英模作家，解放军第一位有创作成就的盲人诗人……

2000 年，国家对中华民族千年来思想文化有卓越影响的人物进行了评选，史光柱成了其中唯一一位入选的中国英模，他不愧是中国的"保尔柯察金"。

脍炙人口的《小草》，词作者正是史光柱。他是生活的强者！他的人生，就像小草一样，虽屡屡经历寒冬，但却总会顽强地去迎接春天！

对照史光柱，我这个双眼明亮、肢体健全的人，惭愧得无地自容！这些年真白过了，虚度了大好时光！

我要以史光柱为镜子，经常照一照，鞭策自己，做一些有意义的小事。每天凌晨起床，已坚持半年多了。学习《人民日报》，学写诗词，争取充实自己的晚年！

夕阳无限好，创造新辉煌！

2014 年 4 月 1 日凌晨 4 时

化悲痛为力量

　　贤妻瑞霞已离去 9 个多月了。我的心里还经常涌起难言的痛苦！但相比当初，基本上走出了痛苦的阴影和悲伤的深渊！

　　我至今也不相信她已离开我，心里总是空落落的！

　　我只有多做事，多写作，暂时忘掉她，心里的痛苦才能减轻一些。现在春暖花开了，我要经常到外边走走，锻炼锻炼身体，也换换脑子！

　　3 月 29 日，我和儿女去看望瑞玲（她在北京阜外医院做了心脏搭桥手术），恰好大姐夫郜砚田也去了。他问到我今后的打算，是继续一个人过，还是再找个人？我毫不犹豫地说："我不再找了！已经 70 多岁的人了，还能活几年？"我心里没说出的话是：我心里放不下瑞霞，任何女人也走不到我心里来了。她是那么爱我，对我 50 年如一日，关怀备至，体贴入微，我此生有这么一个好妻子，夫复何求？！真是我的造化！难道是我上辈子积了大德了吗？

　　我就快乐地度晚年吧！等过几年，就去天堂找她，再续美好姻缘！

2014 年 4 月 2 日

我就是我

以前，我总是为别人着想，心中基本上没有自己。上世纪八十年代在文安县政府办工作时，昼夜连轴转，有时连眼都不合一下，导致一身病。

现在，我想开了：我就是我，要按照自己的情况生活！也要为自己活一回！我平时就喜欢读书、写作、逛书店，那么，就要尽情地读、写、逛，怎么高兴怎么来！

要以人生为节日，让每一天都快乐，每一年都快乐，一生都快乐！

真要做到了这一点，那就不但自己可以多活几年，而且能够给儿女减轻不少负担！一举两得，何乐而不为呢？

2014 年 4 月 3 日

应该适当改善一下生活了!

　　我的前半生,是在艰苦的环境中度过的。上高中时,正赶上三年困难时期,低指标,瓜菜代,每天十根肠子闲七根,忍饥挨饿,饥肠漉漉!以后情况好转了,合作化时期,可以吃饱了,但很穷,没钱花。就是因为这个原因,我才考上大学没去上。

　　成家之后,工资很低,又要盖房,又要买房,日子一直紧紧巴巴,根本舍不得吃点好的。这期间,可苦了瑞霞了!她是干在前边,吃在后边,自己什么也舍不得买,没吃过好的,没穿过好的!万村教学的艰苦岁月,现在想来,她怎么就能坚持下来,真是个奇迹!她是个外柔内刚的巾帼英雄!

　　到了现在,条件好了,是应该改善一下生活了!当然,这生活,既包括物质生活,也包括精神生活。总之,自己想吃点什么,就吃点什么;想买点什么,就买点什么。不要再亏着自己了!

2014 年 4 月 4 日

我和老伴的故事 15 篇

前　言

在 50 年的婚姻生涯中，老伴张瑞霞与我心心相印，相濡以沫，感情之深超越太平洋，没有任何力量能把我们分开！她的一生，是光明磊落的一生，是争强好胜的一生，是勤劳节俭的一生，是只顾别人不顾自己的一生，是伟大光荣的一生！她对教育工作忠于职守，勤勤恳恳，兢兢业业，做出了骄人的业绩！她孝敬父母公婆，尊敬兄长姐姐，爱护妹妹；她爱我，爱子女，爱这个家，是典型的贤妻良母。她的突然仙逝，犹如晴天霹雳，天塌地陷，把我打得晕头转向，至今还挣扎在噩梦中，根本不相信她已经走了！我的脑海中，时刻出现她的音容笑貌；回到家里，处处都有她的身影；夜间睡不着觉，屋里空空荡荡，全身充斥着极端孤独感！只要一想她，我就会泪流满面，哽咽难忍，心如刀绞！但事实摆在面前，不相信又能如何？

为了纪念她，我用血泪把她的故事整理出来，这是我的一点心意，聊表相思之苦和相爱之情！

2013 年 7 月 1 日

从小爱干活

我的老伴张瑞霞，1943年9月20日出生，2013年6月25日仙逝，享年71岁。

她生前忙忙碌碌，从不闲着，什么活都会干，这和她小时候爱干活是分不开的。

在她七八岁的时候，就开始学做饭了。那时，农村做饭都用大铁锅，烧柴禾。她贴饼子手够不着锅里，就搬个小凳子，双脚登着，身子往前倾着，往锅里贴。时间不长，她就会干很多活了，像烙饼、熬稀饭、炒菜等。所以，她做饭总是得心应手，小菜一碟，就跟玩儿似的；并且做的饭又节约，又好吃。

她从小就学针线活，手被针扎了不知多少次。我岳母针线活就非常好，耐心地教她。用块旧布，在上边勤学苦练。功夫不负有心人，她学会了许多别的孩子不会的活儿。稍大一些，又学会了使缝纫机。所以，这一生她在教学之余干了那么多针线活，还给别人义务干了许多针线活，都和她从小就学会干活有很大的关系。她太累了，就让她好好歇着吧！

2013年7月1日

美食总忘记

瑞霞一生勤劳节俭，不馋不懒，有好吃的总让着别人，这是她从小就养成的好习惯。

在她10多岁时，家里有好吃的或买了好吃的，就分给她和妹妹每人一份。她妹妹很快就吃完了，还不断自己找来嫩花生、嫩毛豆，在锅底的余火里埋着烧熟了吃。她却不吃分的那一份，找个地方放起来，没过几天就忘记了。她妹妹嗅觉很灵，东翻西找，等找到了，也不告诉她，就自己美餐一顿。而她也不知道，早忘到爪哇国去了。就这样，无论是瓜果，还是点心，都被她妹妹吃了。而她很少吃，也从来不计较。

这是多么好的一个人啊！我们这50年当中，她吃次的，干重的；干在前头，吃在后头，从无怨言，心甘情愿！

年轻人啊，多向她学习吧！

2013年7月2日

一见钟情

那是1964年5月2日，经同学李哲英（跟我同村）和李秀芬（孙氏三村人，与瑞霞同村）介绍，我到孙氏三村相亲。只见一溜4间大砖房，高台阶，院中有一棵大树，很是气派！

当我们二人一见面，竟有一种亲切感，好像老熟人一样。她长得白净细腻，如象牙一般；虽然身材不算高，却很玲珑。她说话十分动听，很明事理。我们二人一见如故，谈起来非常融洽，竟忘了时间，不知不觉快到中午了。

我们的观点出奇地一致，都认为爱情是美好的，只要对方忠诚可靠，淳朴正直，热爱劳动，相亲相爱，穷些没关系，婚后可劲过日子就行了。她争强好胜，上进心特别强。我们二人很投脾气，只见了一面，我就认定她就是我相伴终生的佳偶，她也认可了我。

那时，她在孙氏镇西戴辛庄教小学。午饭后，我们一同步行去学校（那会儿都没自行车）。休息了一会儿，我和哲英就回温辛杨了。从此，我们二人开始了长达半年的书信往来，直到1964年11月14日喜结连理。

2013年7月3日

鸿雁传书

我和瑞霞见了一面之后，彼此对对方十分好感。分别后非常挂念。

那时，她是国办教师，端的是铁饭碗；而我，考上大学没能上，只好回家务农，当时在文安县大柳河镇煤建当合同工，每月只有 33 元工资，我端的是泥饭碗。她能冲破世俗观念，与一个农民谈恋爱，使我非常感动，也对她充满了尊重和钦佩！

没过几天，我们就开始互相写信，以寄托彼此间的相思之情和相爱之意。在信中，互相倾诉心曲，探讨爱情的真谛，谈得和谐融洽。后来，竟有了一种不见来信心惆怅，见到来信心儿跳的感觉。盼来信成了一种日常生活。

经过 197 天的时间，互相通了 30 多封信，彼此了解得更深了，也更加爱慕对方了，都有一种强烈地要求在一起共同生活的迫切愿望。

盼星星，盼月亮，终于盼到了 1964 年 11 月 14 日这个大喜的日子，有情人终成眷属！

2013 年 7 月 4 日

新婚甜蜜

经过半年多的鸿雁传书，书信恋爱，终于在 1964 年 11 月 14 日喜结连理。当时我们是多么高兴和激动啊！

因为文安洼 1963 年发生了百年不遇的特大洪水，到我们结婚时，地里还有不少的水。她是坐小船到我们村去的。先是在哲英家住下，第二天才正式举行婚礼。两家的老人都很高兴。乡亲们齐来祝贺我们。晚上来了不少年轻人闹着玩，真是热闹哇！

我们终于走到了一起，能不庆幸吗？！真应了那句古话：情人眼里出西施。互相之间，怎么看怎么好看，看不够，爱不够！到了晚上，我们再也控制不住激情，紧紧地拥抱在一起！

一连三天，在甜蜜中度过，该回到工作岗位上去了。她回孙氏，我也该回大柳河了。

世上竟有这么巧的事：正当我绕道孙氏返回大柳河时，就在路上我们又碰见了！真是千载难逢的好机会！她去镇里开会，我到她家等候。于是，我们又度过了三天难得的甜蜜时光！虽然回到岗位后受到领导批评，但我从心里还是十分高兴和满意的！

2013 年 7 月 5 日

两地分居

　　对于当前的年轻男女来说，夫妻两地分居简直是不可思议的怪事！小两口一结婚，肯定住在一起；就是恋爱期间，未婚同居也是司空见惯的事！但上个世纪 60 年代，那是个传统的年代，是封闭封建的年代！我俩在恋爱的半年多时间里，互相连手都没碰过。多么纯洁呀！

　　那时，我在大柳河煤建卖煤，瑞霞在孙氏教学，两地距离近 70 里。平时很难见面，就连打个电话，也要打到镇里，再叫我去接。一般情况下，一两个月回一次家，也只有两三天时间，太难得了！记得新婚之后，我过了两个月才回家一趟。对于新婚蜜月期间的年轻夫妻来说，这是多么无情又残酷的事啊！但从另一个角度来说也有好的一面，那就是小别胜新婚，两人的感情如漆似胶，达到白热化的程度！

　　1965 年 2 月，我从大柳河煤建调到孙氏煤建。看似离她近了，但仍要一周才能见一面。那时，文安煤建把全县划分为 5 片。孙氏、龙街、黄甫为一片，这 3 个煤建的工作由我负责，称为片长，经常巡视，连报表、发工资等事都要管，工作很忙，成绩也比较突出！

　　1966 年，我被调到县煤建公司任统计工作。当时是天津地区，我经常到天津去报统计表。由于工作忙，难得回家。她就每周六下午骑自行车到文安与我相聚，周日下午返回孙氏贺家务。这期间，我们的生活很甜蜜，很幸福。同事们不能回家，非常羡慕我。她与张宝林经理、业务张文山、会计杨振山、还有崔文瑞、孙景儒、邓宽友、厨师刘万增等都很熟，经常闹着玩，关系很融洽！

　　1968 年 5 月，我被辞退回家了，但她仍在孙氏。直到 1970 年，才调回温辛杨，又去刘村、万村教学。这期间，我担任大队会计、党支部书记，我们在一起只团聚了 4 年。

　　1975 年 2 月，我应聘到龙街中学任教，教高中语文和政治，俩人就又分开了；1976 年 2 月，我调到黄甫中学任副校长，主持全面工作，每周回家一次；直到 1981 年，我调到刘么乡任副校长，才把她调到刘么乡姚么村教小学。这期间，我曾于 1977 年转正的事撤销，我由国办退回民办，万不得已才考师范去上学。1983 年 10 月 ~1985 年 7 月，我又上了两年师范；儿女们也正在上中学；我的老母亲，即她的婆婆，已经瘫痪在床，也需要她照顾！她一个弱女子，面对精神上的压力和生活上的负担，硬是一个人独立支撑起一个家！这需要多大的毅力和勇气啊！我师范毕业后，分配到县政府办公室工作。不久，又把她调到城关镇徐郭小学任教。此后，才真正团聚在一起。1991 年 1 月，我调入廊坊市审计局工作，又把她调入廊坊，直到现在。

　　回顾几十年来的两地分居生活，此中的苦辣酸甜，没有亲身经历的人是体会不到的！我们苦甜尽尝，冷暖自知，不为外人道也！我们尝到了分居的苦果，也锻炼了意志，增进了感情！事情的两面性体现得淋漓尽致！

　　希望现在的年轻人，珍惜夫妻团聚的幸福吧！

2013 年 7 月 6 日写于自然公园叠翠湖畔

千金贵子

我与瑞霞结合以后，相亲相爱，如鱼得水，生活幸福，惹人艳羡！但三年过去了，只开花，不结果；没有爱情的结晶，终究是一件美中不足的憾事！

苍天不负有心人！婚后3年半时，即1968年5月20日，一个千金难得的女儿呱呱坠地了！毛主席给她起了个当时很时髦的名字——爱武。女儿聪明可爱，我俩都十分喜欢她。当时，瑞霞还在孙氏教学。爱武就暂由岳母抚养，后又请大姐管了一段，直到瑞霞调到我们村。

有了初一，就有十五。1970年11月8日，又一个上帝派来的天使降临我家，又是毛主席给他起的好名字—劲松。劲松由我母亲抚养。

自此，四口之家，其乐融融，好不快哉！

小姐俩小时候团结友爱，从不打架；还帮助家里干许多活，如拾柴、打草、放羊、赶鸭子、喂鹅等等，凡是力所能及的事，他们都抢着干！

上学后，更是刻苦学习，成绩名列前茅，都成了班里的好干部。真值得我们为小姐俩骄傲和自豪！！！

2013年7月7日写于市图书馆阅览厅

万村岁月

万村，在我的家乡——温辛杨北边，也属四大平州之一。瑞霞在上个世纪七十年代的八九年时间就是在万村度过的。这是她一生中极其艰苦的阶段，是一场常人难以承受的考验！她就凭着其要强的个性，硬是顽强地坚持了下来！简直太了不起了！如果放在如今的女性身上，那是绝对吃不消的！

七十年代，国家落后，百姓困难，工作还要认真。那时，我在村里当党支部书记，后到龙街、黄甫教学当校长，家里就她一个女人弄着两个孩子，每天还要跑三四趟万村。又没柴烧，每天起大早，烧煤做饭。

到万村往返一趟七八里，这一天下来，光走路就三十里地，还要上七八节课，还要备课，还要判作业，还要回家做三顿饭，还要照顾孩子，她还有风湿性心脏病！这是一个弱女子所能承担的重担吗！

特别是1977年，文安大涝，遍地是深水，一片汪洋！她每天趟到大腿根深的水到万村，穿着湿裤子上课，中午趟水回家；下午又一个往返！秋后天凉了，水也凉了，但她一天也没耽误！这不是要人命吗！这就是一个病弱女子创造的奇迹！！！

再看看何淑贞老师。何老师也是温辛杨人，当时何老师在刘村教学，刘村距温辛杨一里地，在温辛杨与万村之间。也是1977年的大水，但村里每天给她派人撑小船接送，人家命好哇！和瑞霞相比，简直一个就是天堂，一个就是地狱！！！

还有每年春季反浆的时候，一脚踩下去，在泥里陷很深，用很大劲才能拔出来！就这样深一脚浅一脚地去上课！这哪里是人受的！何况还是一个弱女子！

一般人晚上出门，黑灯瞎火的，一定很害怕！她一个女人，每天晚上还要到万村去备课，批改作业，有时要到晚上十点以后。路途中要过一大片杨树林，一有风，哗啦啦地响，很瘆人的！有一次，晚上十点多了，她还没回来，劲松也困了，老闹！我就抱着劲松去找她，在半路杨树林附近碰着了，我还埋怨她这么晚！现在想来，我太不体谅她了！请她在天堂原谅我吧！

回顾万村这一段艰苦的岁月，对我教育深刻！我现在才深深地了解了她！她是一个坚强的女人，一个自信的女人，一个勇往直前的女人，一个值得人们尊重和佩服的女人！她是一个好老师、好母亲、好妻子！她应该受到社会和人们的尊重和爱戴！祝愿她在天堂好好地安息吧！

2013 年 7 月 7 日写于市图书馆阅览厅

三个第一

　　1981~1985 年，瑞霞在姚么小学任教。她教的是一二三年级复式班。大家知道，单科好教，单式班也好教，复式班是最难教的！一个人教三个年级，光备课就要备七八科；课堂上教完一个班，再教另一个班；判作业，也是判完一个班，再判又一个班！比别人要累多少倍，需要付出多大的代价呀！

　　而此时瑞霞正面临着极其严峻的形势：由于我的国办退民办，招致一些人的攻击、白眼、冷嘲热讽，她精神上和心理上承受着极大的压力；我们爷仨都在上学，我上师范，女儿上高中，儿子上初中，还有一个瘫痪在床的婆婆需要照料，她经济上和生活上的负担有天大！这时候的她，真是内忧外患，内外交困，整天焦头烂额，痛苦悲愤！就这样一副千斤重担，硬没把她压垮！这是一个用钢铁铸成的女强人！！！

　　就在这样的情况下，刘么乡 23 所小学开始了统考。这是一次刘么历史上最为严格的考试！实行异地异师考试，就是学生到别的学校参加考试，由其他学校的老师进行监考。姚么小学的学生到坟头小学考试。这样的阵势，几岁的小学生如何见过！也只有这样的考试，成绩才是真实的！如果平时老师教得不好，这次肯定现出原形！不丢人现眼才怪！

　　结果出来了：全乡 23 所小学，5 个年级考出了 5 个第一，而瑞霞教的一二三年级三级复式班竟荣获三个第一！！！这使得全乡的老师们瞠目结舌，大眼瞪小眼，都不相信自己的眼睛和耳朵，而又说不出什么，只好来个暗憋气！因为那时我不在刘么当校长了，也就没有偷看试卷的嫌疑！瑞霞是名副其实的高素质教师，她教的学生真给她争气！也给姚么小学争得了荣誉！学生家长奔走相告，喜悦之情溢于言表；村里干部高度重视，郑重承诺要给张老师颁发奖金！考试结束后，乡里发的奖金，瑞霞竟超过了一半！这使得全乡干部群众都对张老师刮目相看，纷纷竖起大拇指！村里还给她建了 3 间大瓦房，宽敞明亮；直到 20 多年后的今天，有的学生家长见到张老师，还赞不绝口地直夸呢！

那一年，文安县人民政府召开全县教师大会，授予瑞霞"模范教师"称号，县妇联授予她"三八红旗手"称号，并于同年她光荣地加入了中国共产党。

2013 年 7 月 8 日

带头绝育

　　计划生育是我国的基本国策，每个已婚男女都要遵守。

　　1983年，刘么乡召开教师大会，部署计划生育工作，重点是绝育工作。那时，我们的子女都大了，女儿爱武16岁了，正上高中；儿子劲松14岁了，正上初中。多年以来，我们夫妻二人一直坚持计划生育，本不打算再要孩子了！像我这样年岁的人，有两个孩子是极少的。我的本家兄弟张景福就有3个孩子，张景山也是3个孩子，他们都比我小3岁；而同村的任宝珠和我同岁，他有5个孩子！在集体动员会上，瑞霞表示她愿意作绝育，不让我去作。

　　第二天，她就到乡卫生院作了绝育手术。当时，她的身体十分虚弱，心理上并不是太顺畅！她也是有点想不通：为什么孩子都十几岁了，还非要作绝育呢？想不通归想不通，该作还是要作。因为那时我在刘么乡还当着校长嘛！

　　此后，慢慢调养，身体逐渐好起来，好多事等着她办呢！她就是这样一个不顾自己、只顾别人的人！向她表示亲切的慰问和崇高的敬意！

2013年7月9日

助人为乐

瑞霞是个热心肠的人，见谁有了困难，总是伸手相助。

无论是在老家温辛杨，还是到了姚么，经她帮助的人，不下数十人。她针线活好，又会使缝纫机；她给别人干了活，还得搭针线、时间。有一个麻疯病患者找她改裤子，她也给改了。附近的人家，有什么活都找她，她都在工作之余，哪怕熬夜，也给人家做了。有一次，都夜间 10 点多了，我们都休息了，南街任宝珠的妻子在窗户根喊，她孩子的衣裳要做。瑞霞立即起床，拉亮电灯给她做完。这类事举不胜举。

在姚么，她帮助的人多了去了。每到夏秋季节，这些家长纷纷送来瓜果蔬菜，感激之情溢于言表！

还有，我们居家过日子，总爱买使手的家伙。附近的人家只管借不管还，还转借给别人；有时轮到自己使了，还得一家一家地去寻找。但她也不烦，只有无奈罢了！

对于自己的兄弟姐妹、婆母小姑，有活更是来者不拒。这一生她除了教学以外，究竟干了多少活，真是无法统计！

这里边可能是助人为乐者自己也乐吧！

她太累了！让她在天堂好好地安息吧！！！

2013 年 7 月 10 日

精心护理

2002 年我患了糖尿病，2005 年 8 月我因为心梗第一次住进市中医院。当时天还很热，瑞霞昼夜守在我身边，端饭递水，擦身取药，请医生，唤护士，与我亲切说话，还经常搞卫生，我住的病房是最干净的，受到医护人员的称赞！由于医护人员的努力和她的精心护理，只半个月我就出院了！

2009 年 8 月底，我在市医院第二次住院。这一次，病情比较重，心血管堵得比较厉害，在市医院控制不住，于 9 月 10 日转入北京医院心胸外科。这一住就是 43 天。当时我的病情发展较快，甄文俊主任等决定给我提前作手术，于 9 月 22 日开胸作了心脏搭桥和心瓣置换手术。从早晨 7 时推入手术室，到晚上 6 时才完成。甄主任亲自主刀，黄文医师参与。一共出动了医师 5 人，护士 5 人，麻醉师 5 人。这期间，当作完手术，启动心脏时，第一次失败，第二次又失败。此时医生出来对家属说，如果第三次再失败，这人就完了！吓得瑞霞当时就犯了心脏病，赶紧吃药；女儿爱武脸色蜡黄；儿子劲松全身出汗！好像一场灭顶之灾瞬间降临！气氛紧张极了！不幸之中的万幸，第三次启动终于成功了！我又捡回来一条小命！但晚上又出了问题，我的胸部渗出很多血，医生误认为是胸腔出血。好在医生都没走，结果夜间又开胸作了第二次手术！我仍在麻醉中，根本不知道这些事！

手术后，我的麻烦不断，又是血氧低，又是有血栓，把医护人员折腾得够呛，也把瑞霞累得半死！

这是怎样的护理啊！瑞霞白天忙活一天，晚上没地方休息，就睡在地板上。有时一晚上还要起来几次，以她的病弱身体来说，能吃得消吗？但她硬是坚持了下来，真是奇迹啊！为了我，她是拼了老命啊！

这期间，儿子劲松也和他妈轮流值班，付出了很多心血！

现在想来，我的生命得以延续，是瑞霞给我的！是她，坚持让我转院到北京；是她，让医院给我请最好的医生，用最好的药；是她，不顾自己的身体，白天黑夜对我精心护理；是她，不怕花钱，不惜任何代价，也要救我！正因为有了她，才有我今天的生命！我能不感激涕零吗！我能不珍惜这来之不易的第二次生命吗？！

所以，我要好好地活着！为了瑞霞的在天之灵！也为了儿女们的孝顺和孙女们的可爱！

2013 年 7 月 11 日

争强好胜

瑞霞从小就是一个争强好胜的人。她事事都要做得比别人好，比别人强，为此她奋斗了一辈子，也劳累了一辈子！

就说过日子吧！结婚前，我们家有三间房，其中东边一间房顶塌了多年，没钱修。我们1964年结婚，婚后省吃俭用，1965年就把旧房子拆掉，重新盖上了新房。又经过几年奋斗，又在南面建起了3间倒座。到文安后，又买了商品房；到廊坊后，又先后买了两套房。一个工薪阶层，买房是那么容易的事吗？！瑞霞的心高着呢，她还想再买一套大房子呢！

再说教学工作。她更是不甘落后！她先后在8个学校任过教，每个学校都留下了她的奋斗足迹！尤其是在万村和姚么，是她终生难忘的地方；万村的艰难岁月，姚么的辉煌成绩，都是她生命中的亮点，也是她争强好胜的淋漓尽致的体现！

再说教育子女。她言传身教，生活上照顾好，学习上则高标准，严要求。儿女们也争气，儿子考上了河北大学，女儿考上了廊坊财贸。对外孙女张丹蕾，从小就教她背唐诗，开发她的智力，现在丹蕾正上河北工大；对孙女张依琳，从小就抚养着，教她一些知识，现在依琳正在廊坊一中上高中。

看到这些，瑞霞应该含笑九泉了吧！

2013年7月11日

突然仙逝

真应了那句老话：好人不长寿，坏人活千年。瑞霞那么好的人，竟然只活了 71 岁！而且只住了两天院就走了！这让我们这些最亲的人怎么接受得了！

她的突然仙逝，犹如晴天霹雳，天塌地陷，把我打得晕头转向，至今还挣扎在噩梦中，根本不相信她已经走了！我的脑海中，时刻出现她的音容笑貌；回到家里，处处都有她的身影；夜间睡不着觉，屋里空空荡荡，全身充斥着极端孤独感！只要一想她，我就会泪流满面，哽咽难忍，心如刀绞！

瑞霞患风湿性心脏病、房颤已经 40 多年，虽然身体较弱，但几十年都过来了，没有出现太大的波折！这次太突然了！

她是由风心病，又添了脑梗塞，压迫脑干了！所以病情急剧恶化，不到两天就走了！

原来今年 6 月 23 日上午，我身体很累，在家休息，她一个人坐公交车到保龙仓买菜，还带着购物车。她买回来一个西瓜、还有茄子、苦瓜、西红柿等有 20 多斤。下午，我要到市医院买药，让她在家休息，她非陪我去不可。结果她蹲下就起不来了，左半边身子失灵。我把她抱到床上，就给爱武和劲松打电话。儿女们来了后，她又奇迹般地能走了，从卧室走到客厅，还坐在沙发上吃了两块西瓜。大家一看，这不好了吗？就又让她回床上休息，过了一会儿，又不行了，她想坐起来，结果就坐不起来了！我们赶紧叫救护车，把她送到了市医院。这时是下午 5 时。医护人员立即对她进行抢救，作心电图，量血压，作 CT 检查，输液等，忙了个不亦乐乎！

当时，她意识还是清醒的，也能说点简单的话。

6月24日上午8时多，她躺在病床上，总是流泪，说住院不让儿女们出钱，我一一答应，心里有如刀绞般地难受！

有儿媳培芬同学的关系，6月24日上午9时，瑞霞转到了新楼10层神经内科的重症病房，这时她的神志还是清楚的，但不让家人探视，有护工伺候。中午，她还吃了半个烧饼，半个鸡蛋，一点炒菜花。下午5时30分，她开始昏迷。已经叫不醒了。

6月25日早晨5时，瑞霞处于深度昏迷，呼吸渐渐停止，脑细胞死亡，只有心脏还在微弱跳动。医院给她上了呼吸机，尚可维持一段时间的心跳。我进屋探视，忍不住泪眼模糊，痛哭失声，摸了一下她的脸和脚，已经凉了！我在心里质问苍天：为什么一个大活人，一天多时间就不行了！下午3时54分，呼吸机撤去；4时15分，爱妻瑞霞仙逝，享年71岁。

儿子劲松、女儿爱武、儿媳培芬和爱芹给她穿好了衣服。亲属们依次进屋见她最后一面。这时，我再也控制不住，撕心裂肺，痛哭失声，有生以来从来没有这样悲痛过！我最爱的人就这样走了！

此后，6月26日，家中设了灵堂，亲友们前来吊唁；6月27日，进行遗体告别仪式，刘吉祥主持；随后遗体火化；骨灰送万桐园存放。以后买块墓地，就安葬在廊坊了。

瑞霞辛苦操劳一生，积劳成疾，最后突然离去，对于逝者，也许就算解脱了；但对于生者，那是永远的痛，什么时候想起来，什么时候难受！到何时才能走出爱妻离去的阴影呢？

我期待着！我要以最大的毅力，化悲痛为力量，尽快振作起来！继续完成瑞霞没有完成的心愿！

2013年7月11日

永活心中

瑞霞说走就走了，我悲痛的心情何时才能平静呢？！

回顾她的一生，伟大而光荣，我不禁肃然起敬！于国，她精心育桃李，热血铸栋梁；对家，她尊老又爱幼，吃苦又耐劳；待人，她平易且宽容，助人为乐趣！她就是一个大写的"人"！

就是这样一个完美的人，我有时并不懂得珍惜，经常为一些小事和她吵嘴，惹她生气。她心事又重，惦记这个，惦记那个，所以，她生活得并不快乐。她又是一个闲不住的人，平时不是干针线活，就是搞卫生，仅各种鞋垫还存着十几双呢！所以，她是太累了！她只顾别人，从不考虑自己；有好吃的，让着别人吃；有好衣服，让着别人穿；她自己宁可受累、吃苦、穿旧衣、吃次饭；可以说，她终生没有享过福。她心气又高，争强好胜，目标达不到，总是在努力！她的一生，就是奋斗的一生，追求的一生，完美的一生！

50年来，她和我同甘共苦、相依为命，对我忠贞不渝，一心一意地和我过日子，她是一个优秀的妻子；她言传身教，培育儿女，使他们成材，她是一个真正的母亲！

瑞霞虽然离我而去，但她永远活在我的心中！

2013年7月12日

对联与诗钟 17 副

对联 5 副

诗词讲座

讲台三尺，请出指点迷津者；

教室一间，稳坐渴求韵律人。

踏石有印惊回首，

抓铁无痕喜咒声。

昨夜读书，李杜苏辛齐诱导；

今朝上网，政经文社要留心。

开放冲出旧藩篱，更要蹄疾步稳；

改革进入新常态，尤须志壮心明。

曲赋诗词千古事，

学思读写四门功。

诗钟 12 副

名·艺（六唱）
神州十号威名赫
海胜三人技艺精

梦·权（四唱）
苍生圆梦凭双手
大众维权靠准绳

高考·屈原（分咏）
喜讯传来七至九，
悲风逝去汨罗江。
注：六月七、八、九日为高考日。

树·峰（六唱）
燕野造林千树绿，
京都环保万峰青。

登·饮（六唱）
厚意深情邀饮宴，
专心精技擅登攀。

湖·诗（魁斗格）

湖水清清杨柳影，

扁舟荡荡菡萏诗。

月·心（三唱）

日积月累开新境，

体健心宁破旧习。

霾·李逵（分咏）

烟尘似雾阴为首，

疾恶如仇孝在先。

过·年（魁斗格）

过冬知冷加衣服，

制曲欢欣度晚年。

雨·心（七唱）

老天手洒香酥雨，

黎庶眉开剔透心。

久旱偏遭风暴雨，

新灾又考党群心。

树·杯（四唱）

红花绿树神州秀，

金盏银杯体育兴。

作者在写作

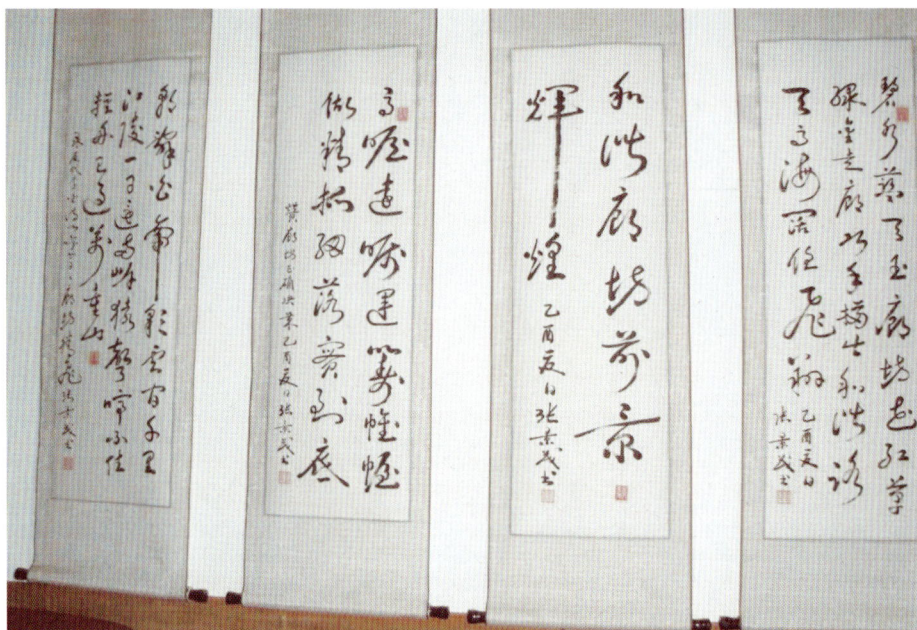

作者 2002 年手迹

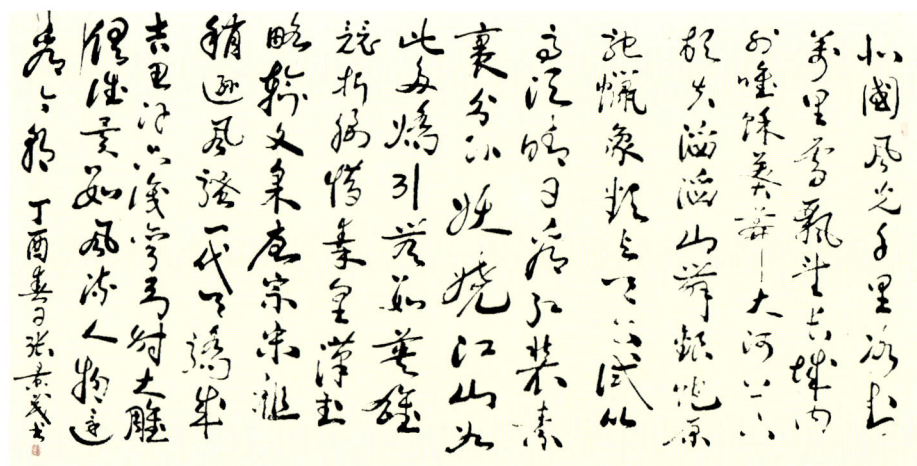

作者 2017 年手迹

作者与本局老干部在云南世界恐龙谷参观考察

作者老两口抱孙乐

作者在云南世界恐龙谷

作者在大理三塔前留影

第三卷
（新韵）

张景茂诗词曲选集

张景茂 著

中国书籍出版社
China Book Press

图书在版编目（CIP）数据

张景茂诗词曲选集 / 张景茂著. —北京：中国书籍出版社，
2017.9

ISBN 978-7-5068-6488-6

Ⅰ.①张… Ⅱ.①张… Ⅲ.①诗词—作品集—中国—当代
②散曲—作品集—中国—当代 Ⅳ.①I227

中国版本图书馆CIP数据核字（2017）第235189号

张景茂诗词曲选集

张景茂　著

责任编辑	王志刚	
责任印制	孙马飞　马　芝	
封面设计	展　华	
出版发行	中国书籍出版社	
地　　址	北京市丰台区三路居路 97 号（邮编：100073）	
电　　话	（010）52257143（总编室）（010）52257140（发行部）	
电子邮箱	chinabp@vip.sina.com	
经　　销	全国新华书店	
印　　刷	北京金星印务有限公司	
开　　本	710 毫米 × 1000 毫米　1/16	
字　　数	440 千字	
印　　张	33	
版　　次	2017 年 10 月第 1 版　2017 年 10 月第 1 次印刷	
书　　号	ISBN 978-7-5068-6488-6	
定　　价	74.00 元（全两册）	

序

　　中国是诗的国度，每个人都离不开诗，都追求诗意的生活。老朽同样如此，从小就是伴随着诗长大的。但年轻时不懂格律，懵懂了多半生！自从 2012 年 12 月加入廊坊市诗词学会以后，才使我这条迷路的老牛走上了正轨！但这时我已经步入古稀之年，来日不多，一种火烧眉毛的紧迫感压得我喘不过气来。于是，我暗下决心：一定在我还能动能写的风烛残年，拼一把老命，力争多诞生一些欢蹦乱跳的"婴儿"，即使是歪瓜裂枣，也心甘情愿！这样，在 2015 年 8 月，我的处女作《张景茂诗词选集》问世了！这些婴儿虽然幼稚，但不可笑，那是用我的心血凝成的！因为我是烈士子弟，从小就有浓得化不开的英雄情结，写那几百名英模，我是在激动得热泪盈眶的情况下，怀着对英模无比崇敬和热爱的心情，用泪水化成的；给我突然离世的老伴写的那 200 首诗词，也是在以泪洗面哽咽难言的心境下一鼓作气完成的！时过境迁，如果现在让我再写，是无论如何也写不出来的！

　　从第一部诗集问世到 2016 年底，又一年半过去了。这期间，我又写出了诗词曲近 1000 首，其中还学写了自由曲 300 首。

　　这 300 首自由曲，是我怀着火一样的热情，以支持新生事物的态度，以下地狱的勇气和决心，摸着石头过河写成的！虽然粗糙，面目丑陋，但毕竟是自己的"孩子"，我还是偏爱的！我计划单出一部诗集，名为《张景茂诗词曲选集》第二卷（自由曲）。

　　余下的 600 多首诗词曲，经过筛选，选出 500 多首，再出一部诗集，名为《张景茂诗词曲选集》第三卷。

我是在和时间赛跑！我给自己立下的座右铭是：下别人下不到的功夫，做别人没做过的工作，方能成就自己，收获金秋。

这第三卷中，有一半篇幅是写英模的。我采用了各种形式，有诗，有词，有散曲，水平虽不高，但感情是真挚的。下面一首七言排律《我爱英模赞英模》，就是此事的写照：

英模形象屹如山，驻我心中若许年。
存瑞继光鲜血热，竹筠一曼目光寒。
雷锋好事车拉载，开慧痴情命系悬。
鲁迅横眉文化匕，秋白昂首弹轻丸。
卫星设计歌家栋，太岳安危颂左权。
兰考焦公心遂愿，石油进喜梦归圆。
杏林繁茂兰芳唱，医界峥嵘巧稚诞。
百鸟鸣春花烂漫，山河起舞拜先贤！

再如以下 4 首，就是分别用诗、词和散曲写成的：

毛岸英

监牢长大体心磨，恭拜农民补课活。
朝鲜牺牲多壮烈，主席儿子作青模！

清平乐·白求恩

延河泪涌，宝塔鞠躬敬。空巷万人盈眶奉，领袖著文泰重。伤员救护前方，连轴手术医强。不慎刀伤感染，顿时倾倒山梁。

渔歌子·鲁迅

医弃从文匕首枪，敌人被刺中胸膛。旗手赞，品格扬，中华文化辟新航。

【正宫 · 风入松】白文冠

本斋慈母义冲天，支队扫狼烟。倭魔软硬兼施遍，劝降破产瓦难全。勇毅绝食赴难，威名震撼敌奸。

这些英模，都是我心中感人的圣贤，是我精神的支柱，行动的坐标！如果有人阅后，哪怕受到些许触动，我也会十分欣慰！

另外，我还有一组《我的观情梦》七绝 100 首，分别从 10 个方面描画了我的所思所想，如我的读书观、诗词观、老年观、英雄观、时间观、逆境成才观，我的河山情、乡村情、审计情，我的作家梦等，把这些抽象的概念，化为形象和意象，我也是很费脑伤神的，是下了一番笨功夫的！比如下面几首：

河山本是我家园，居住游玩顺我缘。
喜马长江招手笑，黄河泰岳梦中欢。

诗词种子孕心田，滋润舒服幼禾欢。
一旦瓜熟蒂落下，诗庄词雅曲俗颜。

诗人想象地天间，双翅飞翔大自然。
还要返回归大地，悬空双脚算何般？

夕阳西下落山岗，明日朝阳又耀墙。
往复循环无尽处，天天出个大太阳！

赞颂英雄我最先，魂牵梦绕写诗圆。
诗词六百呱呱坠，旗帜高扬荡大千！

别人欢乐在搓麻，大嗓高声哗哗啪。
难受心中如火烤，时光溜走不回家！

雄才自古多磨难，纨绔从来少伟男。
黑夜茫茫摸路走，黎明就在曙光前。

好书宛若琼浆饮，芳冽糊糊醉意还。
腹有诗书生妙笔，心胸澄沏有奇缘！

自从入会梦初圆，闯入花园眼界宽。
异草奇花观不够，移来笔下灿如莲。

在这第三卷中，还有几组为参加诗词大赛写的诗词，如百名诗人颂廊坊、纪念孙中山诞辰 150 周年、纪念红军长征胜利 80 周年、中孝杯等，其中写得最多的是为廊坊防震减灾征文而写的诗词曲 70 首（本卷选 54 首）。在这些征文中，我侥幸地获得两个一等奖。

还有一些诗词是平时所见所闻、所思所感的事物，凡触动了我的灵魂的，我都要描绘出来。只是见识浅薄，不能尽如人意！读者可自行判断！

当今中国，新生事物层出不穷，改革创新只争朝夕。诗词创作也要紧跟时代，力争写出有温度、有深度、有品位的精品力作，这也是我的目标和追求！

"雄关漫道真如铁，而今迈步从头越"。我要在生命的最后几年，再拼搏一番，多写一些，写好一些，再出一点成果。并以此报答多年来党对我的关怀与培养，感谢领导和同志们对我的支持与帮助，谢谢家人和亲友对我的关心与爱护！我会继续努力加油的！

是为序。

张景茂

2017 年 1 月 1 日

目录
CONTENTS

100位新中国成立以来感动中国人物 七 绝 100 首

退休生活漫忆

与老伴团圆

婚后四十五载欢，分居两地不团圆。

安危冷暖难知晓，脑热头疼怎照关？

形影不离鸳聚首，朝夕相处我尝甜。

从今棒打应绝演，牛女鞠躬鹊凯旋。

与老伴同买菜

翁婆买菜事一般，放在先前不敢言。

老伴亲操柴米计，本人只管室科圆。

依肩牵手轻松逛，品足评头反复掂。

乐趣悠悠留忘返，神仙邀请我不愿。

老两口同游玩

夫妇同游遇顺风，无穷乐趣蕴其中。

公园椅上挨肩坐，花海丛中携手行。

莫道牡丹真国色，岂如老伴自霞红。

一天返抵实高兴，舟荡西湖润醉声。

夕阳红学诗

早起迟休脑不宁，得一佳句上天庭。

键盘敲得平平仄，杂志登出仄仄平。

吐气扬眉歌盛世，针庸砭弊讽神灵。

忽如一刻成千首，出本诗集血汗凝。

2015 年 4 月 1 日

怀念老伴

音容笑貌胜白兰，分秒情牵脑际弦。

常忆花开多浪漫，每思霜打少流连。

施肥浇水参天笑，夺冠披红彻地还。

驾鹤西游难复返，孤独老汉探深山！

　　注：老伴张瑞霞于 2013 年 6 月 25 日突发脑梗离去，未留一字一句，老朽悲痛难抑，时刻想念！老伴生前为模范教师，所教一二三年级复式班，在全乡 23 所小学统考中，两次夺冠，三个第一名。

　　本人一生坎坷，考上大学上不起，转正之后又退回；四次历险，死里逃生。唯有老伴理解我，支持我，给了我最大的精神动力！因而，时常怀念，永志不忘！

2015 年 4 月 2 日

神仙日子

虽然在地远天宫，乐享心宽节日逢。
一日三餐如品蜜，五官四体赛腾龙。
趣来上网甘霖降，兴至吟诗晚照呈。
最喜京都书店逛，胜如文曲自由风。

2015 年 4 月 3 日

到万桐墓园会妻

车龙花海闹哄哄，垂泪天公老眼红。
未见贤妻经日久，常思愚汉历花红。
笑容满面心堪碎，悲恸伤神意愈浓。
伉俪拆开撕肺痛，重逢之日再相拥。

2015 年 4 月 4 日

为灾区缝制千双棉鞋——盲人聂道美赞

失明大姐泪流干，引线穿针蜀道难。
爱浪情涛胸内涌，幼园地震履棉穿。
腰疼腿肿一碟菜，血溅针扎四两盐。
机踏手摸舌认串，盈盈热泪勇登攀。

注：舌认串，用舌头认针。

2015 年 4 月 9 日

三游自然公园

参天大树干枝擎，绿草红花伞下应。
鸟雀喳喳开辩论，游人济济赏春风。
骆驼背上拍新照，冥府宫中会旧雄。
碧水清波何处在，森林成网绿葱葱。

2015 年 4 月 27 日

忆母亲

母亲节到泪涟涟，回忆生前母子欢。
幼岁上学多操心，青年赴县挂饥寒。
下田劳动身疲否？出外参观豁朗还？
驾鹤西游多载后，子孙兴旺业冲天！

2015 年 5 月 10 日母亲节

乞儿怜

骄阳似火照婵娟，跪地双膝抖颤连。
两手伸出呼外祖，单杯平躺晒微钱。
白天目眩蒸如雨，夜晚身疲炒若盐。
老朽眸含伤痛泪，何时女丐笑开颜！

注：余询问了她的情况，白天行乞，晚上睡车站。嘱她到荫凉处去，并当即掏出二十元给了她。

2015 年 5 月 12 日下午 3 时

怒斥诋毁英雄者

英雄流血又牺牲，换取今天幸福赢。
请问壮举何处错，公然网上骂连声！

2015 年 5 月 13 日

抗日战争胜利赞

长江怒吼黄河哮，泰岳雷霆喜马瞧。
倭寇烧杀尸遍野，妖魔抢掠室空巢。
军仇民恨刀枪举，鬼叫狼嚎炮火瞄。
浴血打赢持久战，中华儿女胜天骄！

注：喜马，即喜马拉雅山。

2015 年 5 月 20 日

游卢沟桥感赋

英雄桥上乐观瞻，十万雄狮舞得欢。
昔日倭奴燃战火，今天昂首立峰巅。

2015 年 5 月 22 日于卢沟桥

西江月·英烈赞

铁邑金邦解体，朽株枯木昂胸。中华儿女气如虹，打狗屠狼骨硬。正义之花怒放，威严之旅成城。枪林弹雨愤前冲，换取江山鼎盛。

2015 年 6 月 5 日

举国大救援

2015 年 6 月 1 日 21 时过，"东方之星"客轮遭遇龙卷风袭击，瞬间翻沉，船上 458 人生死未卜。党中央极端重视，习总书记立即批示，李总理亲率工作组赶赴现场指挥救援。举全国之力，展开了一场气壮山河的全国大救援。

龙卷风来刹那间，客轮倾覆死神怜。
中枢急令通天下，总理亲临掌定盘。
潜水救人危险揽，进舱疏体小心添。
长江洒泪船呜咽，千古流芳大救援。

2015 年 6 月 7 日

儿时跑反

日寇强侵我故乡，牛羊蹿圈狗飞房。

母亲抱我钻青帐，叔父持枪打恶狼。

只要人活千事妥，就能鬼死万人徨。

忆回跑反眸喷火，今日东瀛复撞墙。

2015 年 7 月 7 日

抗日民族英雄赵一曼赞

钢筋铁骨女英雄，受尽极刑展笑容。

热血润滋黑土地，苍松翠柏更峥嵘！

2015 年 7 月 23 日

贺依琳、佳琪考上大学

幼苗眨眼树参天，霜剑风刀若等闲。
不比雏鹰温暖护，要学成鹞自由翻。
在家万好应知福，出外千难必慎圆。
骄子开颜欣赴校，四秋硕果凯歌还。

注：孙女张依琳考上浙江外国语学院商务英语专业；表孙女裴佳琪考上桂林电子科技大学信息学院软件工程专业。

2015 年 8 月 5 日

赴京请师友

高铁和谐刮阵风，廊坊摆手北京迎。
先临府井良师拜，再赴西单益友聆。
走马观花圆眼福，精挑细选练心功。
士兵列队迎稀客，美味回家慢品评。

2015 年 8 月 11 日于北京

王府井走笔 5 首

红男绿女步匆匆，眼笑眉开唠不停。
今日神州何面貌，此街缩影庆升平。

白头翁妪手牵行，满面欢容嘲热风。
卅载春秋寒暑度，后甜先苦乐融融。

三口一家逛古街，夫妻携子胜尊爷。
小儿脱手飞前去，父母急追倖手切。

一双恋侣手相牵，抱抱拥拥不得闲。
热汗淋漓浑不顾，磁石吸铁也羞言。

一群闺蜜笑哈哈，后仰前合溢泪花。
大姐偶提倭寇事，双眸冒火咬银牙！

2015 年 8 月 11 日于北京王府井步行街

挑战不可能赞

挑战难关不可能，平凡极致铸英雄。
夫驮妻顶台阶上，底过车钻记录擎。
催觉鲨鱼悬手掌，飞楼乒宝散空中。
提心吊胆身出汗，浑忘合龙胆魄惊。

2015 年 8 月 23 日

风筝借风力

一字长蛇九百弓，东风送我上苍穹。
摇头摆尾哈哈笑，浪静波平撞得疼！

2015 年 8 月 24 日于时代广场

各有所长

肥妞瘦妹巧相逢，欢笑开怀肺腑中。
羡慕丰盈如泰岳，苗条似柳更时兴。

2015 年 8 月 24 日于时代广场

广场之夜

路灯明亮嗓音甜，人海人山舞得欢。
竞走全凭臀部扭，旱冰夺冠笑开颜。

2015 年 8 月 24 日于时代广场

晚上运动场

人群流动火虫萤，女赶男追鹿豹争。
脸上笑容光闪闪，星神招手月仙迎。

2015 年 8 月 25 日晚上时代广场

集体舞

一天忙碌晚轻松，起舞翩翩手脚灵。
一式一招齐崭崭，儿童鼓掌妪翁鸣。

2015 年 8 月 25 日晚上时代广场

人的海洋

锣鼓喧天地籁扬，人如锦鲤逛汪洋。
生龙活虎八圈转，十里方圆鼎沸香。

2015 年 8 月 25 日晚上时代广场

【中吕】朱履曲·忆雪中京城俏

霾鬼嚣张太盛，梨花开满京城。苍松琼厦隐其踪，天地银妆皆入屏。
素裹猛震罪污凶，游人欢叫连天涌。

注：天地、猛、罪、连天，为衬字。

2015 年 8 月 27 日

【越调】小桃红·参加廊坊市纪念抗战胜利 70 周年
诗词大赛颁奖会有感

倭魔夹尾滚东瀛，锣鼓喧天庆。大赛诗词锦章送。奖颁中，童颜鹤发
豪情共。低头神涌，愧羞暗竞，朗玛珠峰勇攀登！

2015 年 8 月 27 日

致读者

拙诗千首拜君前，眼笑眉开唱得欢。
壮美河山频起舞，深情伉俪巧发言。
英模亮节八方赞，先烈高风四面传。
大漠荒烟泉水现，良师偶遇有奇缘。

2015 年 8 月 28 日

散曲 抗战中的英雄母亲4首

【仙吕·忆王孙】邓玉芬

母亲原是佑儿神，五子杀敌皆丧身。沙场丈夫犹献魂。寇搜村，孩稚塞棉归命阴。

【正宫·风入松】白文冠

本斋慈母义冲天，支队扫狼烟。倭魔软硬兼施遍，劝降破产瓦难全。勇毅绝食赴难，威名震撼敌奸。

【中吕·喜春来】戎冠秀

冒着战火伤员救，哪顾安危弹雨稠！开国大典望寰球。眸笑就，新路展风流。

【中吕·快活三】太行奶娘

乳汁生命情，八路后人宁。狼烟扫尽立殊功，誉满神州颂。

2015年9月2日

九·三抗战胜利日组诗 10 首

胜利日

倭寇侵华十四年，烧杀抢掠惨人寰。
军民奋起豺狼败，红日高升奏凯旋。

2015 年 9 月 3 日

习近平夫妇迎宾

鲜红地毯展前方，微笑迎宾厚意长。
朋友如潮添把火，和平珍贵伴鸽翔。

2015 年 9 月 3 日

抗战老兵的心声

苍苍白发意飞扬，胸上勋章闪亮光。
战友如能亲眼看，开怀畅饮乐天堂。

2015 年 9 月 3 日

领导人合影

黑白黄种聚端门，紧紧相依滚烫心。
村内家家伸手助，阴云散尽曙光临。

2015 年 9 月 3 日

大阅兵

地面天空大舞台，飞机导弹演开怀。
外宾张口难合拢，习总抛鸽向未来。

2015 年 9 月 3 日

文艺演出

黄河咆哮长江吼，滚滚洪流葬恶狼。
霹雳声声惊大地，重温战火更图强。

2015 年 9 月 3 日

习近平彭丽媛贤伉俪赞

坚韧如钢笑脸开，荷花绽放递香怀。
送迎出访眸前亮，百载中兴盛世来。

2015 年 9 月 3 日

党和我

党是妈妈我是娃，乳汁营养化虹霞。
腥风血雨学英烈，骇浪惊涛战恶鲨。
百姓悲欢心上放，豺狼残暴手中伐。
磕磕绊绊如梭长，梁柱撑天润万家。

2015 年 9 月 5 日

关露赞

打入敌人内部旋，篇篇情报赛刀尖。
恋人误会坚离去，不嫁终身我自怜！

2015 年 9 月 30 日

我爱英模赞英模

英模形象屹如山，驻我心中若许年。

存瑞继光鲜血热，竹筠一曼目光寒。

雷锋好事车拉载，开慧痴情命系悬。

鲁迅横眉文化匕，秋白昂首弹轻丸。

卫星设计歌家栋，陕北安危颂左权。

兰考焦公心遂愿，石油进喜梦归圆。

杏林繁茂兰芳唱，医界峥嵘巧稚诞。

百鸟鸣春花烂漫，山河起舞拜先贤！

2015 年 10 月 1 日

200 位建国前后英模赞诗词 200 首
（建国前 100 首，为 5 个词牌；建国后 100 首，为七绝；100 位新中国成立以来感动中国人物 100 首）

西江月 20 首

西江月·八女投江

长脉怒睁万目，浑河愤起千涛。泰山压顶不弯腰，掩护大军拂晓。八女投身江底，亿民挥泪城郊。乡亲父老展眉梢，含笑天堂泪掉。

注：这八位女英雄是：指导员冷云，班长胡秀芝、杨贵珍，战士郭桂琴、黄桂清、王惠民、李凤善和被服厂厂长安顺福。让我们对她们千秋不忘，万代记牢；继承遗志，圆梦今宵！

2015 年 10 月 1 日

西江月·于化虎

日寇闻风丧胆，英雄眼笑开心。群雷爆破鬼发晕，屁滚尿流命殒。根植胶东沃土，芽发齐鲁成林。更名司令爱拳亲，授带勋章映衬。

2015 年 10 月 1 日

西江月·小叶丹

彝海结盟佳话，伯承喜得弟兄。亲身护送战旗红，顺过彝区受用。
万里长征艰苦，三军百姓合融。渡河顺利保安宁，一路春风敢碰？

2015 年 10 月 2 日

西江月·马本斋

日寇烧杀淫掠，回支杀虎屠龙。奇功屡建铁军赢，打得敌酋眼瞪。
慈母被抓大义，倭魔劝解无功。绝食七日死犹生，母子英雄堪敬。

2015 年 10 月 2 日

西江月·马立训

爆破大王出彩，东瀛小鬼震惊。雷族雷阵显威风，炸得肢残脑迸。
抗战旺烧炉火，英雄锻造新生。坚持正义必成功，规律自然铁定。

2015 年 10 月 2 日

西江月·方志敏

我党高官虎胆，敌人狼子野心。农民暴动建奇勋，围困被俘严讯。
铁骨铮铮凛凛，红心荡荡纯纯。狱中著作启后人，可爱中国宏论。

2015 年 10 月 3 日

西江月·毛泽民

财政亲身执掌，红军战斗有依。长征粮草特难集，确保最终胜利。
奔赴新疆统战，开发农牧所期。军阀逮捕酷刑逼，视死如归大气。

2015 年 10 月 3 日

西江月·毛泽覃

领袖弟兄善战，井冈联络会师。党支创建首篇诗，英勇杀敌展翅。
组就邓毛谢古，斗争左倾偏失。崇山峻岭战酣时，不幸牺牲铭史。

2015 年 10 月 3 日

西江月·王尔琢

粉碎四番进剿，会师湘赣泽东。南昌起义战旌红，驰骋井冈骁勇。
追赶骗协叛将，做通思想官兵。叛徒射中猛牺牲，悼挽毛陈泪涌。

注：叛将为前卫第二营营长袁崇全。

毛陈，指毛泽东和陈毅。追悼会上，悬挂着由毛泽东拟稿、陈毅书写
的挽联："一哭尔琢，二哭尔琢，尔琢今已矣！留却重任谁承受？生为阶级，
死为阶级，阶级后如何？得到胜利始方休！"

2015 年 10 月 4 日

西江月·王尽美

创始建成我党，组织领导罢工。山东活动有其名，沥血呕心功硬。
忘我长期战斗，治疾数载难成。主席称许好人封，董老赋诗赞颂。

注：王尽美患上严重的结核病，于 1925 年 8 月 19 日在青岛逝世，年
仅 27 岁。

解放后，毛主席在青岛视察时，对山东负责人说："你们山东有个王
尽美，是个好同志。"

1961 年，董必武写了一首《忆王尽美同志》的诗："四十年前会上逢，
南湖舟泛语从容。济南名士知多少，君与恩铭不老松。"

2015 年 10 月 4 日

西江月·王克勤

解放成为战士，杀敌授予英雄。三项互助整军行，壮烈牺牲心痛。
刘邓悲伤扼腕，国军换旅难成。克勤运动建奇功，无限风光崇敬。

2015 年 10 月 4 日

西江月·王若飞

足迹陕甘踏遍，心声上海和鸣。苍松翠柏傲寒冬，巧战狱中红胜。
受命共国谈判，亲擎火候打赢。返回圣地殒机中，灿烂人生永敬。

2015 年 10 月 5 日

西江月·邓萍

领导平江起义，组织井冈斗争。率军激战路长征，遵义城头命倾。
密切配合彭帅，迅疾胜利雄鹰。英年早逝赞英雄，吃水永铭挖井。

2015 年 10 月 6 日

西江月·邓中夏

省港罢工领队，京沪工运牵头。南昌起义力心筹，湘鄂扎根绪就。被捕叛徒出卖，忍刑拒诱无求。成灰仍是党中留，后世楷模优秀。

2015 年 10 月 7 日

西江月·邓恩铭

青鲁罢工势猛，君同尽美并肩。星星之火可燎原，创始母亲如愿。身患结核重病，操劳革命张帆。叛徒告密入牢监，誓死骨铮不变。

2015 年 10 月 8 日

西江月·韦拔群

领导农民运动，首提农武联姻。组织百色起义军，烈火右江怒焚。主力补充奉献，两回粉碎围侵。叛徒该死害韦君，万剐千刀解恨！

2015 年 10 月 9 日

西江月·冯平

农运武装领袖，琼崖革命先驱。国军反动剿无期，相对凛然不惧。
可恶叛徒出卖，尊崇骨气扛旗。游街示众斥当局，生命如花似玉。

2015 年 10 月 10 日

西江月·卢德铭

将领年轻可佩，士卒奋勇堪夸。紧跟统帅走天涯，激战井冈魂化。
传去噩耗霹雳，闻之领袖泪发。二十二岁似鲜花，绽放红嫣紫姹。

2015 年 10 月 10 日

西江月·叶挺

名将北伐铁旅，南昌起义指挥。皖南事变扣留君，辗转多监不溃。
监狱生涯险恶，我能狗洞回归！中央营救党重回，命殒茶山玉碎。

2015 年 10 月 11 日

西江月·叶成焕

　　成焕牺牲壮烈，朱徐刘邓添坟。年轻将领战如神，消灭日军慨愤。军事才能卓著，政工艺术归真。二十四岁若晨昏，胜过百年虚混。

2015 年 10 月 11 日

清平乐 20 首

清平乐·左权

秋高气爽，万里无云望。粉碎长征封锁棒，激战百团鼓涨。研究军事高峰，指挥打仗神功。难得人才过硬，何时再造群雄？

2015 年 10 月 11 日

清平乐·白求恩

延河泪涌，宝塔鞠躬敬。空巷万人盈眶奉，领袖著文泰重。　伤员救护前方，连轴手术医强。不慎刀伤感染，顿时倾倒山梁。

2015 年 10 月 11 日

清平乐·任常伦

胶东战场，枪炮天天放。猛虎下山威力壮，日寇闻风逃荡。　成为战斗英雄，负伤九次争锋。端上刺刀拼命，中敌流弹牺牲。

2015 年 10 月 12 日

清平乐·关向应

长征苦战，大渡金沙漫。抵制国焘逃跑愿，卓越正工显现。　八年抗日腥风，团结各界支红。积累成疾逝世，后人纪念英雄！

2015 年 10 月 12 日

清平乐·刘老庄八十二烈士

全连英烈，倭寇威风灭。掩护机关安转切，奋战两天两夜。　人人猛虎冲锋，弟兄拼刺滴红。今日果实到手，焉能忘本争功！

2015 年 10 月 13 日

清平乐·刘伯坚

赴欧充电，气足精神焕。推动玉祥北伐战，桥架长征护雁。　坚持敌后斗争，克服环境凄清。率部突围中弹，狱中大义牺牲！

2015 年 10 月 13 日

清平乐·刘志丹

可亲可敬，陕北太阳进。战斗频繁均克胜，打得顽敌头痛。　三回反剿赢还，苏区扩大民安。英勇牺牲交镇，我军领导非凡！

2015 年 10 月 13 日

清平乐·刘胡兰

铡刀虎口，就义从容透。可恶叛徒出卖够，怕死求荣禽兽。　参加抗日激情，支前模范标兵。伟大光荣铸造，今天铭记英雄！

2015 年 10 月 14 日

清平乐·吉鸿昌

投明弃暗，心地珍珠焕。秘密参加中共赞，领导义军抗战。　发回四县成功，蒋军日寇夹攻。暗害叛徒下手，介石下令杀红。

2015 年 10 月 14 日

清平乐·向警予

早期领袖，妇运实优秀。领导罢工全胜就，演讲激昂辞透。 叛徒出卖牢笼，严辞痛斥求生。押赴途中呼吁，凛然大义高峰。

2015 年 10 月 15 日

清平乐·寻淮洲

反围剿战，活逮张辉瓒。作战灵活兼果断，屡次退敌贡献。 国军截堵围攻，指挥前线英明。牵制虎狼数倍，年轻将领雄风！

2015 年 10 月 15 日

清平乐·戎冠秀

乌云浩荡，血雨腥风唱。妇女支前攻胜仗，呼唤妈妈榜样。 大妈尚且心豪，青年为啥骄娇？务必今天做起，明天必定另瞧！

2015 年 10 月 16 日

清平乐·朱瑞

炮兵创建，心血燃烧惯。办校开班培骨干，无愧丹心一片。　指挥义县攻城，地雷爆炸发生。解放战争将领，最高职务牺牲。

2015 年 10 月 16 日

清平乐·江上青

两番入狱，学运充朝气。刊物宣传如凤翼，民众动员火炬。　皖东浩荡春风，统一战线成功。地主武装伏战，牺牲何等光荣！

2015 年 10 月 17 日

清平乐·江竹筠

学生运动，枪杆出权硬。接替丈夫同蒋竞，被卖叛徒可憎。　狱中魔鬼嚣张，竹签虎凳寻常。可赞党员钢铸，凛然大义高风！

2015 年 10 月 17 日

清平乐·许继慎

一期军校，两次东征耀。战斗重伤仍咆哮，军事专家骄傲。 汪魔叛变诱降，断然硬拒开腔。抵制国焘错误，牺牲而立刚强。

2015 年 10 月 17 日

清平乐·阮啸仙

狠抓农运，讲课人员训。审计首开新唱韵，收入开支并进。 规章制度齐全，预防腐败提前。确保战争胜利，繁荣来自源泉。

2015 年 10 月 17 日

清平乐·何叔衡

当初建党，亦是湖南将。办事何时一个样，大任可堪收放。 白天泥水插秧，座谈晚上灯光。打好游击战斗，突围不幸惜亡。

2015 年 10 月 18 日

清平乐·佟麟阁

偷生耻辱，战死光荣属。慷慨誓言出肺腑，实践诺言殉土。　抗击倭寇昂扬，横飞血肉当枪。获得毛君夸赞，国军将领芬芳。

2015 年 10 月 18 日

清平乐·吴运铎

体残心灿，保尔声声唤。实验地雷身炸烂，一切全为党献。　战争年代军工，制出武器多赢。教育今天青少，永当革命先锋！

2015 年 10 月 18 日

卜算子 20 首

卜算子·吴焕先

起义叫黄麻，打仗实拔萃。六个亲人惨被杀，风雨长征锐。 军长正年轻，指挥非凡辈。抢占高地中弹亡，将士报仇慰。

2015 年 10 月 19 日

卜算子·张太雷

震旧世惊雷，化诺言行动。协李周君共运忙，卓越才华进。 领导广州情，建立人民政。众寡悬殊失败雄，中弹牺牲敬！

2015 年 10 月 19 日

卜算子·张自忠

赞抗战英雄，颂最高军职。台儿庄鏖战数天，胜利如期至。 急友旅之急，援友军危势。身中七枪两眼红，配偶绝食逝！

2015 年 10 月 19 日

卜算子·张学良

少帅企和平，兵谏来逼蒋。实现结束内战期，抗日同心干。 送蒋被拘押，又受刑罚判。辗转湘台限自由，一世牢笼伴。

2015 年 10 月 20 日

卜算子·张思德

服务好人民，就比泰山重。警卫主席肺腑掏，缴获机枪奉。 生产干前头，危险冲前顶。烧炭窑塌救小白，甘愿牺牲敬！

2015 年 10 月 20 日

卜算子·旷继勋

壮志厉青年，热血昭青史。地道新集炸药成，房万双桥帜。 严肃斗国焘，批判错军事。报复抓人秘密杀，一派浩然气。

2015 年 10 月 20 日

卜算子·李白

架设地空桥，情报源源送。上海南京圣地通，战斗连连胜。 敌特酷刑施，壮士浑身硬。只有天上海红，他在刀丛庆。

注：电影《永不消逝的电波》，即是根据革命烈士李白的事迹改编。

2015 年 10 月 21 日

卜算子·李林

机智又灵活，勇敢犹坚定。典范华侨爱众生，马上英雄敬。 利诱复威逼，正气浩然颂。掩护突围中弹伤，自射喉间恸。

2015 年 10 月 21 日

卜算子·李大钊

北李与南陈，相约来建党。马列传播著雄文，道义双肩扛。 领导北方忙，统战联孙畅。被捕施刑骨胜钢，赤帜寰球荡。

2015 年 10 月 21 日

卜算子·李公朴

民主爱国家,进步追真理。办校出刊抗战宣,奔走呼号迹。 特务暗中监,晚上遭杀毕。朱总毛公唁电来,不朽光荣立。

2015 年 10 月 22 日

卜算子·李兆麟

风吹背后寒,火烤胸前暖。冷气侵人夜不眠,东北联军愿。 领导义勇军,创建根据线。特务暗杀眼亮擦,抗战英豪赞!

注:根据线,即根据地,押韵原因。

2015 年 10 月 22 日

卜算子·李硕勋

铁骨响铮铮,正气浩然树。参与南昌起义军,转战白区处。 出卖恨叛徒,打断钢筋骨。刑场抬来慷慨人,含笑从容赴。

2015 年 10 月 23 日

卜算子·杨殷

富裕定出身,变卖全家产。领导罢工省港援,攻下公安院。 义是叛徒功,彭湃一同陷。上海龙华就义时,口号同胞唤!

注:公安院,即公安局,押韵原因。

2015 年 10 月 23 日

卜算子·杨子荣

开矿与船工,风土人情悉。巧妙周旋四百降,特等功勋立。 剿灭座山雕,黑话用其地。三炮追击战斗中,英勇牺牲毅。

2015 年 10 月 23 日

卜算子·杨开慧

温婉数骄杨,女姓英雄赞。协助交通联络情,埋首真能干。 地下斗争孤,发展组织愿。拷打威逼昂起头,石烂脱关恋!

注:脱关,指与毛泽东脱离夫妻关系。敌人要她公开宣布与毛泽东脱离夫妻关系,杨开慧斩钉截铁地回答:"要我与毛泽东脱离关系,除非海枯石烂!"

2015 年 10 月 23 日

卜算子·杨虎城

事变自西安，抗日需逼蒋。停止摩擦对外敌，协议达成畅。 事后又食言，囚禁湘黔荡。解放前夕被害亡，怎么能相忘？

2015 年 10 月 24 日

卜算子·杨靖宇

雪地又冰天，弹尽粮食断。抗日联军火种传，日寇团团转。 最后巧周旋，连续多天焕。剖腹割头胃内空，坚毅精神赞！

2015 年 10 月 24 日

卜算子·杨闇公

志不可稍夺，脑袋容君断。军事工农运动开，北伐支持献。 抗议美英轰，惨剧成为案。不落星辰熠熠辉，照我千年灿。

2015 年 10 月 24 日

卜算子·肖楚女

妙手著文章，蜡烛烧一世。曾任农民讲所师，黄埔神通试。 不畏蒋军阀，大义揭黑帜。被捕南京罪狱时，他在刀丛逝。

2015 年 10 月 25 日

卜算子·苏兆征

香港罢工赢，省港坚持胜。领导全球工运殊，重任中枢擎。 积累垛成疾，早逝英年恸。全党悲伤痛悼声，革命精神竞。

2015 年 10 月 25 日

浣溪沙20首

浣溪沙·邹韬奋

创办周刊图救亡，经营书店好书扬，宣传抗日逐豺狼。　监狱斗争变原告，红书出版起苍黄。毛周悲挽痛无疆。

2015年10月26日

浣溪沙·陈延年

视死如归藐虎狼，巍然屹立赛钢梁，乱刀砍死挺心房。　退让妥协坚反对，罢工省港胜花香。英雄一代永流芳！

2015年10月26日

浣溪沙·陈树湘

掏腹断肠铭永生，堪称壮烈第一名，湘江激战四天疯。　警卫主席朱老总，长征主力护江东，一滴热血铸英雄！

2015年10月26日

浣溪沙·陈嘉庚

卓越华侨领袖逢，兴学厦大最出名。捐资抗日建奇功。校舍维修八百万，私宅遭毁半分轻。光辉永耀梦圆中！

2015 年 10 月 27 日

浣溪沙·陈潭秋

建党南湖创始人，工学兵运热纷纷。粮食部长保天伦。　奋战天山白雪舞，力推统战赤旗巡。军阀杀害壮疆魂。

2015 年 10 月 27 日

浣溪沙·冼星海

音乐成为号角鸣，人民奋起动刀兵，黄河怒吼葬东瀛。　配乐赴苏逢卫战，积劳肺病重霜凝。巨星陨落亿人惊。

2015 年 10 月 27 日

浣溪沙·周文雍和陈铁军

扮作夫妻携手筹，广州起义震寰球，悬殊战败港收留。 返穗化装重整鼓，联系重建再抬头。行刑婚礼感天酬！

2015 年 10 月 28 日

浣溪沙·周逸群

红色一滴扩散开，原初颜色赤中来。南昌起义涌英才。 搭档贺龙多胜仗，江湖港汊大平台。周边百姓赞胸怀。

2015 年 10 月 28 日

浣溪沙·明德英

红嫂涌出沂蒙山，乳汁喂养肉汤鲜，枪林弹雨抢伤员。 子女孙儿前线送，援军爱党后方援。改编戏曲染青年。

注：明德英两岁时因病致哑。

2015 年 10 月 28 日

浣溪沙·林祥谦

累月成年做马牛，工人反抗志难休，罢工京汉震全球。　奔走呼号民众唤，镇压逮捕领头谋。双肩砍掉气赳赳。

2015 年 10 月 29 日

浣溪沙·罗亦农

绅士家庭投党怀，激情热烈展雄才。武装起义胜花开。　参与中央决策智，调查实况素材排。叛徒出卖惧何哉？

2015 年 10 月 29 日

浣溪沙·罗忠毅

抗日先锋头阵冲，战功屡立大英雄，游击巧灭兽敌凶。　三战三捷歌胜利，八冲八进赞官兵。一颗流弹魄升空！

2015 年 10 月 29 日

浣溪沙·罗炳辉

奴隶传奇成将军，战功屡立铸兵魂，长征作战最坚频。 重病指挥前线顶，病情恶化后方殉。诺言实现灿如云。

2015 年 10 月 30 日

浣溪沙·郑律成

朝鲜出生华竞芳，延安礼赞遍飞扬，犹如火种点城乡。 两首军歌君谱曲，一人热血我宣扬，献身音乐颂东方！

注：郑律成是中朝两国军歌的作者。

2015 年 10 月 30 日

浣溪沙·恽代英

撰写文章数百篇，翻译著作励青年，参加决策促波澜。 起义两回均败北，搜寻一遍保安全。狱中大义感苍天！

注：起义两回，指领导南昌起义和广州起义。

2015 年 10 月 30 日

浣溪沙·段德昌

常胜将军美誉传，洪湖巩固若钢丸，敌人围剿蹿归还。无奈"左"倾难阻挡，人民将领陷牢监，反遭内部戮当前！

2015 年 10 月 31 日

浣溪沙·贺英

司令游击有勇谋，支持胞弟武装求，收编土著大功酬。　敌党包围根据地，叛徒出卖业凋秋，伤员受掩献颅头。

注：贺英是贺龙元帅的大姐。

2015 年 10 月 31 日

浣溪沙·赵一曼

地主出身革命忙，白山黑水动刀枪，游击浇灭寇猖狂。　不幸被俘刑暴酷，坚贞怒斥鬼虚张，万般无奈戮忠良！

2015 年 10 月 31 日

浣溪沙·赵世炎

　　领导工人大罢工，武装起义胜花红，大钊助手北方升。万恶叛徒魂魄卖，坚强战士讲坛擎，凛然正气赴天宫。

2015 年 11 月 1 日

浣溪沙·赵尚志

　　卧雪爬冰餐朔风，忍饥抗冻唱歌声，远征万里破敌兵。党籍开除源"左"倾，义军抗日更英雄，头颅割下慰平生！

2015 年 11 月 1 日

渔歌子 20 首

渔歌子·赵博生

起义宁都获再生，战功卓著大英雄。临患难，见真情，指挥前线勇牺牲。

2015 年 11 月 2 日

渔歌子·赵登禹

激战长城鼠蹿逃，南苑保卫守坚牢。拼性命，战倭妖，负伤壮烈自堪豪！

注：赵登禹是国民党抗日猛将，毛主席给予高度评价。

2015 年 11 月 2 日

渔歌子·闻一多

《死水》《红烛》熠熠光，歌吟七子乐铿锵。须蓄志，脑移腔，民盟战士永流芳！

2015 年 11 月 2 日

渔歌子·埃德加·斯诺

朋友西来辗转华，宣传抗日世人夸，心挚透，意风发，美中拉近绩难煞。

2015 年 11 月 3 日

渔歌子·夏明翰

斩尽杀绝主义真，中华自有后来人，亲弟妹，献公魂，兽禽出卖笑凌云。

2015 年 11 月 3 日

渔歌子·格里戈里·库里申科

协助中华战寇凶，指挥空战六机冥。遭重创，降江峰，精疲力尽上天宫。

注：该朋友系苏联空军大队长，为支援中国抗日而牺牲。

2015 年 11 月 3 日

渔歌子·狼牙山五壮士

掩护机关主力行,引敌绝路死难生。崖毅跳,命何擎? 狼牙山上铸英雄。

注:五壮士是:班长马宝玉、副班长葛振林、战士宋学义、胡德林、胡福才。

2015 年 11 月 4 日

渔歌子·聂耳

激越高昂与寇搏,人心鼓舞胜贼多。怀赤胆,谱国歌,醒狮怒吼震妖魔!

2015 年 11 月 4 日

渔歌子·郭俊卿

女扮男装特等功,杀敌勇猛胜蛟龙。牲累死,令通行,中华战史木兰凝!

2015 年 11 月 4 日

渔歌子·钱壮飞

打入敌人内部强，偷译情报救中央。生度外，死荣光，龙潭一秀我宣扬。

2015 年 11 月 4 日

渔歌子·黄公略

曾与朱毛并誉传，摧枯拉朽斩敌顽。坟毁掉，母抓还，劝降兄长灭亲缘。

注：创建中央革命根据地初期，黄公略曾与朱德、毛泽东、彭德怀并称为"朱毛彭黄"。

2015 年 11 月 4 日

渔歌子·彭 湃

发动农民建政权，分田分地过丰年。英烈怒，叛徒缠，高呼口号吓贼瘫。

2015 年 11 月 4 日

渔歌子·彭雪枫

智勇双全胜仗拥，游击战术政工红。当主力，步长征，前方战死赞英明。

2015 年 11 月 5 日

渔歌子·董存瑞

隆化中学战斗酣，手托炸药索拉燃。生命献，魄魂圆，后人纪念凯歌还。

2015 年 11 月 5 日

渔歌子·董振堂

起义宁都暗转明，湘江激战指挥赢。全主力，斗敌兵，九天九夜血凝红。

2015 年 11 月 5 日

渔歌子·谢子长

陕北红军创始人，重伤照旧指挥频。门九烈，魄千春，全家奋起世无伦。

2015 年 11 月 5 日

渔歌子·鲁迅

医弃从文匕首枪，敌人被刺中胸膛。旗手赞，品格扬，中华文化辟新航。

2015 年 11 月 5 日

渔歌子·蔡和森

我党初期理论家，办刊著作现虹霞。书猛看，字常发，叛徒出卖栋梁塌。

2015 年 11 月 5 日

渔歌子·戴安澜

黄埔之英将帅雄，远征缅甸战东瀛。吃野菜，步长征，肺胸中弹痛牺牲！

注：戴安澜将军是国民党党员，他的功绩受到全国人民的认可，中国共产党、国民党领导人都为其送挽联、花圈，美国政府为其颁发勋章，是中国第一人。

2015 年 11 月 5 日

渔歌子·瞿秋白

环境危急理论深，八七会议定方针。同鲁迅，领新文，草坪端坐弹穿身。

2015 年 11 月 5 日

100 位新中国成立以来感动中国人物 七 绝 100 首

丁晓兵

独臂英雄展翅翔，摸爬滚打最前方。
带出队伍如龙虎，四体齐全怎赴汤！

2015 年 11 月 6 日

马万水

一身汗水茧发光，创造掏槽掘进方。
拼死拼活刷记录，为了慈母换新装。

2015 年 11 月 6 日

马永顺

伐木创新推广盛，边伐边植诺言行。
全家五万超额造，郁郁葱葱笑脸迎。

2015 年 11 月 6 日

马恒昌

誉为工业领头兵，技术权威百项生。
任务一年春夏创，主席接见脸发红。

2015 年 11 月 6 日

马海德

万里迢迢来陕北，救人治病滚摸爬。
麻风性症屈膝跪，华夏开出外籍花！

2015 年 11 月 6 日

中国女排五连冠群体

不顾肩腰伤痛苦，成千上万练心功。
强攻快速眸花乱，五冠归来父老迎。

2015 年 11 月 6 日

孔祥瑞

技术工人变大王，门机排障辨音强。
献来智慧兼流汗，蓝领专家苦辣尝。

2015 年 11 月 6 日

孔繁森

两番进藏爱同胞，不顾高原反应熬。
跑遍全区寻富路，以身殉职自堪豪。

2015 年 11 月 6 日

文花枝

我是导游先救客，其实最重骨折多。
左肢截去开心笑，无限阳光最快活。

2015 年 11 月 7 日

方永刚

创新理论绽红花，军队民间渴盼他。
即使癌魔多肆虐，上完最后课如霞。

2015 年 11 月 7 日

方红霄

怒目金刚抓罪犯，春风温暖助苍生。
救灾灭火如山虎，卫士皇冠熠熠风。

2015 年 11 月 7 日

毛岸英

逆境长大体心磨，恭拜农民补课活。
朝鲜牺牲多壮烈，主席儿子作青模！

2015 年 11 月 7 日

王 杰

有热发光闲不住，助人为乐快活多。
猛扑炸药民兵救，飞到天堂玉帝酌。

注：玉帝酌，即玉帝为王杰接风洗尘。

2015 年 11 月 7 日

王 选

毕昇再世用激光，取代活字印术强。
汉字照排惊海外，横空出世业芬芳。

2015 年 11 月 7 日

王 瑛

疾恶如仇腐败捉，激情似火爱生活。
掏出赤胆忠心献，过度操劳奏挽歌。

注：王瑛生前系四川省南江县委常委、纪委书记，患肺癌劳累过度逝世，终年 47 岁。

2015 年 11 月 8 日

王乐义

冬暖大棚蔬菜父，传播技术到全国。
北方冬菜常青绿，带动平民变福佛。

2015 年 11 月 8 日

王有德

治沙播绿二十年，植树成林百万田。
林副多营方并举，山青场旺职工贤。

2015 年 11 月 8 日

王启民

铁人再世谓高工，大庆开发火箭逢。
百亿资金增节创，熬干心血做先锋。

2015 年 11 月 8 日

王进喜

井架人拉风凛冽，桶盆运水钻开张。
井喷体搅身出泡，可贵精神铁汉王。

2015 年 11 月 8 日

王顺友

路远山高过险滩，一人一马送邮难。
大肠踢破犹发奋，卅载传奇奏凯旋。

2015 年 11 月 9 日

邓平寿

一路一虫展翅龙，钢筋铁骨大英雄。
乡亲日子飞梭富，早逝心疼教训铭。

注：邓平寿生前系重庆市梁平县虎城镇党委书记，为使乡亲们致富，他提出"修好一条路，耍好一条龙，壮大一根虫"的发展思路。"一条龙"，即柚子带，"一根虫"，即栽桑养蚕。群众日子一天天好起来，他却累死在岗位上。

2015 年 11 月 9 日

邓建军

每晚看书一点半，提高技术似流星。
纺织行业夺魁首，全球记录总成功！

2015 年 11 月 9 日

邓稼先

娃娃博士速回华，两弹成功智慧花。
癌症散开无他念，天安门上看红霞。

2015 年 11 月 9 日

丛 飞

十个民族三百万，角膜捐献六人明。
好人早逝为何故？不顾身心爱众生！

2015 年 11 月 9 日

包起帆

发明抓斗大王称，电子标签革命红。
博览首拿金奖四，全球仰慕傲东风！

2015 年 11 月 10 日

史光柱

老山战斗指挥赢，双目轰瞎腹内明。
保尔再生多创作，身强体健又何能！

2015 年 11 月 10 日

史来贺

拔穷致富牧工农，沥胆披肝血汗盈。
药厂江山拥半壁，钱包鼓涨脑清明。

注：河南新乡刘庄村建起全国最大的生产肌苷的华星药厂，产量占全国一半以上。

2015 年 11 月 10 日

叶 欣

非典光临抢在前，精心护理暖胸间。
发烧感染身疲惫，留恋同胞血泪涟。

2015 年 11 月 10 日

甘远志

特大滑坡奔现场，狂风暴雨顶前方。
冷门难写争先上，心脏突发驾鹤翔。

2015 年 11 月 10 日

申纪兰

率群致富六十年，绿色银行矗大千。
农牧工商林旅旺，老人犹在浪中跹！

2015 年 11 月 10 日

白芳礼

志壮心急助教忙，馒头热水饭开张。
三轮陋室陪枯木，三百贫生展翅翔！

2015 年 11 月 10 日

任长霞

铁面无私黑恶扫，柔肠百转爱苍生。
练兵比武双夺冠，十里长街泪眼红！

2015 年 11 月 10 日

刘文学

深夜荣学盗辣椒，文学发现斗贼豪。
终因力小归天去，红色英魂荡九霄。

2015 年 11 月 11 日

刘英俊

"三员"赞誉不虚传，危险时分挺最前。

为护儿童惊马拽，牺牲壮烈奋青年。

注："三员"，指刘英俊在连队是业余修理员，住院是劳动休养员。出差途中是义务勤务员。

2015 年 11 月 11 日

华罗庚

初中文化自学强，巨匠天才宇宙翔。

坚毅回国投母抱，统筹优选报神乡。

2015 年 11 月 11 日

向秀丽

凌云壮志女英雄，烈火焚身怎惧疼？

药厂平安君含笑，烈士青春火中升！

2015 年 11 月 11 日

廷·巴特尔

将军之子草原鹰，带领平民斩浪行。
轮牧围栏沙化治，钱包鼓起慰平生。

2015 年 11 月 11 日

许振超

脑筋开动搞革新，装卸集箱世界存。
爱护职工如手足，中华航运第一人。

2015 年 11 月 11 日

达吾提·阿西木

妖魔地震害八方，仅此一家九死伤。
抢救伤员没日月，悲伤化作力无疆！

2015 年 11 月 11 日

邢燕子

不随父母留城市，反到农村创业难。
开创知青插队路，中华史上涌奇观！

2015 年 11 月 11 日

吴大观

航空发动机之父，聘请高薪婉拒归。
昼夜研发终胜利，鳌头独占放光辉。

2015 年 11 月 11 日

吴仁宝

建成天下第一村，思路超前勇敢寻。
工作每天十四点，奖金过亿献乡亲。

2015 年 11 月 11 日

吴天祥

为党分忧民解难，捐钱捐物骨髓捐。
穷亲三百七千血，武汉苍生受惠圆。

2015 年 11 月 11 日

吴金印

治水工棚八载宿，乡亲土炕住七年。
修田植树凿山洞，全镇新颜展面前。

2015 年 11 月 11 日

吴登云

马背医生誉满疆，翻山越岭诊巡详。
十年树木园林院，十载培才健翅翔。

2015 年 11 月 11 日

宋鱼水

胜败皆服好法官，多年审判技高全。
心中装满情无限，满意人民誉青天。

2015 年 11 月 11 日

张　华

又出优秀大学生，跳入坑池救粪工。
沼气刺鼻熏倒室，立经抢救憾牺牲！

2015 年 11 月 11 日

张云泉

连心桥上最深情，挨打误伤理解容。
多载蒙冤平反讨，"我来帮助"震苍穹！

2015 年 11 月 11 日

张秉贵

实是怀揣一捧火，果然温暖万人心。
平时练就一抓准，服务人民艺术魂！

2015 年 11 月 11 日

张海迪

高位截瘫更自强，学医创作展辉煌。
担纲主帅残联掌，极限人生万里航！

2015 年 11 月 11 日

时传祥

宁愿一人脏似厕，换来万众净如瓶。
主席接见说勤务，社会分工现不同。

2015 年 11 月 11 日

李四光

奔波野外找石油，大庆油田大港秋。
摘掉贫油乌有帽，终于含笑九泉游！

2015 年 11 月 11 日

李春燕

竹篮田垄走医忙，温暖竹楼护健康。
瘦弱双肩担日月，赤医脚硬也争强。

2015 年 11 月 12 日

李桂林和陆建芬夫妇

云梯出入胆心寒，十载无师大漠滩。
燃起知识如火把，夫妻支教月高悬。

2015 年 11 月 12 日

李素芝

弃沪进藏禁区迎，卅载生涯血样红。
攻克高原心脏病，同胞康健立丰功！

2015 年 11 月 12 日

李梦桃

药箱健马大衣枪，巡诊原区苦险尝。
开始儿科今整套，民族儿子气飞扬！

2015 年 11 月 12 日

李登海

北李南袁负盛名，杂交玉米创成功。
餐桌活跃香甜棒，十亿同胞笑脸迎。

2015 年 11 月 12 日

杨利伟

神舟五号世观瞻，注视寰球似弹丸。
指导选拔乘组硬，航天强国凯歌旋。

2015 年 11 月 12 日

杨怀远

客运挑夫两头颤，三十八载乐开怀。
报酬不计倾心笑，毛邓周江接见来。

2015 年 11 月 12 日

杨根思

抗美援朝炮火燃，美军退路要封严。
空中地面狂轰炸，抱药与敌共化烟！

2015 年 11 月 12 日

苏 宁

情同手足爱官兵，危险关头舍命迎。
实弹冒烟临爆炸，推开战友血花红！

2015 年 11 月 12 日

谷文昌

东山缺水风沙大，百姓家贫讨饭生。
修路造林兴水利，谷公永远在心中！

2015 年 11 月 12 日

邰丽华

两岁失聪跌谷底，高峰获得靠拼搏。
《观音》《化蝶》惊国外，奇迹于无声处夺。

2015 年 11 月 12 日

邱少云

赴朝作战决心大，部队潜伏阵地攻。
燃弹烧着皮并肉，牙关咬碎自牺牲！

2015 年 11 月 12 日

邱光华

救灾抗震大英雄，峡谷深山冒险行。
飞赴汶川人物载，强流大雾勇牺牲！

2015 年 11 月 12 日

邱娥国

民警生涯火样情，残疾孤寡捧心中。
送终奉养如儿女，下岗工人就业红！

2015 年 11 月 12 日

陈景润

情有独钟爱数学，忘食废寝奥云揭。
哥德巴赫频招手，皇冠明珠获大捷！

2015 年 11 月 12 日

麦贤得

海战硝烟弥漫间，一颗弹片进额前。
穿来绕去查机器，胜利归来领袖牵。

2015 年 11 月 12 日

孟　泰

鞍钢铁厂老英雄，护卫高炉用体赢。
爆炸舍生关电钮，主人姿态闯关行。

2015 年 11 月 12 日

孟二冬

不朽师魂人敬仰，肿瘤食管照登台。

文学史籍高评价，支教新疆硬汉来。

2015 年 11 月 12 日

林　浩

九岁学生意志坚，汶川强震被埋还。

返回救起同学俩，奥运姚明共步前。

2015 年 11 月 12 日

林巧稚

妇产科学创始人，医风医德贵高深。

接生五万婴儿笑，有口皆碑颂女神！

2015 年 11 月 12 日

林秀贞

深情赡养老人终，企业中兴济困行。
修路助学兼打井，一生好事感苍生！

2015 年 11 月 12 日

欧阳海

爱民模范救同胞，战马推开铁轨嚎。
轧断左肢伤势重，牺牲壮烈令人骄！

2015 年 11 月 12 日

罗映真

丈夫勇斗三毒犯，力量悬殊植物人。
充满爱心呼唤久，醒来写下爱情真！

2015 年 11 月 12 日

罗健夫

十六参军补课忙，大学核电获优强。
填白三种发生器，癌症突临扼腕惶。

2015 年 11 月 13 日

罗盛教

朝鲜儿童冰洞落，跑时脱袄跳河中。
三回顶上童脱险，力气全失玉帝迎！

2015 年 11 月 13 日

龙梅和玉荣

狂风暴雨无形壁，阻挡羊群返圈中。
搏斗力微羊聚拢，冻伤无悔笑开屏！

注：姐姐龙梅现任内蒙古自治区包头市东河区政协主席；妹妹玉荣现任内蒙古自治区政协办公厅副主任、民族和宗教委员会主任。2008 年，姐妹俩光荣地成为北京奥运会火炬手。

2015 年 11 月 13 日

赵梦桃

纺织战线树红旗，操作巡回效率提。
首戴围腰红烂漫，出席八大显神奇！

2015 年 11 月 13 日

钟南山

抗击非典大英雄，主持医疗重病情。
世卫聘其当顾问，仁心妙手世人惊！

2015 年 11 月 13 日

唐山十三农民

千里奔波勇救灾，冻冰雨雪变乖乖。
汶川地震来召唤，炭送胸中气自排。

2015 年 11 月 13 日

容国团

酷爱乒乓技艺精，冠军首获泪双盈。
西多星野甘失败，一举成名世界惊！

2015 年 11 月 13 日

徐　虎

雷锋再世起平凡，水电维修喜马攀。
八个除夕一线过，本人热线总居前。

2015 年 11 月 13 日

秦文贵

选择青海苦油田，技术难题累过关。
简化规程成本缩，青年榜样尽开颜。

2015 年 11 月 13 日

袁隆平

杂交水稻创成功，亿万苍生饥饿停。

失败千回何所惧？风流最是父隆平！

注：父，指袁隆平被誉为"杂交水稻之父"。

2015 年 11 月 13 日

钱学森

两弹一星获奖章，五年归返路途长。

才华横溢诸多域，基奠航天胜拓荒。

2015 年 11 月 13 日

常香玉

赞颂人民艺术家，常青豫剧放光华。

演出前线危何惧，传带新人绽彩霞。

2015 年 11 月 13 日

黄继光

激战四天上甘岭，敌人高地久难攻。
挺身爆破伤堪重，枪眼胸膛堵住赢！

2015 年 11 月 13 日

彭加木

考察各地蕴资源，罗布泊中奥秘掀。
瀚海科魂彭加木，肿瘤恶性纸钱缘。

2015 年 11 月 14 日

焦裕禄

昨天兰考三灾暴，治水封沙改地豪。
肆虐肝癌藤椅泣，新天一片慰尊焦。

2015 年 11 月 14 日

蒋筑英

似渴如饥出北大，五门外语广翻译。
光学传递难题解，荣誉分房往后移！

2015 年 11 月 14 日

谢延信

感天动地孝发言，岳父呆兄岳母怜。
老马识途千里志，暴风骤雨稳于船。

2015 年 11 月 14 日

韩素云

未婚挑起夫家担，九口压肩再种田。
鼓励丈夫拼命干，红娘军嫂乐香甜。

2015 年 11 月 14 日

窦铁成

工人教授不虚传，电所安装次次圆。

徒弟带出三大百，高师评比半边天！

2015 年 11 月 14 日

赖　宁

胸怀大志品学优，烈火冲天号令稠。

手攥树枝扑厉鬼，精疲力尽死难休！

2015 年 11 月 14 日

雷　锋

平凡伟大聚一身，济困帮难透孕心。

千里出差车好事，题词领袖铸锋魂。

2015 年 11 月 14 日

谭 彦

法院行来好法官，秉公办案最清廉。
一年拒贿七千块，万恶结核舞爪还。

2015 年 11 月 14 日

谭千秋

家境艰难咽薯渣，即当教师爱生娃。
四生地震师尊救，不倒丰碑绽彩霞！

2015 年 11 月 14 日

谭竹青

万千群众满胸中，办事风行企业兴。
市场建成跟大势，龙钟老态晚霞红！

2015 年 11 月 14 日

樊锦诗

放弃京沪选莫高，敦煌保护日新描。
四十冬夏荒漠伴，彩塑神光气自豪！

2015 年 11 月 14 日

卜算子·闻屠呦呦大姐获诺奖喜赋

风雨送呦声，岁月圆华梦。已逾八旬老态风，诺奖开花庆。 庆也不铺张，只把章来领。待到寰球受益时，她赞神州盛。

注：她在发现青蒿素和治疗疟疾上的卓越成就，显著降低了全球疟疾患者的死亡率。荣获诺贝尔奖生理学或医学奖。

2015 年 10 月 7 日

小 鸟

林中小鸟喳喳叫，跳去跳来瞪眼瞧。
冲我张开多彩翅，招呼不打立肩瞄。

2015 年 10 月 8 日

孪生小姐妹

一样服饰一样身，眼眉鼻口特难分。
上天入地齐欢笑，长个拔高效母亲。

2015 年 10 月 9 日

贤伉俪赞

相亲相爱数十年，伉俪情深相互搀。
日晒风吹关冷暖，茶烹酒煮品香甜。
八方共贺鲜花戴，四世同堂笑脸欢。
卸下双肩千磅担，寰球逛遍凯歌还。

2015 年 10 月 12 日

斥叛徒

近来为英模写赞诗，经常出现叛徒出卖导致英雄牺牲的惨剧，悲愤难抑，吟诗痛斥！

革命征途不坦平，叛徒出卖胜毒疗。
求荣怕死双膝软，受辱贪生两耳聋。
战士前方身不顾，兽禽后面手沾腥。
何时队伍真洁净，才敢扬言共产逢。

2015 年 10 月 14 日

升 平

广场犹如大舞台，欢歌笑语老天排。
风筝荡也随鹰去，鹅艇悠然顺水来。
飞跑童娃追嬉戏，静观翁妪乐开怀。
升平一派真陶醉，难怪神仙返地宅。

2015 年 10 月 17 日

老年节抒怀

中枢关注老年情，佳节重阳法定迎。

老骥腾飞可圈点，后人尊敬喜沟通。

刀枪入库心思动，词曲新填意象融。

我欲因之操夙夜，歪瓜裂枣也香浓。

2015 年 10 月 21 日（9 月 9 重阳节）

观赏排练有感

惊雷炸响耳中鸣，万马奔腾旷野风。

一曲红歌似天籁，双眸盈泪动真情。

2015 年 10 月 21 日

观看廊坊市 2015 年老年节文艺演出 7 首

民乐合奏——地道战

犹如战马嘶鸣起，宛若铜锣擂响疾。
地道迂回敌醉转，迷宫之内落汤鸡。

舞蹈——小城雨巷

江南一派荷香情，小雨刷刷伞舞精。
俏丽姑娘人喜爱，满城飘洒味香浓。

红歌演唱

六个黄鹂鸣翠柳，三双猛虎吼深山。
红歌激起千重浪，硕果摘来慰圣贤。

戏曲清唱

二胡梆子响连声，悦耳清音缕缕融。
一句娘啊儿死后，老翁呜咽泪花倾。

舞蹈——中国妈妈

中国慈母世间稀，抚养日婴怀抱奇。

母子分别衣袖扯，人间大爱战争遗。

诗朗诵——赞廊坊

双翁两妪声洪亮，颂我故乡龙凤翔。

地沃天蓝人更美，夕阳变作艳朝阳。

模特表演

目不暇接全场靓，鲜红服饰步悠扬。

穿梭变幻双眸闪，震撼心扉我欲翔。

2015 年 10 月 21 日（9 月 9 重阳节）

由廊坊市老年艺术团在管道局影剧院演出

七绝　巧喻诗词曲4首

诗庄词雅曲俗颜，诗比大家闺秀缘，
词喻小家真碧玉，村姑山野曲翩翩。

牡丹国色喻诗传，玫瑰如词艳丽观，
山野菊花人喜爱，犹如散曲俏开言。

一本正经抒志感，抒情婉转写悲欢，
俏皮活泼达心意，三者言来各把关。

板着面孔作诗艰，泪水填词累痛颜，
面带笑容书散曲，心情迥异调非然。

2015 年 10 月 23 日

答谢周子秀老师

粗布扎花不敢当，歪瓜裂枣唱夕阳。

英模热泪诗词赞，谢过师尊展翅翔。

2015 年 10 月 24 日晚上

附：

读张景茂君诗词集

一生苦旅孕华篇，感事抒怀咏大千。
不见艰深生涩句，真情正气满诗田。

周子秀
上午学会活动中口占 2015.10.24

读《张景茂诗词选集》

人生之旅育华篇，雅句洋洋十万言。
伉俪情深难忘却，河山景美总流连。
沧桑岁月风和雨，坎坷征途苦与寒。
掩卷沉思多感慨，真情正气满诗田。

周子秀
载 2016 年第 2 期《燕南诗词》2016.6.1

七绝 我的观情梦10个系列 100首

七绝 我的诗词观10首

诗词种儿孕心田，滋润舒服幼禾欢。
一旦瓜熟蒂落下，诗庄词雅曲俗颜。

火热生活沃野间，锄刨耕耩有奇缘。
今天已诞高科技，喷药收割携子观。

畅游书海凯歌还，字字行行蕴脑间。
故事友朋厮混后，鲜活蹦跳海天翻。

实地采风亲眼看，身临其境景情鲜。
如能趁热描三笔，细刻精雕润色圆。

生活本是广源泉，作者吸来设计番。
创造一颗假实体，客观景象退旁边。

诗人想象地天间，双翅飞翔大自然。
还要返回归大地，悬空无脚算何般？

散文直写感时缘，论到诗词不敢宣。
抹角拐弯加比喻，无穷回味悟真传！

诗人腾起一团火，流露真情属自然。
血肉丰盈形象美，才能触动众心田。

母亲富饶地无边，大好河山戴笑颜。
我欲歌之多烂漫，诗情词意递蓝天！

世间丑恶浪浊翻，正义遭批真理颠。
笔作刀枪凌厉刺，马翻人仰痛击还！

2015 年 11 月 16 日

七绝　我的老年观 10 首

天地暑寒多变化，人生苦旅也无常。
年年岁岁如梭过，人老珠黄不必慌！

夕阳西下落山岗，明日朝阳又耀墙。
往复循环无尽处，天天出个大太阳！

年逾古稀称小弟，青春洋溢眼发光。
求知欲盛时时阅，好问心强日日航。

老年时日不多量，更要天天事事忙。
勤用脑筋活力旺，器官运转更溜光。

被窝畅想脑灵光，灵感来临速记详。

奇句佳词刹那逝，冥思苦想不怜芳！

老有所为归正道，填词制曲写诗忙。
小儿生下多高兴，出本诗集笑脸扬。

顺心遂意乃天堂，玉帝神仙自在狂。
脑有灵犀一点畅，想吃满汉不食糠！

儿女双全应满足，不宜依赖要刚强。
能吃会动千般幸，卧病于床早日亡！

忠厚传家倡自强，诗书继世气飞扬。
身心健朗能吃苦，大树参天作栋梁！

贤妻闭眼返天堂，老朽孤身陷狱房。
要把监牢还胜地，心思一变自由王！

2015 年 11 月 16 日深夜

七绝　我的英雄观 10 首

热泪横流谓哪般？英雄壮举爱惜怜。
振聋发聩灵魂变，头上光环要保全！

有人贬损英雄贤，妄想推翻历史盘。
搅乱思想攻大脑，道听途说不真传。

回忆悲伤解放前，烧杀抢掠寇倭残。
军民奋起刀枪举，英烈牺牲换碧天！

没有英雄挥臂膀，哪来白姓唤苍天？
敌人残暴穷凶恶，最后投降慈母圆！

战争年代乌云卷，战场硝烟弥漫延。
爆破牺牲常见事，敌人打退凯歌还！

可亲可赞名一曼，通电竹签虎凳悬。
娇弱身躯钢铁硬，英雄以死唤民颜！

胡兰少女不平凡，面对铡刀主动前。
试问抹黑捏造者，身临其境敢人先！

再论少云星火燎，任烧不动目标潜。
撕心裂肺疼难忍，钢铁之躯亦罕见！

小平远瞩又高瞻，力挽狂澜正道攀。
开放改革规划好，神州大地换新颜！

赞颂英雄我最先，魂牵梦绕写诗圆。
诗词六百呱呱坠，旗帜高扬荡大千！

2015 年 11 月 20 日

七绝　我的时间观 10 首

岁月如梭驹过隙，时光似箭我难抓。
人生最是时间贵，分秒争夺事业发。

时间伴我走天涯，秒秒分分攥紧它。
只要稍微松把手，无形溜走再难拉。

时光老汉顶呱呱，岁岁年年手脚划。
一秒一分丝不苟，狂风暴雨不抓瞎。

时间宝贵勿糟蹋，紧紧抓牢善待它。
打字作诗多快乐，美文欣赏醉心茶。

老翁时日少年华，起早贪黑不顾家。
多写多察多汇总，明年争取再开花！

别人欢乐在搓麻，大嗓高声哗哗啪。
难受心中如火烤，时光溜走不回家！

凌晨阅读人民报，领袖平民网上拉。
月累日积朋友广，开花结果艳如霞！

一世八十仅万日，一天飞逝再难抓。
学习事业如何办，攥紧时间利用它！

（按 80 岁，29200 天，有效时间 1 万天）

自己惜时实重要，争分夺秒绽红花。
不能打扰别人刻，礼物珍奇送到家！

时间宛若艳昙花，稍纵流失不再达。
奉劝青年多爱恋，时光创造彩虹霞！

2015 年 11 月 23 日

七绝　我的逆境成才观 10 首

雄才自古多磨难，纨绔从来少伟男。
黑夜茫茫摸路走，黎明就在曙光前。

有实无枣打三竿，断处新生蓓蕾欢。
喜见来年红果乐，树枝挂满艳如山！

险境犹如夜踏山，黑魔弥漫舞翩跹。
心中点起明灯亮，一往无前泰顶攀！

少年立志闯难关，碰壁连连誓不还。
建党武装革命起，红旗猎猎扫狼烟！

高位截瘫命运悬，银针起舞众欣然。
著书译作丰收悦，执掌残联顶破天！

手术频频超百次，四肢离去泪涟涟。
乡亲笑脸他欣慰，极限人生我赞前！

注：朱彦夫，战场上失去四肢，任党支部书记25年，带领乡亲们致富！

我任教师知担重，雾霾漫漫怎识天？
板书作业心灵导，心理咨询解棘团！

注：盲人教师刘芳，实现了正常人难以达到的教学效果和激励效应。

早岁失聪奋起难，心中音乐亮眸前。
《英雄》《命运》超天籁，乐圣之尊震宇寰！

注：指贝多芬。

改革政治陷泥潭，痛赋《离骚》仰视天。
流浪江边裂肺恸，纵身一跳赞先贤！

逆境成才最后篇，欣学蚂蚁碌终年。
昙花一现非应取，心血流干岁岁圆！

2015 年 11 月 27 日

七绝 我的读书观 10 首

益友良师站面前，促膝谈话意相连。
灵犀一点离书去，魂魄升腾荡九天！

百亩一苗书落泪，早年珍贵阅读欢。
小说欲买书来换，似渴如饥昼夜翻。

好书宛若琼浆饮，芳冽糊糊醉意还。
腹有诗书生妙笔，心胸澄沏有奇缘！

与书为友惺惺惜，与雅同行自不凡。
意境幽深山水画，神清气爽百花园。

古今中外老师传，敬请家中俯耳谈。
妙论听来花怒放，远超美味欲登仙！

我与诗书蒂眷缘，一天不见胜三年。
卿卿我我晨昏恋，一起放歌鱼水欢！

从小读书化自然，小说词赋伴食眠。
心中花果天天长，大树参天百载繁！

必看唐诗三百首，四篇名著也该翻。
单说形式学诗易，但论内容涵太宽！

实践读书要比肩，只读有字不完全，
更需无字天天练，并蒂花开美满旋。

活老读终境界添，与书相伴尽开颜。
童心奇趣三十岁，还要活出五百年！

2015 年 11 月 27 日

七绝　我的河山情 10 首

大好河山来眼底，双眸含泪细观瞻。
伟男要做山高耸，强女应为水壮观。

河山本是我家园，居住游玩顺我缘。
喜马长江招手笑，黄河泰岳梦中欢。

那年我去桂林玩，两洞三山站眼前。
让我轻摸和检阅，提提意见再回还。

前年我赴俏云南，三塔迎来洱海翩。
夙愿导游莲瓣吐，顺风一路赞河山！

说到河山我自言，祖国处处好河山。
景观坐落何区市，看着心欢眼更甜！

古迹最多说首善，故宫祈殿上天安。
长城北海中南海，处处高洁爱不凡！

本省河山更壮观，山庄避暑位前端。
秦皇岛外滔天浪，池畔莲花白洋淀。

华夏河山无比灿，回归怀抱更新鲜。
一花一木心中爱，浇水施肥顶破天！

家乡可爱说龙凤，老态龙钟破旧颜。
舍弃天庭廊落户，为民造福换新天！

祖国大好河山美，眼里如珍腹内甜。
瑰宝入怀加倍惜，后人爱护永流传！

2015 年 11 月 17 日夜间写就

七绝　我的审计情 10 首

审计生涯后半生，监督促进有机行。
未能现场亲实践，文字人才党建迎。

充分发挥免疫功，预防疾病要先行。
揭开真相白天下，抵御消极畅运通。

权力紧箍来念咒，公权放虎必伤生。
尖兵反腐廉洁倡，天下清明百姓逢。

政策督查落地平，不出故障畅通赢。
民生守护不放松，锁紧盯牢昼夜功！

深化改革要催化，创新发展保安宁。
宏观决策当谋士，审计功能显正风！

审计公文重要情，通知简报调研丰。
下乡跟进陪辛苦，一炮惊人素质赢！

队伍人才关键用，能攻会守仗精明。
国家财产谁敢动，显露原形不留情！

两个文明共促行，领班队伍虎龙风。
省级创建名一位，全省鳌头系统赢！

到站应休鞍未落，另抄党建帜通红。
党员猛虎冲山下，干部优先变作龙！

情有独钟审计鸣，请为老朽庆微功。
省厅先进聊相慰，追赶朝阳步不停！

2015 年 11 月 18 日

七绝　我的乡村情10首

祖住乡村泛土风，土房土地土身穷。
爷爷奶奶根基奠，爸爸妈妈苦掖行。

童年玩耍在塘中，只顾追鸭水鬼逢。
幸有恩人捞救起，古稀仍是老顽童！

小学加入先锋队，引得乡亲瞪眼红。
高喊红脖（儿）追跑看，欢声一片震苍穹！

及上初中水上行，滔滔洪水满洼平。
坐船来去飘飘荡，瓜菜低标炼硬功！

高中我任生活委，不染一尘教室清。
每次校评均取冠，奖旗猎猎笑春风！
注：文安中学，24个班，几年每周评比下来，我们高中4班均夺第一名。

考上大学因窘困，回乡种地汗流慣。
夏天割麦腰弓曲，冬季寒风整地平。

我任支书大寨雄，乡亲致富放心中。
修渠打井兴良种，五载辛苦脸晒红！

中学校长也支农，蹲点乡村我扫穷。

浇水锄田泥土样，村民翘指赞文星！

养育生活谢老农，一身正气孕清风。
七旬老朽身心壮，余热发挥返稚童！

我蕴乡村意厚浓，牵肠挂肚满深情。
脱贫致富中央策，祝贺乡亲岁岁红！

2015 年 11 月 28 日

七绝　我的作家梦 10 首

从小爱听侠客传，如痴如醉夜难眠。
夏天不怕蚊虫咬，冬季朔风考验咱。

中学写作过新年，范例一篇众品还。
壮志凌云名秀丽，兴高胆大更无前！

最爱长篇大厦全，书中世界锦花团。
梦牵魂绕难搁下，索性充当角色延。

高考中文录取咱，只因困顿梦难圆。
农商政教皆尝遍，经历丰盈苦旅繁。

幼时呛水命难还，房倒遭砸抢救全。
转正两回谁所见，开刀险丧历周延！

娶个知音五秩年，知寒问暖爱心怜。
低潮摔倒倾心励，圆梦发芽浇灌源。

填词制曲写诗惯，怎奈无知格律繁。
胆大赠人皮满厚，多年弯路走够冤。

自从入会梦初圆，闯入花园眼界宽。
异草奇花观不够，移来笔下灿如莲。

老师讲课润心田，字字珠玑句句鲜。
散曲诗词真谛现，醍糊灌顶豁然圆！

入得门来趣味添，朝夕相处感情燃。
歪瓜裂枣千余首，出本诗集梦再延！

2015 年 11 月 18 日

闲暇练笔

为盲人教师刘芳点赞

眼暗心明有太阳，爱心潮涌志昂扬。

文言屡诵传薪火，道义常析育栋梁。

心理帮扶虑长远，作文念改赋新章。

春蚕尽吐心中意，无尽春风满院光！

注：刘芳是贵阳市白云区第三中学盲人教师，坚强乐观，感人肺腑！

2015 年 11 月 29 日

致老同学杨庚辰

终生乐做好园丁，大树参天百卉红。

忆起早年玩笑趣，更思老骥再登程。

2015 年 12 月 5 日

七绝　文艺老兵阎肃 30 首

今年八五老顽童，保定乌烟瘴气生。
最近过劳医院住，昏迷两月我心疼！

阎肃其实不严肃，哈哈一乐树常青。
六十五载为兵碌，大漠边疆笑脸迎！

空军热爱蔚蓝穹，喜驾东风万里程。
我坐白云开大道，俯瞰大地锦花屏！

红岩上面红梅绽，唤醒千花并蒂红。
阎老化身梅气魄，雄鸡一唱九州同！

探亲假日闭门羹，稿纸铺开凤舞龙。
《江姐》横眉眸冷对，大江南北唱英雄！

路在何方问圣明，唐僧五众取经成。
路铺脚下千秋愿，无路多行路自通。

读罢《红岩》飞泪雨，改编京剧坐牢笼。
亲镗脚镣叮当响，虎凳一压骨碎声！

一双慧眼辨真经，假货横行不可能。
雾里看花真切切，水中望月沏清清。

多年春晚出金点，定海神针稳众行。
策划撰词莲吐艳，喜观万众沸欢腾！

青年腰挺玉亭亭，今日腰身变曲弓。
敢问因何生巨变，千钧重担铸平生！

有求必应挂帅行，求事无酬憾落空。
晚会帮人筹划好，一盘饺子乐癫疯！

晚会"九·三"多月功，扬眉吐气振国风。
成功喜讯知儿晓，咧嘴哈哈脸透红！

京剧《红岩》炮响鸣，泪花闪闪主席声。
赠交一套精装本，爱胜琼浆畅品评！

《雪域高原》去采风，冰滑霜冻路难行。
卡车颠簸十八日，被褥八床患虐经。

边防哨所海疆行，握手相拥敬礼诚。
兵精卫国民悦乐，守卫国土解民忧！

服务大兵一甲子，八旬返老又还童。
红心蹦跳双肢捧，鼓掌欢呼翘指疯！

慈母归天热泪盈，正忙春晚返家停。
难能忠孝成全早，万众欢腾解愧铃。

风花雪月军人有，战地黄花铁马风。
夜雪楼船边冷月，浓浓战味也深情。

文化公司近水封，赚钱容易又威风。
坚决阻止焦公范，红色家庭不变通！

有一亲属想排工，一句要求即可成。
原则不能交易换，不当关羽扮包公！

拼命三郎骨气赢，歌词始创入魔疯。
转来转去毡成道，灵感追来速请兵！

乡音重庆话频仍，幽默言词逗趣灵。
最爱红烧麻豆腐，喜欢川剧总哼哼！

老爸太忙空政练，娇儿四岁仅双逢。
大家欢乐才欣慰，满面春风透挚情！

只要一周未见面，必拨电话问实情。
油盐柴米工学体，满脑关心话语锋！
一世老实加本分，只知干事讲公平。
满橱奖状红光闪，待遇高高再立功！

儿问父亲有无憾，终生听党最心诚。
老翁就是砖一块，哪里需求哪里拎！

学习成就立丰功，宛若花丛小蜜蜂。
飞去飞来忙采粉，甘甜蜂蜜众欢迎！

心态如童似水晶，岁临八五更年轻。
堪称艺界常青树，虎跃龙腾我赞成！

定海神针活字典，空军文艺百花红。
唯求早日睁双眼，大笑一声震碧空！

百花园内蝶追蜂，宛若人间凤恋龙。
万紫千红来不易，老兵回首唱春风！

2015 年 12 月 5 日

声讨金融诈骗者 3 首

相隔万里线相牵，巧语花言利索缠。
迟钝翁婆圈套进，谁家没有寿中仙！

诱饵清香可口甜，吞食腹内痛生年。
黑心烂肺追魂鬼，法网难逃利剑悬！

精心设计网连环，布阵排兵过险关。
擦亮双眸邪正辨，原形毕露伪戳穿！

注：10 月 7 日上午，上海政法有人说我涉嫌非法洗钱，最后让我汇款
10 万元到北京。一动钱，我就知道是骗局了，故未理睬。

2015 年 12 月 7 日

贺外孙女张丹蕾保送读研

丹蕾在位于天津的河北工业大学土木工程专业学习 4 年，今年被海河边的天津大学接受保送读研，小诗祝贺！

聪颖童年背李唐，读研保送见真章。
衡中鏖战青丝坠，工大深钻饭菜凉。
纯净心灵如美玉，宽实肩膀胜铜墙。
河边天大双眸慧，骏马奔驰越太阳！

2016 年 1 月 1 日

送贫神 2 首
——喜贺浙江成为全国第一个脱贫省

喜读 2015 年 12 月 29 日《人民日报》，浙江已全面消除家庭人均年收入 4600 元以下贫困现象，成为全国第一个完成脱贫攻坚任务的省份。余十分振奋，遥望南天，欣然命笔！

东南大地换新天，全省脱贫中状元。
以往吃糠咽菜苦，如今穿缎戴金甜。
泥泞土路迷双眼，高铁高公遍九原。
万众眉开眸带笑，改革开放富攻关。

注：高公，即高速公路。 九原，喻浙江大地广阔。

坐镇浙江若等闲，企兴路畅大攻坚。

百乡计划施千策，一户帮扶克九难。

东部西南鸡凤配，资源技术蚓龙盘。

地球村里饥民惨，我辈焉能袖手观？！

注：坐镇浙江，指习近平总书记曾任浙江省委书记，对脱贫攻坚作出了突出贡献。

2016 年 1 月 1 日

"时代楷模"赞 2 首

中宣部向全社会公开发布崔光日和高思杰为"时代楷模"。崔光日是吉林省延边朝鲜族自治州汪清县公安局交警大队城区中队指导员；高思杰是安徽省阜阳市广播电视台外宣科副科长。

崔光日

黑脸红心铁汉擎，民为父母坏人惊。
携童马路平安过，斗歹肝肠体外崩。
不幸飞来尿毒症，依然上岗大英雄。
困工罚款赠年货，百姓贴心涕泪零。

注：斗歹，勇斗歹徒。 困工，困难下岗职工。

2016 年 1 月 2 日

高思杰

发稿一年六百篇，沾泥裤角笑开颜。
洪灾坚守十七日，非典隔离四秩天。
年夜值班十几载，千金失去未成年。
角膜肝肾新生获，拼命三郎美誉传。

注：12 岁的女儿患脑干肿瘤永远告别了人世，父母将女儿的肝、肾、
眼角膜捐献给急需的人，使女儿的生命得以延续。

2016 年 1 月 2 日

学诗浅悟

学写诗词首做人，坚持毅力杵磨针。
激情宛若林燃火，勤奋犹如蜜酿魂。
动脑读书行万里，显形意象胜千金。
胸怀技巧藏珍宝，锤炼语言泣鬼神。
白发红心童稚趣，诗人脱颖上青云！

2016 年 1 月 3 日

婆　媳

不是亲生特有缘，朝夕相处几十年。
贤婆视媳心肝肉，孝媳听婆肺腑言。
孙子出生端屎尿，老人患病送粥餐。
胸中大爱惊天地，难念之经化乐园。

2016 年 1 月 8 日

为反腐点赞

拍蝇打虎九州圆，驱散阴霾现曙天。

权力铁笼扎紧固，法规金律保清廉。

光盘行动心花放，独占鲸吞手脚悬。

我欲因之来点赞，青山绿水味香甜。

2016 年 1 月 15 日

老朽心态戏咏

翁逾七旬赛少年，身心俱健正扬帆。

悟空腾越天宫上，诸葛运筹汉室间。

大海蛟龙风唤雨，九天凤凰鹊呼蝉。

灵羊属相贤良态，百载小儿掌上悬。

2016 年 1 月 16 日

战机护航

2016 年 1 月 19 日～23 日，习近平主席对沙特阿拉伯、埃及、伊朗三国进行了国事访问，获得圆满成功！赋小诗一首，以资纪念！

中东会友主席行，笑脸鲜花处处迎。

八架战机航左右，三国元首伴西东。

昨天耻辱心头刻，今日荣光肺腑铭。

欲想鳌头排显位，百花齐放笑丛中。

2016 年 1 月 24 日

中国外交赞

风云变幻如孩脸，带雨梨花朗朗天。

远友和颜常走动，近邻悦色总关联。

亚非兄弟心连肺，欧美宾朋义带钱。

遥祝地球村里靓，大同世界眼前翩。

2016 年 1 月 28 日

向文安通——狄绍青主任致敬

了如指掌唱文安，历尽沧桑草伴莲。
古县古洼一坨地，水灾水利两重天。
路遗白骨千行泪，县涌翁婆万寿仙。
我向恩师恭问好，大鹏展翅梦归圆。

2016 年 2 月 5 日

跟狄绍青主任学七律

小小寰球字里藏，清浊善恶自分详。
七台炉火真金炼，八列精兵彩凤翔。
颔颈弟兄工仗稳，对出邻里热粘强。
每逢刊到良师拜，如沐春风耳目芳。

2016 年 2 月 5 日

洗　澡

身浸热水汗毛睁，浊液污泥滚滚行。
通休飘飘仙欲醉，整天闷闷鬼消融。
横眉扔掉心中祟，笑脸迎来脑际红。
欲把澡塘沙场比，马嘶人喊建奇功！

2016 年 2 月 5 日

春节老伴梦中来

撒手人寰九百天，梨花带雨笑开颜。
青春作伴甜如蜜，年迈无依苦相连。
桃李满园花万树，子孙多智果千篇。
呼娘喊奶团团抱，梦醒方知总挂牵。

2016 年 2 月 7 日（除夕）

春晚感赋

一年一度评春晚，唯有今宵翘指高。

全面小康军号响，复兴美梦鼓声豪。

湖光山色猴微笑，马叫人欢夜静悄。

满满正能狮起舞，明天喜鹊又登梢。

2016 年 2 月 7 日（除夕）

铁群来访念双玲

程铁群、潘双玲，一对仙侣也！

双玲作伴蜜糖甜，喜鹊喳喳叫得欢。

樱口开合张也唱，明眸闪动有人观。

人生战场失兵将，笑脸慈心得圣缘。

仙侣同心担日月，阴霾散尽换新天。

2016 年 2 月 8 日（春节）

声讨日寇

近代扶桑闯我家，烧奸抢掠血腥杀。
尸横遍野哭无泪，灾难齐天骨自华。
坏事做绝狼外扮，好人擦亮悟空查。
至今耍赖犹加码，虎跃龙腾举世夸！

2016 年 2 月 10 日

缅怀阎肃老师

　　昏迷 5 个多月的阎肃老师，不幸于 2 月 12 日凌晨 3 时 07 分逝世。文艺界失去了一位栋梁之材、少了一位顶梁之柱。我十分悲痛，欲哭无泪！吟小诗一首，以资纪念！

晴天霹雳震胸膛，痛哽无言泪汇洋。
梁栋人失楼欲倒，军师星坠策难张。
长城漫舞千秋雪，江姐横除万里霜。
我欲因之圆美梦，铸词挥笔任飞翔！

　　注：阎肃老师曾创作歌词《长城长》和歌剧《江姐》。

2016 年 21 月 12 日

军营非真空——长篇小说《一座营盘》读后

国之重器铁长城，原本纯洁似水晶。

蚂蚁溃堤睁亮眼，青蛙煮水痹生成。

苍蝇老虎一勺烩，民意军心两脉融。

反腐倡廉抓在手，乾坤朗朗太阳红。

注：《一座营盘》，陶钝著，军队反腐开山之作。

2016 年 2 月 21 日

"中国之莺"周小燕赞

著名歌唱家、教育家周小燕于 2016 年 3 月 4 日走完了她 99 岁的音乐人生，令人痛惜！小诗纪念！

夜莺恋恋上天宫，百载征途剔透红。

大树参天凭雨露，母亲迎女靠勋功。

笑容似酒千人醉，绣口如磁万子明。

圣殿巍峨梁柱损，群山伟岸越欧峰。

2016 年 3 月 11 日

北京怀柔青龙峡采风组诗 6 首

廊坊市诗词学会于 2016 年 3 月 27 日，组织 30 多名诗友赴北京怀柔青龙峡旅游采风。这是一处集青山、绿水、古长城于一体的自然风景区。诗友们兴致勃勃，观山、看水、登长城！余感慨良多，吟小诗一组，以作留念！

出 发

风驰电掣北京行，诗友灵发兴味浓。
一曲高歌云外送，二人朗诵现真情。
路边万树抬头笑，桥上千车敞嗓迎。
此去青龙观胜迹，心花怒放盼登峰。

2016 年 3 月 27 日赴青龙峡途中

石缝小树赞

石硬如钢土远藏，缝中小树挺身昂。
缺吃少饮根何在？风浪袭来我是王！

登　山

仰观石磴眼前拦，步步升高若有缘。

膝痛钻心千蚁咬，腰疼入骨万虫欢。

天天向上人生志，事事争先我辈贤。

装点夕阳无限好，放飞双翅万重山！

乐游青龙峡

青山翠树红花艳，绿水黄筏紫艇旋。

好个大年山里度，神怡心旷赛天仙！

观喷泉

吐玉喷珠上下翻，橙黄赤绿紫青蓝。

你追我赶青春献，生命激活万万年！

人间天堂

人间胜境驻青龙，绿水青山处处逢。

潺潺小溪清似镜，巍巍峰岳韧如铜。

百花娇艳舒眉笑，千树葱茏举手迎。

空气清新人畅快，长生何必去天庭！

2016 年 3 月 27 日从青龙峡返廊途中

喜祝贺静荣任市局"大管家"

最近，欣闻贺静荣任廊坊市审计局办公室主任。"巾帼英豪挑重担，从此身心不得闲"。吟小诗一首，以表祝贺！

浮躁安能当管家？身缠丝线乱如麻。

运筹帷幄胸中画，送往迎来脸上花。

上报下达无小事，前说后议有奇葩。

愿君巧奏和谐曲，一片丹心化彩霞。

2016 年 3 月 22 日

防震减灾诗词曲 12 首

领袖颂

装满灾民领袖缘，遵从性命庶黎欢。
嘘寒问暖情真露，组队派兵火烈燃。
脚踏风云追日去，手牵雷电炸妖还。
废墟竹翠花欢笑，旷野棉香雁凯旋。

官兵赞

钢铁长城子弟兵，山崩地裂奋前冲。
急扒墟下心如火，抢救棚间气若虹。
泥土沙石生路畅，面包衣被战机鸣。
眼含热泪红丝布，遥望河山万里程。

公仆赞

三夜三天眼未合，血丝片片老斑多。
亲人失去擦干泪，自我新生路坎坷。
率众扒墟人抢救，集思重建物腾挪。
可怜丰满枯藤瘦，百姓开颜苦海脱。

死难同胞赞

神州一体大家庭，亿万同胞我弟兄。

魔鬼张牙夺性命，后人敬礼洒前胸。

生前流尽千滴汗，死后邀约万岁宫。

遥望河山松柏翠，人间天上庆升平。

2016 年 4 月 9 日

抗震救灾感赋

恶魔怒吼身轻抖，地裂山崩眨眼间。

面对废墟鲜血沸，扒出父老满心欢。

八方给养源无尽，四面援军续几番。

华夏家和兴万事，魑魅魍魉罪滔天！

动物前兆

观察动物看分明，情绪异常暴躁升。
大马小牛棚不进，肥猪瘦狗饭新停。
鸡飞树上尖声叫，鸭闹河边摆尾行。
衔子猫兄直猛跑，惊飞鸽弟也急冲。
红花绿草群蜂弃，雪地冰天恶蟒逢。
水面鱼虾胡乱蹦，减灾防震建奇功！

植物前兆

植物多娇好弟兄，彬彬有礼待宾朋。
冬天果树开花艳，夏季南瓜复卉疯。
榕叶开合全乱套，翠竹育长也发懵。
裂开树干生芽早，气息相连脉脉通。

地下水前兆

常观井水眼中明，前兆先来效果清。
升降翻花出气泡，响浑变味改颜容。
水温上火孩儿脸，井面浮油戏谱型。
预报及时候鸟到，减轻灾害乐盈盈。

气象前兆

气象异常猴变脸，类型多样万花呈。

大风蔽日灰尘遮，暴雨倾盆水鬼行。

雷电冰雹寒彻彻，闪光臭气热烘烘。

气升地裂腾腾雾，精细观察做福星。

2016 年 4 月 11 日

学校避震

学校人多号令行，临危不乱序成风。

危急躲避安全处，瞅准时机往外冲。

家庭避震

一家一户自形成，自力更生练特功。

能跑速达开旷处，停留要找最安宁。

公共场所避震

人多势众乱哄哄，唯靠听从指令行。
能避桌床求暂置，散疏有序脑清明。

2016 年 4 月 12 日

词4首

西江月·审计铁军赞

作者按：李克强总理亲自主抓审计工作，对审计的职能、作用和业绩给予充分肯定和高度评价，他指出，审计要当好重大政策落实的"督查员"，当好人民利益的"守护神"，念好权力运行"紧箍咒"，瞪大"火眼金睛"，切实起到审计反腐"尖兵"作用。要打造一支素质高、业务精、作风优、能打硬仗的"审计铁军"。

在防震减灾工作中，审计闻风而动，雷厉风行，发挥了独特优势和重要作用。

我市审计局多年来业绩卓著，荣获全国审计系统先进集体，局长韩少奇受到李克强总理的亲切接见，也是一支名副其实的审计铁军。

我也是一名审计老兵，对审计怀有一股极深的感情。特填小词4首，以抒情怀！

——

审计老兵一个，诗坛新友单名。铁军昂首立奇功，我自豪情涌盛。瓦砾沙石满眼，震区款物成峰。资金使用理分明，刀刃功能过硬。

二

舍业抛家有志，少食缺氧无情。斤斤计较账实功，国库巍然不动。体弱身单带病，妻别母望坚行。一身霹雳卫长城，勇献青春性命。

三

青陕川滇遭难，厅局署所倾情。精兵强将往前冲，硬骨定能啃胜。电脑荧屏闪动，冷风热汗交融。满腔热血写忠诚，感动神州百姓！

四

审计铁军卓越，廊坊系统驰名。总理接见获殊荣，绶带闪光喜庆。单位人欢马叫，审时鸦雀无声。金睛火眼阅分明，大厦岂能撼动！

2016 年 4 月 15 日

散曲4首

［越调·天净沙］震灾救援4首

一

山崩地裂房塌，尸横人泣屋砸，电断水急药寡。瘟神降下，老天考验中华。

二

废墟七乱遭八，同胞身陷魔牙，一片漆黑不怕。亲人问话，手扒机捣眸查。

三

伤员遍体开花，搭棚救护堪夸，妙手回春佳话。朝阳东挂，活蹦乱跳风发。

四

八方四面开拔，捐出热血芳华，手足情深牵挂。乡亲惊诧，物资滚滚来家。

2016年4月16日

竹枝词 减轻各种灾害 20 首

竹枝词是一种类似七绝的诗体，要求有民歌韵味，风趣幽默，但格律可以适当放宽。

风 灾

地球打个大喷嚏，树倒屋塌雨怒倾。
一片狼藉何忍睹，早开预案补苍穹。

水 灾

龙王哭泣泪滔天，一片汪洋走大船。
忍看苍民遭劫难，兴修水利斗凶顽。

旱 灾

赤日炎炎稻禾焦，天干地裂水无瓢。
修渠打井清泉引，塞北江南儿女娇。

震 灾

地壳抖动鬼神惊，满目疮痍路难行。
预案早开棋布定，神兵给养送深情。

火 灾

燃发大火烈熊熊，烧得老天一片红。
林毁房焦人涂炭，提前防范巧神工。

病虫害

稻菽拔节一枝花，锦绣田园气自华。
可恨病虫来捣乱，早喷农药保娇娃。

雹 灾

乒乓洒下大珍珠，彻骨冰凉祸患突。
砸烂禾林人畜建，提前防备减灾无。

雪 灾

洒洒扬扬六角花，丝棉变冷震天涯。
积达三尺成魔鬼，利用人工可减罚。

雷 电

霹雳一声肝胆裂，火魔震怒举世惊。
焚烧树木毁人畜，做好预防保升平。

雾 霾

雾雾绰绰看不清，害人气体蕴其中。
车船机场全关闭，环保来家可减轻。

冰 冻

又滑又硬冷冰冰，电路不通作物横。
冻坏人身损经济，坚开预案与其争。

连阴雨

冷泪刷刷洒不停，七天八夜硬支撑。
庄稼伏地新芽笑，小雨也能把人坑。

泥石流

沟谷山区雨雪融，飞沙直下万人惊。
民居道路设施毁，提早迁移是正宗。

高温热浪

热流滚滚烫伤人，生理遭劫病理侵。
心肺病人呼吸阻，安宁屋内调适温。

蝗 灾

飞天蔽日军压境，刹那庄稼变秃头。
小小生灵威力大，提前打药保金秋。

鼠 灾

成千上万扫荡兵，破坏庄稼岂能行？
甚者传播瘟疫惨，全民发动打全赢。

瘟 疫

水灾已陷囚牢狱，雪上加霜瘟疫生。
炎热罪魁叠加就，提前防疫敲警钟。

寒 潮

北极涡旋下江南，刺骨寒风伴雨还。
耀武扬威横霸脸，棉衣备好凯歌旋。

海 啸

海底地震引波翻，迅疾涌向海岸边。
飞花高溅几十米，地毁人亡防范前。

厄尔尼诺

缘自寰球自转慢，大洋变暖气候更。
南方原热成阴冷，北地严寒变暖冬。

2016 年 4 月 17 日

五绝 10 首　赞廊坊市防震减灾社会宣传工作

一

宣传花怒放，六色五颜娇。
装点廊坊美，豪情到碧霄。

二

母亲来挂帅，兄长带精兵。
邻里齐参与，人人阔步行。

三

领导观摩处，眼前一亮逢。
器材流大汗，猛虎是精英。

四

桃李敬园丁，使出吃奶功。
人人出彩练，个个尽英雄。

五

示范三河创，大门隆重开。
奇花异果景，盼您赏春来。

六

志愿者出征，登台塑众雄。
珠圆玉润美，润物细无声。

七

参观图片展，胸内起波澜。
力量心中化，双肩万里担。

八

征文绽彩霞，妙笔巧生花。
童稚出生后，开颜手捧她。

九

微博微信通，网上练兵红。
遇有难决事，老师传秘功。

十

内宣山河明，舆论异邦精。
内外相拥抱，吹出举世风。

2016 年 4 月 18 日

七绝5首 让灾区人民过上更加幸福的新生活

一

地震灾区遍体伤，中央号令暖心房。
省区主体八方动，父老亲人重担扛。

二

新房建造第一桩，滚滚资材遍四方。
绿色军车歌嘹亮，瓦刀安帽展翅翔。

三

服务工程配套忙，卫生文化首搭腔。
清洁优雅舒心畅，眼笑眉开肺腑芳。

四

新建楼房喜气扬，乡亲迁入乐无疆。
频频擦拭双眸泪，饭菜为何这样香？

五

生在神州百卉芳，母亲贤惠子孙良。
感恩奋进当头雁，圆梦复兴骏马翔！

2016 年 4 月 21 日

七绝 7 首　张衡赞

童　年

好学勤问仰观天，奶奶滔滔讲不完。
眨眼星辰南转北，惑疑在腹滚油煎。

游　学

洛阳游历五年成，六艺五经掌上鸣。
敬拜班昭学业足，结识挚友虎飞腾。

造福家乡

南阳主簿任非轻，造福家乡父老情。
水利兴修粮满囤，书声朗朗百年功！

当太史令

主管天文喜在胸，犹如饿汉酒席逢。
灵台观测生花笔，手痒眸馋果欲红。

创制浑天仪

心血消耗五百天，浑天仪器笑开颜。
漏壶滴水推轮转，天体运行靠此观。

创制地动仪

东汉时期地震频，人心惶恐苦难沦。
严冬酷暑七年换，预报精微撼世魂。

国之骄傲

抱憾归天大树倾，人流十里素花行。
通才瑰宝国之傲，千载风云宇宙红！

2016 年 4 月 21 日

颁奖有感

颁奖仪式

　　廊坊市防震减灾文化作品征集活动颁奖仪式，5月10日在市电视台演播大厅隆重举行。老翁的《科学避震》组诗3首获文学类一等奖。

　　　　　　琳琅满目弟兄缘，硕果盈枝剔透甜。
　　　　　　摄影诗词亲握手，新诗曲艺互称贤。
　　　　　　鲜红血汗证书递，碧绿湖泊背景延。
　　　　　　活动凝结情与智，减灾防震贯河山。

　　　　　　　　　　　　　　　　　　2016 年 5 月 10 日

颂　党

　　　　　　党是娘亲我是娃，红旗引路梦开花。
　　　　　　百年屈辱烟灰散，华夏腾飞惠海涯。

　　　　　　　　　　　　　　　　　　2016 年 5 月 14 日

纪念中国共产党成立九十五周年征稿诗词 5 首

"党是娘亲我是娃,历经磨难走天涯。为添异彩梳妆扮,月貌花容更可夸。"为纪念我党成立 95 周年,特吟小诗小词 5 首,以抒情怀!这次我摒弃泛泛而论的积习,采取典型引路的方法,选取党的历史上具有重大意义的 5 个节点,以小喻大,见微知著。这 5 首,合起来是一个有机整体,分开来又各自独立成篇。

南湖星火

湖上红船慷慨言,苍民苦水浪冲山。
犁开荆棘丛丛地,升起旌旗猎猎天。
必武润之狮唤醒,神州赤县梦初圆。
领航星火南疆点,拉朽摧枯势燎原!

遵义重生

政策不利难行通,反围失利远匆行。
谈兵黑夜骑瞎马,失地白天弃灶笼。
力挽狂澜遵义献,辟开正路主席擎。
雪山草地欣招手,浴火重生陕北迎。

注:第 2 句,指红军在国民党第五次围剿中失败,被迫长征。

西江月·延安灯光

宝塔眉开迎客，延河色舞送粮。主席窑洞令飞翔，歼灭虾兵蟹将。小蜡萤虫不熄，大捷雪片传扬。阵中倭寇似牛羊，跪地降歌哀唱。

江城子·柏坡晨曦

迎来龙虎闹斜阳。乐无疆，喜洋洋。戴月披星，巨笔画沧桑。前线传来捷报讯，花怒放，鸟开腔。　京师赶考气飞扬。米掺糠，履无帮。鱼水情深，难舍泪千行。打破周期千载律，击骇浪，斗严霜。

北京风采

血雨腥风到北京，乡亲父老泪盈盈。
收拾残部千灰灭，开启新航万里行。
红润面庞眉带笑，金黄稻谷穗鞠躬。
地球村里青衣唱，火箭飞船战太空！

2016 年 4 月 24 日 ~30 日

为清官于成龙点赞 2 首

——含泪收听长篇评书《清官于成龙》（单田芳播讲）

成龙化雨润苍生，一片痴心向阳红。

疾恶如仇除匪霸，爱民如子送温情。

内抓飞盗皇亲灭，外抵台经海域宁。

一代清官谁敢比？当今风采也难逢！

一身瘦骨我心酸，汗水凝成幸福泉。

热盼乡亲生活暖，寒结冰雪扫狼烟。

离乡黑发归家雪，度日黄糠变眼蓝。

正气豪情如海啸，一瓢舀至地天宽。

2016 年 5 月 1 日深夜

悼 大 嫂

电话惊闻驾鹤翔，双眸滚滚泪千行。

夫君早逝千斤重，儿女无知万语长。

眨眼成家孙长大，忽然染疾体衰亡。

苦巴苦掖腰弯累，感谢心声默默藏。

2016 年 5 月 16 日

江城子·哭大嫂

百年生计唱夕阳，寿欣长，忍悲伤。儿女成人，重担硬肩扛。离去应知脱苦海，飘荡荡，上天堂。 人生孝道最寻常。养爹娘，敬爷昌。悦色和颜，百顺百依强。其乐融融心体健，榴抱紧，凯歌扬！

注：大嫂，指妻子娘家大嫂——北京门头沟林女士。

2016 年 5 月 17 日高铁动车上初稿
北京南站修改

第四届"伟人颂·中国梦"全国诗文书画大赛诗2首

逸 仙 颂

革命先行不怕难，推翻帝制换新天。

同盟会里燃星火，海外团中辟款源。

牵挂苍民疾与苦，联合友好梦和甜。

先宫快乐安康否？遥望神州尽笑颜。

注：第6句，友好，指共产党和俄国。

第7句，指天上为孙中山先生建造的先行者宫。

中 枢 颂

眼望前方掌舵航，精明水手浪中翔。

惊涛拍起如山倒，魔鬼纠缠若酒狂。

百姓舒眉花色放，千国拜访鹊声扬。

复兴美梦方寸近，锦绣江山巨手扛！

2016年5月18日

唐山世界园艺博览会采风诗词3首

向英雄的唐山人民致敬

魔鬼发威广厦平，同胞怒吼送春风。

废墟地上高楼起，沉降区间世艺雄。

盛请千朋观妙景，再瞻百孔变幽庭。

凤凰展翅朝阳去，一座豪城万古铭！

注：唐山，又称凤凰城。

腐朽化神奇

唐山在百年开滦煤矿沉降区上，建起了世园会的绿色、低碳会馆，没占用一分耕地。可贺可赞也！

四秩年前震鬼疯，天崩地裂废墟平。

昨天惨死同胞血，今日重生凤凰城。

百载矿山蝇乱舞，一轴湿地会兴隆。

神奇在目唐山变，寰宇鞠躬敬醒龙。

江城子·唐山世园会赞

园林山色映湖光，展新唐，凤朝阳。一片沉区，转瞬变天堂。八面宾朋齐贺拜，双眸乐，喜开腔。　　全球园艺大排行，你西洋，我炎黄。落羽冬青，玫瑰牡丹翔。微笑点头通用语，常青树，宇寰梁。

注：落羽，指墨西哥的落羽杉。冬青，指北美的冬青树。

2016 年 5 月 23 日

老朽寂寞

老伴西游可乐然？糟翁度日如度年。
一人吃饭全家饱，独自休眠半铺寒。
雪月风花吟浪漫，诗词曲赋唱情缘。
英雄寂寞寻常事，巧匠精工冷凳粘。

2016 年 5 月 23 日

自然公园满是情 10 首

——自然公园纪行感赋

万木葱葱翠，千花艳艳红。
镜平湖水上，画艇借东风。

蚂蚁似人流，红男绿女游。
翁婆携手走，老树频点头。

全家五蜜蜂，走路叫嗡嗡。
脸上春风笑，旱鸭小艇迎。

水碧树青青，叽喳百鸟鸣。
蜜蜂开庙会，蝴蝶舞花丛。

轻舟醉浪行，湖水动春风。
母子船中坐，鸳鸯可独行？

凝眸射向前，昂首嗅朝天。
前腿腾空起，欣观我惬然。

（白象园）

七大金刚势若山，俯观群树爱生怜。
潮流统领迎风浪，柳暗花明现曙天。

（七棵参天大树）

同根分杈干参天，仰首一观双目眩。
宛若母亲扎沃土，俯察儿女可安然？

（巨树）

双树同根往上蹿，相亲相恋万千年。
风霜雨雪同迎送，苦辣酸甜共品还。

（孪生树）

游毕心潮滚，胸中满是情。
今逢太平世，笔下涌东风！

2016 年 5 月 24 日于自然公园

纪念红军长征胜利 80 周年诗词征文大赛诗词 6 首

长征赞歌

铁流滚滚唱兴亡，一路豪歌震大荒。

舞爪张牙千鬼啸，横枪跃马万雄昂。

雪山草地风吹帽，大渡金沙苇过江。

今日长征虹彩现，披荆斩棘跨骄阳。

长征感赋

远征万里铸英雄，摧毁王朝百万兵。

播洒神州惊地种，玉成军队补天功。

母亲一路亲操舵，儿女八方自唤风。

我欲因之青少勉，可歌可泣颂长征！

走好人生长征路

艰苦长征脚下量，枪林弹雨送君忙。

新期梦想人人做，旧代规习款款亡。

漫漫途程出鬼魅，殷殷教导入肝肠。

中华儿女潮头立，百载兴亡扛大梁！

四渡赤水出奇兵

四渡赤水举世罕，战争史上现奇观。
行军战士神出没，调动敌军鬼转圈。
妙算圣机姜尚献，出奇制胜孔明延。
神来之笔主席创，疲累官兵露笑颜。

雪山草地炼肝胆

前方天险后追兵，前进忽而后撤行。
冰雪低头迎远客，草毡抬首送军工。
断炊饿死英雄旅，缺氧窒息钢铁营。
恶境妖魔凶爪舞，脱胎换骨胆肝红。

大渡金沙铸英魂

惊涛骇浪怒冲天，对岸敌兵虎视耽。
七艘小船八昼夜，十三铁索四军团。
达开悲剧翻篇过，蒋匪阴谋戳底穿。
天险虽妨神伍渡，全军练就赤心丹。

2016 年 6 月 1 日

闲暇练笔

纪念蔡锷将军逝世一百周年
"松坡杯"全球诗词大赛诗1首（新韵）

降龙伏虎伟英男，叱咤风云咏大千。

民众挺胸参护法，金蝉脱壳返云南。

联合同道坚绳拧，推倒袁贼烈火燃。

日子赢来甜似蜜，先贤再世泪开颜。

2016 年 6 月 13 日

织女新生

昔日鹊桥难见面，千行热泪滚油煎。

飞船火箭穿梭往，月亮车中眨眼还。

喜到人间重聚首，欣围床侧比糖甜。

又蒙习总亲接见，伉俪情深儿女贤。

2016 年 6 月 13 日

李保国赞

教授蹲田硕果临，财神驾到送金银。

太行山上丰碑立，百姓心中偶像存。

2016 年 6 月 14 日

江城子·贤妻3周年祭10首

一、江城子·思念

三年生死笑阴阳，不需慌，细思量。天地有别，同在宇寰央。尽早会师天上聚，心淌血，不搭腔。　　时时牵挂饭难香，早端详，晚思芳。赋曲吟诗，脑际现灵光。梦境时常飞倩影，抓不住，走悲伤。

二、江城子·深情

笑容满面现阳光，话儿长，曲儿翔。教诲爱生，照顾胜亲娘。复式三级龄混上，长避短，短成长。　　乡亲家长喜开腔，谢师忙，报师良。化雨春风，润物细无商。鱼水深情结硕果，夺两冠，赞声扬。

三、江城子·挚爱

终生爱恋赛鸳鸯，属绵羊，影成双。梁祝陆唐，董永恋七娘。一日不闻天籁语，魂不定，魄难详。　　老翁逆境笑眉扬，暖心肠，化冰霜。火海刀山，猛虎下山岗。纵使沿街乞讨惨，加入列，饭仍香。

四、江城子·共苦

坎坷命运苦先尝，笑声扬，化悲伤，五载合同，辞退返家乡。转正七年今不算，师范读，再芬芳。　　冷嘲热讽眼白腔，语声狂，脸含霜。犹似仇敌，恨不断肝肠。携手并肩眸望远，双翅展，梦天堂。

五、江城子·同甘

欢欣喜乐降身旁，蜜甜香，喜洋洋。忽涨工资，科长又荣当。模范教师披绶带，兼入党，脸发光。　　人间诸事不寻常，苦如糖，乐含殃。谨慎小心，防止虎和狼。胜利心中常记败，同享受，不张扬。

六、江城子·艺高

园丁辛苦整年忙，幼培秧，壮成梁。浇水施肥，虫害灭光光。复式三级谁再上，花力气，不出墙。　　不言辛苦不言忙，看花房，果芬芳。泣血红心，地狱变天堂。可赞师生一股劲，无假日，病安详。

七、江城子·业煌

异校异师考轮防，验全乡，检师强。马力路遥，日久见心肠。过硬功夫平日下，疆场上，看端详。　　三级复式放光芒，冠军翔，到家邦。三个第一，大眼瞪饥荒。统考两回皆照旧，文曲降，拇高扬。

八、江城子·通才

身躯柔弱志如钢，脑灵光，技压芳。拔萃教学，梁栋遍城乡。土里刨食秋场上，缝纫响，饭清香。　　一人能量透穹苍，大如洋，快如航。只要尽心，谁都可成梁。造就通才须代价，需外力，内因强。

九、江城子·供学

一家五口乐无疆，老安详，幼安康。慈母忽瘫，吾亦业脱缰。重负爷仨中范上，成待哺，变汪洋。　　贤妻体弱扛家梁，垒坚墙，创清香。外女随读，脑际又添芳。重担千钧挑奋起，如夸父，赶骄阳。

注：中范，指我上师范，女儿上高中，儿子上初中，由贤妻一人供学。外甥女还在我家住着上初中。

十、江城子·永活

音容笑貌驻心房，继贤良，爱无疆。牵手交心，默默望情郎。相聚百年多意笃，桃李艳，柳丝长。　　如今驾鹤到天堂，教神王，助仙皇。旧业重操，肩负万钧梁。活我心中开口笑，拉起手，翅飞翔。

2016 年 6 月 25 日

向万里迁徙的候鸟致敬

飞翔万里累难堪，凶险征途苦辣酸。

体力雄心双考计，天敌人类也纠缠。

新生儿女千般护，老死爹娘百计还。

小小精灵亲又敬，堂堂尊者更何言！

2016 年 6 月 26 日

为清洁工点赞

黎明大地静悄悄，黄褂一群扫帚摇。

污水归来听调遣，脏泥铲去看应邀。

精擦细抹垃箱净，巧探工夹纸屑嚓。

公路映天留倩影，一人辛苦万民陶！

2016 年 7 月 1 日

纪念孙中山先生诞辰 150 周年优秀中华诗词征集活动

诗词 2 首（新韵）

中山礼赞

先行革命风雷吼，帝制摧枯跪地亡。

星火同盟原速燎，军需海外众倾帮。

苍生疾苦心中挂，友好联合昼夜忙。

新诞婴儿君孕育，狂欢盛节面慈祥。

2016 年 8 月 25 日

沁园春·咏神州颂逸仙

华夏风光，百态千姿，六色五颜。望南国大地，花红椰绿；北疆沃野，水碧天蓝。山似银簪，江如彩练，欲与瑶池誓比先。观盛景，外宾齐赞叹，春满人间！　神州如此娇颜，蕴国父勋劳在里边。倡自由独立，推翻帝制；中流砥柱，启后承先。四海奔忙，夙兴夜寐，天下为公美梦缘。遂君愿，建大同世界，美好明天！

2016 年 8 月 25 日

"中孝杯"首届全国"家风孝道"诗词创作大赛诗词3首（新韵）

父母天上笑

父母吃糠咽菜艰，汗摔八瓣累腰弯。
笑容满面频招手，"小茂何时拌蜜甜"！

注：我叫张景茂，小名叫小茂。父母过世30多年了。

家风孝道神州赞

中华孝道宇寰珍，家教家风重万斤。
父母终生为哺育，饥寒日夜总担心。
双亲敬赡胸中挂，万语温馨海内存。
我欲因之歌大地，神州处处暖如春。

江城子·尽孝道

人生父母最温情。敞心胸，放光明。吃苦在先，受累不言声。抱住小儿亲热热，妈看看，爸拎拎。　娇儿玲女养培成。孝先行，报恩隆。膝绕呼亲，捶背语轻轻。父母眉开双眼笑，身体棒，乐盈盈。

2016年9月3日

百名诗人颂廊坊应征作品诗词 10 首

家 乡 颂

龙飞凤舞母亲河，翠柏苍松万载活。

高楼大厦拔地起，廊坊捷报震天播。

千潮涌动追神马，万众欢腾唱赞歌。

遥望明天双眼笑，明珠璀璨射妖魔。

欢乐的田野

一望无边处处香，层层绿野稻花黄。

棉花笑脸白如雪，玉米欢樱棒若桩。

节节拔高油满罐，枝枝滴翠果出航。

农民兄弟钱囊鼓，迁转天宫到走廊。

绿色廊坊

燕南大地孕清香，绿色盈眸鸟语翔。

百姓眉开合不拢，谁能揭秘寿悠长！

人民公园交响曲

碧湖绿树紫红花，抬眼风筝赶彩霞。
五色丝绸含笑舞，八音曲调凯旋发。
空竹抖起超天籁，号角吹来聚志侠。
棍棒刀枪说慷慨，一台交响润中华。

滑冰湖上

翠柏寒梅数九迎，马嘶人喊诱声浓。
九旬翁妪翎踢踺，三岁婴孩玉吻冰。
小伙雄鹰刚展翅，姑娘飞燕已凌空。
健儿排列奇兵阵，热气冲天盛夏逢。

最美廊坊人蔡义川

骏马飞翔不卸鞍，夕阳西下照人寰。
勇挑书画千钧任，巧办廊图二秩年。
伉俪情深霾骤起，晨昏义重体频翻。
芳邻难事双肩扛，鹤发飘飘欲化仙。

注：廊图，指蔡老摄制的廊坊建市二十周年图片展。

最美廊坊人赵德平

转非仍在地头忙，剧本添花锦上翔。

《赶考》《当家》催泪下，损精耗血费神伤。

大篷台上风雷滚，小树湖边志气昂。

每到演出拍掌痛，飞出天籁稻粱香。

注：《赶考》，指赵德平创作的舞台情景剧《赶考路上》。
《当家》，指赵德平创作的电视连续剧《当家的女人》。

为市诗词学会点赞

学会声名美誉扬，激情似火热心肠。

恩师细授真经妙，弟子恭听硕果香。

外地采风迷胜景，征文创作现奇光。

可亲编委捐千智，勇争一流赞栋梁！

沁园春·诗词学会

春到廊坊，齐放千花，燕舞鹊欢。唱自家学会，师尊集聚；课堂内外，桃李争先。痛饮甘泉，扑食饿虎，欲与东坡誓比肩。临盛节，看吟诗把盏，俗体升仙。　词坛如此奇观，使枯木逢春变翠颜。愿蹄疾步稳，层层化险；

乾更坤换，次次为安。舵手高明，航程遥远，破浪乘风飞向前。高声颂，掌兴观群怨，装扮明天！

西江月·诗坛优秀导师刘宗群

刘宗群先生现为廊坊市诗词学会副会长、《燕南诗词》主编。他胸怀坦荡、光明磊落、诚恳热情、学识渊博，是一位循循善诱造就诗友的优秀导师。

响应诗风召唤，达成词韵需求。夙兴夜寐染白头，不改痴心依旧。修剪老花精致，栽培小树风流。骚坛硕果誉千秋，感念功成名就。

2016 年 4 月 15 日~10 月 11 日

师 赞

桃李三千热泪盈，园丁笑脸赛花红。
施肥浇水芽苗乐，华夏栋梁君育成。

2016 年 9 月 10 日教师节

大妹加油2首

一生劳苦自功高，养育持家井有条。
今日病魔来捣乱，晴空万里艳阳豪。

人身能量大如山，摧毁妖魔势若磐。
它弱我强一口气，凯旋而返笑开颜。

2016年9月13日

士彦先生赞

2016年9月11日，张士彦在北大培训，不慎从二楼坠落身亡，余写诗悼念！

学海无涯掌快舟，辉煌业绩世间留。
春蚕可敬织温暖，蜡炬无私照乐悠。
笑貌音容良友现，身康体健益师求。
如今驾鹤飞天去，另一世界争上游。

2016年9月15日

李胜素赞

近日屡听李胜素团长演唱的《梨花颂》（大型交响京剧《大唐贵妃》主题曲），如听天籁之音，心神震撼，激动欲泣，特以小诗为之赞颂！

梅家园里李花娇，仙女凡尘显圣寥。
天籁妙音观众醉，翩跹美舞鬼神陶。
巾帼挂帅男钦佩，寰宇巡回女自豪。
一曲梨花心脑震，晚年欢乐赖君调。

2016 年 9 月 21 日

赴京喜庆母亲 67 华诞

母亲举臂频招手，双目开花子女迎。
广场花坛繁似锦，天安城楼盛如鹏。
游人笑语欢声醉，宾客鞠躬致敬诚。
华诞来临千泪溅，身康体健闯征程。

2016 年 9 月 28 日于天安门广场

国庆前夕瞻仰人民英雄纪念碑

仰视雄碑泪万行，人民英烈可安祥？

凄风苦雨妖魔斗，丽日春花百姓翔。

广场如潮身礼拜，红旗似血体飞扬。

舒眉笑脸来非易，不忘初心万古长！

2016 年 9 月 28 日于天安门广场

沁园春·缅怀英烈

节日光临，气爽秋高，花好月圆。望天门肃穆，人潮涌动；花篮敬献，义勇声喧。英烈眉开，双眸带笑，俯首京都心放宽。今朝看，我神州大地，处处瑶园。 江山如此非凡。引无数英雄涉险滩。感继光存瑞，舍生报国；少云盛教，视死归寰。明翰和森，大钊叶挺，取义前赴后继贤。心高远，负千斤重担，奔向明天！

2016 年 9 月 30 日

让 座 赞

公交车上大家庭，一路欢歌笑语声。

粥少人多相体谅，口出"谢谢"沐春风。

2016 年 10 月 4 日

贺王滔付航新婚 诗词曲 3 首

七律　贺王滔付航新婚之禧

高贵神仙爱进门，终身大事定乾坤。
亲朋好友遥来贺，美酒鲜花近赏闻。
女貌郎才齐点赞，艺精业旺最崇尊。
生活驶入双车道，硕果盈枝百载馨。

长相思·渡爱河（中美游）

　　中国游，美国游，游到廊坊兴未休。眉开眼笑柔。　思悠悠，乐悠悠，乐到归时留恋秋。重洋电话稠。

【中吕·喜春来】锦绣前程

　　新婚燕尔家兴旺，身献金融展翅翔。留名青史永发光。拼力创，明日舞朝阳。

2016 年 11 月 12 日

航天英雄赞

钢铁新人百万擎，风驰电掣吻太空。

双胞合体情无限，一日分家果有恒。

蚕宝幻成白茧乐，菜蔬梦长绿晶疯。

主席通话谆谆嘱，英烈开颜宇宙红！

航天英雄景海鹏、陈冬在太空工作、生活了 33 天后，于 11 月 18 日平安回家，硕果累累，值得点赞！

2016 年 11 月 18 日

沁园春·铁凝荣任文联作协两主席

执掌文联，把舵作协，辟地开天。看巾帼豪迈，不让须眉；号声嘹亮，引领群帆。潮湃浪高，蹄疾步稳，中帐派兵布阵环。双眸展，望神州大地，明月高悬。

中华处处丰园，惹彩蝶娇蜂舞跃翻。喜百花齐放，争奇斗艳；千家追逐，共乐同欢。千古风骚，初心不忘，锦上添花格外甜。朝前看，硕果盈枝累，百姓开颜。

在 2016 年 11 月日闭幕的第十次文代会上，铁凝被选为中国文联主席；在同日闭幕的第九次作代会上，铁凝被选为中国作协主席。

2016 年 11 月 19 日

纪念中华诗词学会成立 30 周年

中华诗词学会于 1986 年 12 月 20 日成立，到今天已经 30 周年了。赋小诗一首，以资纪念！

耕云播雨卅年间，宋韵唐风笑脸甜。

万马奔腾追夸父，百花齐放笔不闲。

嫩苗出土撒欢长，老树开花喜乐添。

学会挺胸昂首立，神州亮嗓凯歌旋！

2016 年 12 月 20 日

散曲小令【双调·折桂令】父母恩情比海深 5 首（新韵）

说明：散曲小令【双调·折桂令】可增句，加衬字。

一、父爱如山

农忙打短为生，乞讨飘零，饮露餐风。四十岁光棍一条，生下我口含手捧，低指标供我高中。饭桌上吃糠咽菜，地垅间挥汗破冰。沉甸甸匍匐前行，倔强强首翘胸挺，爱恋恋嘴笨眸清。

二、母爱如水

一双小脚飞腾，强干精明，口算门清。视儿女掌上明珠，穿旧衣缝缝补补，操家务诸葛先生。为供我亲戚借遍，录大学石碳上峰。热闹闹娶媳前迎，慈爱爱引领孙宠，苦巴巴度过一生。

三、父母恩情比海深

顾爹娘似海恩情，双手相牵，微笑相拥。四儿女小肉心疼，兄妹间吃穿互送，大家庭热气腾腾。那时节油灯袅袅，看读书描字红红。酣畅畅热气腾腾，乐呵呵满脸纹动，喜洋洋谈笑风生。

四、寸草报春晖

羊羔跪乳发扬，乌鸦反哺生光，成就儿女辉煌。且莫迟疑，争先恐后，孝敬爹娘。亲热热回家拉话，舒服服捶背浴汤，香喷喷叶绿花黄，欣然然购物钱旺，酣畅畅享度时光。知恩报晚辈心航，三代人快乐无疆！

五、纪念父母

我的父亲张广彦，去世已 38 年了；母亲程明銮，去世也 30 年了。回想双亲的音容笑貌，历历如在眼前，我十分怀念他们，谨以一曲作为纪念！

深想念父母双安，感念洪恩，十美十全。岁月峥嵘，流连忘返，本思源。忆抗日青纱跑反，低指标瓜菜度年。凄惨惨外寇侵贪，欢乐乐解放穷汉，宽慰慰儿女双全，心安安盛世甘甜，踏实实宝殿听宣！

2016 年 12 月 26 日

附录：新诗、散文、小说、局里给作者退休后上报的材料、文章

新诗8首

瑞霞，你在哪里？

——爱妻瑞霞百日祭

你像高山，

蕴藏着资源无限；

你如大海，

囊括着宝藏无边。

你是妻子，

堪为丈夫回家后宁静的港湾；

你为母亲，

本是儿女无助时坚强的靠山！

你也是女儿，

离去的严父慈母常来你梦中见面；

你更是园丁，

亲手培育的幼苗如今已是大树参天！

此时你去了哪里？

我们日日夜夜把你挂牵；

你快回家吧，

免得我们时时刻刻将你惦念！

你一定去了学校，
那里是你呕心沥血开辟的百花盛园。
牡丹玫瑰向你致敬，
桃李菊梅冲你露出可爱的笑颜！
你也许去了老家，
看望久不见面的父老是否康健？
他们对你精心呵护，
你又是知恩图报的巾帼胜儿男！

记得你临走时对我哭诉，
说住院的医疗费用不让儿女承担；
他们还要供子女深造，
我说幼嫩花朵需要多加施肥浇灌。

你肯定是去了天堂，
那里花团锦簇是没有苦难的人间！
愿你每天常露笑脸，
耐心等待我们重逢团聚的那一天！
张景茂 泣书　2013 年 10 月 2 日 瑞霞仙逝百天忌日
瑞霞，我好想你！

十·一前到墓地看你

你健在的时候，
我们恩恩爱爱，其乐融融；
在你走后的日子里，
丢下我一个人孤孤单单，衾寒饭冷！

那时的甜蜜我不知珍惜,
现在愧悔得心瓣发颤双眼发红!
有时为点皮毛小事惹你生气,
还望你看在夫妻份上大人大量绿灯放行!

我的坎坷一生,
犹如石磙上山老牛负重;
又似竹篮打水,
总是欢喜过后一场空!

你就像我的良师,
总是鼓励我不要泄气严冬过后花准红;
你又如我的益友,
肝胆相照知冷知热捧出最美好的心灵。

记得我从商业回乡务农,
你不嫌弃还说十年河西十年河东;
当我成为村里的领路人,
你和我约法三章不欺人不收礼为乡亲打工!

当我又出外去当园丁,
你挑起生活重担抚幼赡老破浪前行;
我转正后又被撤回民办,
你信心百倍支持我考师范再次合法转正。

我最想说的是,
你精心照顾我的瘫痪老母使我十分感动;
斟茶倒水端屎端尿,

连乡亲们看到都双眼发红！

你凭着瘦弱身躯，
带头结扎为国分忧实践国策获双赢；
你教着三级复式，
却两次夺得全乡统考三个第一名！

你一个弱女子，
却使得全乡上下校长教师大吃一惊；
他们估不透你到底有多大能量，
惊奇过后只有从内心透出钦敬！

你的动人事迹报到县里，
政府亲授模范妇联称你巾帼英雄；
你的愿望终于实现，
在教师节光荣入党成为先锋队普通一兵！

我为你感到骄傲，
你是我的幸福和光荣；
我为你感到自豪，
你是我前进道路上的引路先锋！

有人说百年修得同船渡，
千年修得共枕眠。
你我的缘份深似海，
为什么你来去匆匆缘份断？

病魔突然缠你住进医院，

还没等和你说话就昏迷不醒灵魂登天！
你解脱了长期的劳累和忧烦，
可我们生者怎么面对这晴天霹雳残酷无边！

男儿有泪不轻弹，
我的热泪就似脱缰的野马冲出双眼！
哽哽咽咽难成言，
一生的泪都在这几天里流干！

我们的约定还没实现，
我多么想让你坐会飞机冲上蓝天；
让你亲眼看看祖国的锦绣河山，
也不枉来此一生活了七十年！

这些天我总在想，
你到底是个什么样的人让我如此迷恋？
你的离去让我心如刀绞身似油煎，
这才渐渐浮出你的高风亮节妙语雅言。

你视儿女一个样，
同样关心同样照顾一样深浅。
当亲家母透露出轻女重男，
你说还不知哪片云彩有雨哪里阴天！

你时刻惦着儿女的困难，
女儿下岗养老保险怎么办？
儿子大学毕业供职外贸，
突然辞职以后的工龄如何算？

你惦着这个，念着那个，
唯独没有顾及你自己的性命攸关。
你遗憾地离开了我们，
我们怎么能不把你经常惦念时刻挂牵！

你就是一颗蜡烛，
燃烧自己照亮别人直至成灰泪始干；
你就是一只春蚕，
吐丝织布温暖别人直到丝尽方安眠！

你犹如参天大树，
替世人遮荫挡雨而自己却甘愿受难；
你犹如小小粉笔，
不惜磨灭自身却给人留下知识无限！

你是真正 的园丁，
送走了多少英才栋梁和骨干！
如今的学生向你致敬，
你只感豪情满怀幸福无边！

你是真正的贤妻良母，
生养培育了优秀儿女自豪心欢！
你一生争强好胜，
与我一起摸爬滚打共苦同甘！

你就像高飞的大雁，
对爱情忠贞不渝生死相连；

你就像一棵万年松，
高立岩顶栉风沐雨俯视中原！

你虽然走了，
但你永远活在我的心田；
请你在天堂耐心地等待，
等我们喜相逢重团聚的那一天!!!

张景茂泣书

2013 年 11 月 1 日

瑞霞，回家吧！

——在瑞霞墓前的愿望

石碑石座骨灰盒，
衣冷衾寒如何把冬过？
你原来身体虚弱最怕冷，
天寒地冻霜重露浓怎么活？

看着你的画像镶在墓碑上，
我的心里一阵阵疼痛说不出的失落；
是谁硬把这段美满姻缘拆散？
如今我俩天各一方望眼欲穿阴阳两隔！

想想我们从前甜蜜温馨的日子，
我的心里就有一种无限向往的火热！
多少次你的微笑出现在我的梦中，
我宁愿永远作梦不要醒来就这么过！

我劝你还是回家吧，
冬天家里有暖气温暖如春似女佛；
夏天赤日炎炎家里有空调，
我们二人恩恩爱爱如鱼得水多快活！

瑞霞，回家吧！

我们二人相依为命安享晚年不张罗！
我天天守着你陪你说话，
从此后再不受相思苦心灵少折磨！

2013 年 11 月 1 日

不朽之歌

——深切怀念爱妻瑞霞

你走了，
你就这样无声无息又匆匆忙忙地走了，
你带着眼角的泪花，
却没能说出一句话！

万恶的病魔，
真该千刀万剐！
欺软怕硬，
为什么单从好人弱者下枷？

你我千年修得共枕眠，
藤树相绕历经五十个冬夏。
本想多就几年伴，
谁知命运捉弄人终成水中月镜中花！

想起从前鱼水欢歌的日子，
我的心里就溢满蜜糖和彩霞；
你是那么温柔体贴双眸如水，
面如凝脂唇红齿白活脱一个美娇娃！

你从小就爱干活肩挑手拿，

做饭时蹬小凳煎炒烹炸；
缝缝补补只是小菜一碟，
缝纫机一蹬立时打开欢快的歌闸！

低指标瓜菜代你正赶上，
十根肠子闲九根身体怎能发？
虽然你身材稍微矮些，
但小巧玲珑小个儿都是精华！

曾记得我们都在文安上中学，
但那时为什么不一块回家？
你也曾到我班找过哲英和庚辰，
为什么咱俩不认识从未说过话？
想来是缘分还未到，
当时还没有那样的造化！
为什么后经哲英秀芬一介绍，
我们就一见钟情谁也放不下？
这就是前世姻缘早注定，
今生甜甜蜜蜜成一家！

第一次见面后我们就各闯天涯，
你吃皇粮我是种粮娃。
鸿雁传书以解相思之苦，
但婚前我们连手都没握、胳膊都没挎！

从夏挨到冬二百日夜，
终于盼来铁树开了花！
四目相对泪泉涌，

热烈拥抱再不愿把手撒！

相隔百里见面难，
见面犹如雪中来送炭。
欢娱时刻嫌夜短，
恨不能定住时钟永远过不完！

几度春秋花灿烂，
但总不结果心里直熬煎！
好人终将有好报，
到以后燕来几次就已经儿女双全！

你是园丁真叫难，
弱躯竟能撑起半边天！
万村岁月黄连之苦都吃尽，
姚么夺冠引得全乡教师大眼瞪小眼！

一提万村就心酸，
大水漫漫趟水湿裤没有船，
一天来回趟几次，
穿着湿裤上课不能换；
春天返浆泥深陷，
拔不出脚比万能胶还要粘；
瓢泼大雨人人都往家里赶，
你却顶风冒雨往学校赶，为的是孩子们的课不能耽！

说起姚么心里甜，
你的人生巅峰无比灿烂！

三级复式比蜀道还难，
不亲历者根本没有真体验！
但你创造了人间奇迹，
三个第一两次夺冠县府授模范。
全乡百名教师张大了嘴瞪圆了眼，
　"她是不是天上的文曲仙女下了凡？"

老汉生来魔障多，
爱妻鼓劲共同渡难河。
这次当了七年校长转正又不算，
爱妻暗地流泪人前乐呵呵。
幸亏平时书不离手，
考上师范老师变学生尴尬难过！
二次转正谁人听说，
从此一帆风顺脸上露笑窝！

贤妻良母好儿媳，
料理三个老人我心谢过。
出殡时赤日炎炎似火烤，
双腿跪油路哪里顾死活！
一双儿女聪明又争气，
学业有成我们宽心窝。
爱妻对我好上加爱，
鱼水情深百年好合！

女儿学财经当会计会张罗，
大账小账都盘活。
可恨头头折腾甚，

强迫下岗十数春秋命运真坎坷！

儿子攻读河北大学哲学系，
古城莲花池畔度生活。
学得明白心中亮，
终生受用时刻清醒不受惑。

儿女都在廊坊家安户落，
我和爱妻也调来团聚生活。
喜迁新楼宽敞又明亮，
两个孙女不离左右绕膝呼婆。

爱妻年轻时就侵入病魔，
发动机常停跳心里总哆嗦。
晕倒在讲台孩子们发自内心地说：
"我们学习不好对不起老师以命相搏！"
你拖着弱体育桃李从没含糊过，
百花园里万紫千红蜂欢蝶乐！

你提前卸鞍回了港湾，
我船到码头却又重新扬起远行的风帆。
柴米油盐由你亲自来调遣，
原本热盼的携手度晚年又成了竹篮打水只剩空篮！

人吃五谷杂粮哪能没灾？
我两次住院皆因大动脉堵塞。
你忧心忡忡且精心照料，
请医取药端屎端尿夜晚地铺歪！

当我开膛破肚去向阎君报到之刻，
你立马脸变蜡黄发动机停摆！
好在狼没真来虚惊一场，
从中透视你对我的真情百分百！

这次你的发病真是突如其来，
打我个措手不及头昏脑胀心出怀！
发动机老毛病本无大碍，
但司令部出问题却招致大祸灾！
入院一天即昏迷不醒，
直到驾鹤西去再没醒来！
望着你苍白的脸我心如刀绞，
握着你冰凉的手我泪如排山倒海！

我知道你有千言万语要对我说，
但你眼角挂泪却没留一言！
你的心总在牵挂儿女下岗没保障，
也担心我以后没人照顾没人管！

亲爱的，放心地走吧，
家里的一切顺其自然，
儿女以后的生活都上了保险。
女儿最近又追加了补偿款，
儿子以后的医疗养老都没负担。
我自己也会照顾好自己，
孙女们在大学高中苦读犹酣！

你我情意高于天，

我为你苦吟诗词二百篇。

那是我破碎的一颗心，

向你倾诉万古不变的爱恋！

我还精选了日记一百则，

并破天荒写出了新诗四大篇。

我把你的动人故事讲了一遍又一遍，

统统发给亲友代代相传！

你在天堂好好地安息吧，

对我们不要再挂牵！

我和你来世还做夫妻，

你就等我们重聚首再团圆的那一天！

到那时，

天上人间都大变！

祖国的现代化已经实现，

到处莺歌燕舞春光明媚一片艳阳天！

你来观光看一看，

不把你乐死算我瞎说胡侃！

2013 年 11 月 29 日凌晨（瑞霞离去 158 天）

共和国审计赞

今年是审计机关成立30周年，喜吟新诗一首，以资纪念！

审计从远古走来历史源远流长，
但共和国的审计却只有三十春秋短暂时光！
她是春风化雨催生的一枝花朵，
人见人爱，美丽芬芳；
她是大地升腾出的一棵高粱，
亭亭玉立，泥土清香；
她是共和国庞大肌体的免疫系统，
病菌远遁，确保健康；
她是高高悬挂的反腐利剑，
切金断玉，正义伸张！

有这样一群人，值得褒奖，
他们是共和国的儿女，斗志昂扬！
他们跋涉在茫茫大漠开疆辟土，
他们飞翔在枯树中间灭虫治伤，
他们义无反顾荡涤着污泥浊水，
他们持枪保卫着共和国的金库仓房！

从普通的审计员到尊贵的审计长，
八万颗赤诚的心跳在一方，
在国家治理中当好齿轮和螺丝钉，
坚守岗位提高警惕决不彷徨！

三十五个春秋神州大地兴起了改革开放，
审计作为忠诚卫士勇敢地为她保驾护航。
几次刮起龙卷风形成审计风暴，
大批蛀虫纷纷落马阴霾扫尽露曙光！

曾记否，审计长站在百姓向往的殿堂，
人大代表双目炯炯多次报以热烈鼓掌！
这在如此庄严的会议上绝无仅有，
它折射出审计人在千难万险中创出的光辉篇章！

这是一场你死我活的利益争夺战，
这是一个和平环境中没有硝烟的战场！
他们要捍卫共和国的金库重地，
而有些权威人士却要伸出贪婪之手中饱私囊！
他们只能高举人民赋予的反腐利剑，
斩断黑手夺回果实还华夏一片阳光！

胜利果实来之不易，
她是八万儿女披荆斩棘夺来的佳酿！
他们伴着初升的朝阳走在希望的田野上，
他们陪着落下的月亮仍然忙碌在电脑旁。
餐风露宿是他们的家常便饭，
电闪雷鸣也难激起他们心中的波浪！
面对账册如林票据如山，
他们胸有成竹一笔一笔决不轻放！
新辟 AO 和 OA 系统，
他们从头学起一项一项大脑满装！

他们也有个温馨可爱的港湾，
但它却成了旅店他们变成了过客徜徉！
年幼的孩子托付给父母看管，
白发的爹娘望眼欲穿却看不到儿女的模样！
她多年不孕好不容易怀上，
谁知通天项目突至只能忍痛割爱暗暗神伤！
他得了不治之症自己保密，
却因重任在肩错过良机而命赴汪洋！
丈夫被车撞得瘫痪住在医院，
她夜晚护理白天审计直到揪出老虎万众欢畅！
如今的一个孩子是宝贝儿，
但心肝儿住院她却只能银线连牵不能下战场！

就是这样的一群人，
顶起了国家治理系统的砥柱中梁！
母亲年过花甲却青春焕发，
他们为母亲献上儿女的一片深情崇高志向！
待到百花烂漫日，
他们频频举杯祝福的话儿冲出心房：
祝同胞兄弟姐妹心想事成万事如意，
祝祖国母亲繁荣昌盛万寿无疆！

2013 年 12 月 1 日

赞友谊之旅

习近平主席从 2014 年 3 月 22 日至 4 月 1 日，对荷兰、德国、法国、比利时进行了国事访问，在荷兰海牙参加了第三届核峰会，访问了联合国教科文组织和欧盟总部，进行了多场演讲，发表了多篇署名文章，与各国政要进行了富有成效的会谈，取得了圆满成功！可喜可贺！

十天有戏十天地，万里无云万里天。余十分感佩，以新诗赞之！

您是一个使者，
带去了中国人民对欧洲人民的厚意深情；
您如一只鸿雁，
传递着文明友谊，合作共赢；
您似一只蜜蜂，
采撷着万千花蕊，形成美的结晶；
您像一头骆驼，
长途跋涉不知倦，处处留下憨厚的身影！

您魁伟的身材，
彰显了一个东方大国的壮志豪情，
您迷人的微笑，
倾倒了多少热爱中国的友好宾朋，
您渊博的学识，
震撼了无数有识之士的魂魄心灵，
您幽默的谈吐，
带来了令人愉快的朗朗笑声！

您和夫人珠联璧合，
连服装都是配套成龙，
贤伉俪情深似海，
漫长岁月实现着先哲的叮咛，
这次夫人被委任使者，
备感荣幸和光荣，
夫妇一道，
为神州的外交慷慨献出智慧与聪明！

2014 年 4 月 3 日

我的妻子是园丁

（10 章 130 句）

妻子瑞霞似彩虹，
瑞气霞光园丁荣。
满园桃李齐争艳，
姹紫嫣红沐春风！
幼小的弱苗，已长成参天大树，
成为祖国大厦的栋梁股肱！
如今遥望，只有无限欣慰，
还伴随着抑制不住的阵阵激动！
我的妻子是园丁，
一个共和国难得的好园丁。

妻子终生病魔缠身，
发动机有故障时跳时停。
去年六月脑妖又来捣乱，
心衰脑梗齐夹攻。
住院一天即昏迷未醒，双眼未睁，
一句话没说就匆匆忙忙上了天宫。
逝者彻底解脱永无痛苦，
生者晴天霹雳泪如泉涌！
我的妻子是园丁，
一个突然仙逝让人无法承受的园丁。

回想当年，风华正茂，

我二人一见如故即把婚订。

上世纪六十年代，通讯落后，

只可把相思请鸿雁传递钟情。

痛历二百天牵挂之苦，

终于花好月圆修成同床共。

只遗憾两地分居又演牛郎织女，

你周六去找我送干柴，遇烈火烧得满堂红。

记得一次周日你返校，突遇倾盆大雨，

道路泥泞，天光黑暗，自行车不转，你如何前行？

一夜之间，我提心吊胆，辗转反侧，依稀成了白头翁，

我们爱得太深太痴，都掉进爱河中！

我的妻子是园丁，

一个尽享甜蜜爱情的园丁。

还记得在万村教学的艰难岁月吗？

你一天往返三四趟，步行二十多华里，弱体硬撑。

七七年大涝遍地水深超一米，你来回出入波谷浪峰，

身穿湿衣讲课，浑身发抖，学生们痛哭失声！

风狂雨骤，别人都往港湾躲避急色匆匆，

唯独你却顶风冒雨艰难跋涉，孩子们的课一节也不能停！

跟头不知摔了多少，你跌倒再爬起，爬起再前行，

到了学校，你已成泥人，摔得鼻青脸肿浑身疼！

春天返浆双脚深陷烂泥中，拔不出腿，迈不开步，

你一步一步反复体验红军过草地的艰苦长征！

甭说一个病魔缠身的柔弱巾帼，

就是一个身强力壮的盖世英雄，又能如何行？

我的妻子是园丁，
一个在艰难岁月意志如钢的园丁！

还是回忆一点让人高兴的事情吧，
在小村姚么，你八仙过海，大显神通。
现在城市的年轻教师可能不知道什么是三级复式，
而你却担任一、二、三年级复式班的所有课程。
当时你正内外交困，搞得焦头烂额，
我这个校长已经不算数，并撤销了已经七年的转正；
其他教师有的幸灾乐祸，有的墙倒众人推，
老母亲瘫痪在床，教学之余还得精心伺候，态度谦恭；
我上师范，女儿高中，儿子初中，三人上学一人供，
精神打击，经济压力接踵而来，还得装作内紧外松。
在这种态势下，全乡进行了两次异校异师考试，
学生到别校考试，老师到别校监考，试卷保密公平。
结果大大出人意料，你教的三级复式在全乡 23 所小学中全部乘龙，
信息如原子弹爆炸，冲击波震得人们双耳欲聋。
特别是那些女教师，个个惊得目瞪口呆，不知所终，
她们怀疑你是天上的文曲星下凡，所以全赢！
这是两场公正、公平的考试，谁也提不出意见，
你教的这些学生真为你争气，可这绝不是一日之功！
你付出的心血、花白了的头发，终于有了回报，
你疲惫的脸上这才露出了灿烂的笑容！
就在当年的教师节，你的荣誉接踵而至，
县政府授予你模范教师，妇联授你三八红旗手巾帼英雄；
并且实现了你多年的梦寐以求的强烈愿望，
中国共产党的战斗行列从此又多了一名普通一兵！
我的妻子是园丁，

一个创造奇迹，光荣无比的园丁。

我这个人是个倒霉蛋，

而妻子是我的福星，凡事一路顺风。

我六二年考上大学，却上不起，成了终生遗憾，

又经历二次转正，谁人听闻如此怪事奇情？

你面对打击和挫折，面带微笑，从容应对，

一人独挑家庭重担，咬碎银牙肚里咽，从不叹气唉声！

你是女中大丈夫，顶天立地行得正，

你是泰山顶上一棵松，风吹雨打仍坚挺！

我的妻子是园丁，

一个面对挫折从容应对的园丁。

我祖母是烈属，大叔张广寿在姜庄子斧头战中光荣牺牲，

我的父母都是老实巴交的农民，他们辛勤劳碌了一生。

三位老人先后辞世，

给我们带来无尽的忧伤和悲痛。

这些丧葬大事都是妻子你亲手操办，

你俨然是个总理，处事有条不紊，情景交融。

加上平时你对老人的孝敬，

使我对你更加钦佩敬重，感激涕零！

我的妻子是园丁，

一个孝老爱亲的园丁。

女人相夫教子，本是份内职责，

而你才是真正的贤妻良母，传递着好的家风。

为照顾我的身体健康，你忍痛作绝育全乡带动，

我因心梗两次住院又作手术，你昼夜守护，体弱硬撑。

儿女有病，你亲自出马，外出就医，率先带领，

上学花费你一人供应，精打细算，省吃俭用。

你为这个家操碎了心，出尽了力，

到头来，好人有好报，儿女孝顺，全家安宁。

我的妻子是园丁，

一个身体力行、贤妻良母的好园丁。

你争强好胜，对自己太苛刻，

好吃好喝，让给老人和孩子；自己吃残渣剩饭，甚至衣服打补丁。

你干在前头，抢着吃苦，从来都是任劳任怨，

你只为别人着想，从来不考虑自己，尽管身体常年有病。

咱家六八年就买了缝纫机，

但我的初衷，是减轻你的工作量，使生活更从容。

谁想到恰恰是这台常年转动的机器，

给你带来了更多的劳累，乡亲们凡有活儿的，都来竞争。

你不但搭工，还要搭料，

甚至夜间睡下了，有人来找，你重新穿衣把机器登。

这个传统一直延续到廊坊，方才喘口气，

我悬着的一颗心也才悄悄放下，发条松一松。

你累了一身病，你纯粹就是累病的，

我欲哭已无泪，只得祝愿你在天堂安享太平。

我的妻子是园丁，

一个严以律己、只为他人的园丁。

如今你走了，急匆匆地走了，

但你知道我们这些你的亲人如何受得了！整日泪盈！

你是一个好女人，一个难得的好女人，

你是一个于国于家都做出突出贡献的英雄！

我怀着激动、爱慕的心情，

为你献上这些从心里流出来的血泪诗篇，请你赏评！

我们永远不忘你，

我们永远和你在一起，心贴心，情贴情！

我的妻子是园丁，

一个值得永远怀念的园丁！

2014 年 6 月 25 日（阴历 5 月 18）

瑞霞逝世一周年纪念日

张景茂泣书

散文5篇

此篇获《廊坊日报》"尊师爱生"有奖征文二等奖

给启蒙老师的一封信

敬爱的魏萍老师：

您好！身体健康吧？

欣闻您任课已满三十年，并且即将办理退休手续，我心潮起伏，感慨万端！

您是我三十年前的老师，现在仍然是我的老师，今后也必将是我的老师。虽然我曾经担任过五年中学校长，也曾在您任教的地方当过近三年的公社校长，但这只是分工的不同。从内心里，从实质上，我认定您永远是我敬爱的老师，我是您的忠实的学生。

在我的学生生涯中，教过我的老师可谓多矣！但是说到印象，却是深浅不同，有的几乎淡忘了！唯独对您的印象，三十度春秋，仍然记忆犹新，往事历历在目。您在我心目中始终是个完美的崇高的可亲可敬的光辉形象！

是您，刚刚师范毕业，就分配到我村任教。那时您不满二十，端庄、秀丽、活泼、敏锐，能歌善舞。特别是您那双会说话的大眼睛，像一块强大的磁石，紧紧地吸引住我们。我们众星捧月般围拢在您的身旁，久久不愿离开。您讲话，侃侃而谈，娓娓动听；我们聚精会神，听得津津有味。音乐课上，您的歌声珠圆玉润，清脆悦耳；我们放开喉咙，引吭高歌。真是难得的艺术享受啊！

是您，第一次在我村小学创建了少先队，这在当时可是个新鲜事。周围十里八村都没建呢！我们快乐得像一群小喜鹊，叽叽喳喳。记得第一次您亲手给我们戴上鲜艳的红领巾，我们自豪地走在大街上。乡亲们一见，都惊喜得睁大了眼睛，高兴地追着我们："红脖儿，红脖儿来了，快来看哪！"

我们只是傻笑，心里美透了，嘴里却挑战似地说："爱叫什么吧，反正你们没戴过！"我当了小队长，以后队员多了，又当了中队长，后来担任大队委员。您耐心教育我，热情关怀我，在您指导下工作，真有说不完的乐趣，越干越有劲！

是您，为了开阔我们的视野，培养我们的国际主义精神，破天荒组织我们给友好的苏联小朋友写慰问信，交流思想，介绍学习，畅谈友谊，互相竞赛。我们多么兴奋啊！大家都以能代表新中国的少年儿童而无比自豪！信发走了，我们一颗颗诚挚的童心也飞到遥远的友好邻邦去了。这是您发起的多么有意义的活动啊！

正是由于您爱生如子，才换来我们对您的尊师如慈母。家长们对您也十分关心，他们给您送去许多好东西，视您为亲人。直到三十年后的今天，每逢我回家时，还有许多乡亲们打听您的情况。当听说您很好时，他们脸上都露出了欣慰的笑容。

魏老师，这些年来，我务过农，从过商，任过教，入了团，入了党，担任过基层党支部书记，当过中小学校长；经历了不少挫折，遇到过很多困难。但是，只要想到您，我就浑身长劲，困难、挫折都不在话下！您是我前进道路上的一代师表。我衷心地感谢您对我的辛勤培养，一辈子牢记您的恩情！

我要为默默无闻的小学教师唱赞歌，他（她）们是最值得尊敬的人！

祝您晚年欢乐，健康长寿！向您致以最崇高的敬礼！

您的学生　　张景茂

一九八三年九月十八日

（刊登在 1983 年 10 月 27 日《廊坊日报》，1984 年 3 月 30 日，"尊师爱生"有奖征文评选揭晓，此篇征文获得二等奖）。

此篇获全国散文征文三等奖

妻　子

　　我的前半生，是在坎坷不平、挫折迭起的逆境中度过的，个中的酸甜苦辣，只有妻子最清楚。也正因为有了妻子的理解和支持，才使我多年来得以逆境不衰，奋发向上。

　　26 年前，一名秀美的姑娘以国办教师的身份，爱上了我这个农业户口的商业合同工。她顶着来自家庭、师长以及亲友等四面八方的巨大压力，没有任何条件，不要一点彩礼，便毅然和我结为百年之好。从此，我们俩人在茫茫的人生征途上同甘共苦、相依为命。她就是我的妻子张瑞霞。

　　1968 年，当我由商业回乡务农时，她不仅不嫌弃我，而且还鼓励我："干什么都一样，行行出状元嘛！"

　　到 1971 年，当我担任村党支部书记时，她对我的进步感到欣慰，全力支持我的工作，并与我约法三章：咱只为乡亲们办好事，一不以权谋私，二不欺压百姓，三不吃请受贿。她还几次代我拒收乡亲们送来的礼物，严格把关，使得我从未收过一次礼，从未吃过一次请。她又要教学，又要带孩子，还要管理一大堆家务，却从未影响过我的工作。

　　1975 年，当本县缺乏教师时，她又鼓励我从事这种"太阳底下最崇高的职业。"须知，1962 年我考上了河北师范大学，就是因为不愿意教学（当然，还有家庭困难）才没去上的。这次竟然在妻子鼓动下欣然从命了！人哪，就是这么怪！妻子在教学之余，承担了全部家务，让我安心地教学，给我创造了一个舒适安静的环境。

　　过了一年，1976 年 2 月，我担任了中学校长。她更是处处带头，事事领先。她患有较严重的风湿性心脏病，经常心慌气短，步履维艰，但她冒着生命危险，毅然作了结扎手术，在计划生育上给教师们带了个好头。在教学上，她呕心沥血，潜心钻研，所教的一二三年级三级复式班，两次摘取了全乡23 所小学三个年级三个第一名的桂冠，赢得了领导、师生和家长的一致赞赏，荣获县政府授予的模范班主任和县妇联授予的三八红旗手称号，并于1985 年教师节期间光荣地加入了中国共产党。她任教的姚么村特意给她盖了 3 间新瓦房，以表彰她为教书育人作出的贡献！

1983 年，当我任校长 8 年、转正 6 年后，突然被转回农业人口和民办教师时，妻子虽然也为我鸣不平，但更多地还是激励我："十年河东，十年河西，我就不信咱会落人后边！"没过几天，我以不惑之年的老大哥身份考上了县师范学校。这下问题来了，我不仅不挣钱了，反而要花钱。妻子以非凡的勇气和毅力，独自挑起了供我们父子、父女三人上学、赡养老人和操持全部家务的重担。她精打细算，省吃俭用，花一分钱也要掂量半天。两年之间，她脸上平添了不少皱纹，头上也依稀有了白发。

1985 年，当我师范毕业，到县政府办公室工作时，我又要紧张地工作，又要在工作之余进修大专中文，家里的一切事务又全部落在妻子的肩上。她毫无怨言，直到 1989 年 4 月我大专毕业，她才松了一口气。

长期的操劳，过度的疲累，多方的压力，终于使她承受不住了。她于1990 年 3 月住进了县医院，心脏病到了房颤阶段，体质虚弱到一定程度了。我内心感到愧疚，对不起朝夕相处、患难与共的妻子。我以昼夜守候的行动，略以减轻心灵上的负担。经过医生、护士的精心医疗和护理，终于使她的病情有了好转，很快就出了院。

我久久地凝视着她虚弱的身子、疲倦的面容，不禁感慨万端：她这样一个弱女子，身上蕴藏着多么巨大的能量啊！她所做的一切，难道仅仅是为一个家庭的奉献吗?!

在我们的社会主义大家庭里，像妻子瑞霞这样的普通人何止亿万！她们日复一日，年复一年，默默无闻，无私奉献；她们识大体，顾大局，忍辱负重，赤胆忠心；就是她们，撑起了我们共和国的"半边天"啊！

让我怀着钦佩和负疚的心情向她们表示敬意！伟大的母亲们！

写于 1990 年 9 月 10 日教师节

我的中学生活点滴

我出生于 1943 年 11 月 19 日，今年 72 岁，是典型的 40 后。上世纪五十年代后期和六十年代初期，正是我国经济比较困难的时期，即低指标、瓜菜代时期，也是我在中学学习的时期。有些事对今天的青年来说，可能没听说过，也可能不理解。但对我们来说，都是刻骨铭心的记忆，有些事想起来还很有趣。现就从我的中学生涯中捧几朵浪花展示一下：

一、勤工俭学

1. 泥泞掘地

我上初二时，学校种着七八百亩地，都是很远的地，其中在相公庄西北的地，有七八里远。春天水刚下去，满地泥泞，遍地野草。要在这地里种庄稼，必须先深翻，那是累活：要费很大劲头把锨掘下去，还要费大力气翻上来，泥很重，又带着野草，纠缠不清！我干了不大一会儿，手上就起泡了，再干就更难了！

干到中午，负责后勤的同学来送饭了，就抓紧吃饭，吃完饭接着干！咱再说送饭：我有幸摊上了一次。那年我 15 岁，从学校食堂打好一个班的饭，就出发了。一路小跑，谁也不甘落后，连命都不顾了，气喘吁吁，上气不接下气，等到了地点，差一点瘫倒在地，就差吐血了！

2. 人拉大车运砖

那时学校搞基建，在孙章窑场往中学拉砖，每个学生自备一根绳子，十多个人拉一辆大车，把人当牲口使；车与车之间还搞比赛，看谁拉得快，真能把人累死！

3. 夜间水中割稻

这块地在牛家务村北边，离中学十里开外。白天割一天，晚上还要干，并且是在一米多深的水中干，把肉都泡夫囊了。记得一次夜间送来山芋粥，由于饿了，感到很好喝，我一连喝了 5 碗，没有干粮。一问有人喝了 7 碗，有人 8 碗，那叫一个撑得慌。但不大一会儿，就开始小便，一会儿一次，一会儿一次，真是无可奈何！

二、吃饭趣事

1. 包饺子

这是说三年困难时期之前。一所中学，1200 多人，一个学期吃几顿饺子，确实是奇迹！这么多人，怎么包呢？

俗话说，江河入海，各有其道！人也是一样，一件看上去很难的事，只要掌握了合适的方法，也能办好！

人多包饺子，只要解决了工具问题，其他就迎刃而解了。所谓工具，就是放饺子的盖帘板、擀皮儿的面板和小擀面杖等。其他如面、馅，学校食堂里供，筷子每个学生都有。包时，人人动手，很快就能完成！黑板前，有人记数；饺子煮熟后，再按饺子数除以人数，每个人应分多少，值日生按数分就行了。前期准备工作，主要是到城关几个村里去借家伙。这时，就很热闹，听吧，就像当年过军队一样，家家户户响起了敲门声，说话声。这成了一道风景！只要中学吃一顿饺子，文安全城都知道！这大概可以申报吉尼斯世界记录了吧！

2. 瓜菜代

那时每人每天定量 8 两，七扣八扣之后，连 6 两也吃不到。人若连续挨饿，那个难受劲就甭提了，肚子里总是空空的，咕咕叫。那时任丘、文安、大城三县合并一县，叫任丘县。文安中学叫任丘第二中学，有从任丘那边转过来的学生，就更惨了。家里什么吃的也没有，他们只能用大海碗接满水，倒上酱油，咕咚咚喝下去，就抓紧睡觉；不然的话，是睡不着的！

那时叫低指标、瓜菜代，我们吃过各种野菜，吃过水里的榨菜，也吃过地梨。咱们就说说地梨吧：这是文安的一宝，是三棱草的地下果实，过去也曾救过不少穷人的命。地梨埋在地下，好多年不坏。打地梨，要先选择地方，找长三棱草多的地方，开辟出一块炕，然后用地梨挠子一下一下地挠，不能急。等挠出了地梨，就更有兴趣了，挠几下，咕噜出来一个；挠几下，咕噜出来一个，那叫一个高兴！我曾经一天挠一筐头，是打地梨最多的人。中午带着干粮，随便吃点，就继续干。等到打了十几天，完成后发地梨票，我获第一名，并发了荣誉证书。

3. 八宝席

又到了困难时期了。八宝席，名字真好听，实际上就是用野菜、水草制成的饭，共八种。功夫没少下，但吃起来真没有席的味道。

三、学校演戏

那时中学有自己的剧团，排练京剧、河北梆子、评剧什么的。主要演员有曹长祥、宋兰英、董淑霞、杨金兰等。可能演过《江姐》等。曹长祥比我们高一届，孙氏三村人，跟我老伴是一个村的。作派好，嗓音好，形象好，是台柱子；宋兰英，任丘长丰人，我们班的，嗓子特别好，悠扬圆润，胜过天籁之音；董淑霞，高中三班的（与我一届，我是四班的），城关大京头人，表演、嗓子都不错；杨金兰，初三的，是当时文安县长杨连甲的女儿，很会表演，嗓音也好。那时，如果听一出戏，真是难得的享受！在大礼堂演过多次！我们也就听过多次，过足了瘾！

四．每周检查卫生

那时中学对卫生非常重视，每周检查一次，并评出先进班级。当时是高中阶段，我是班的生活委员，负责卫生工作和伙食工作。每次检查我都参加。说来真有点传奇性，我们班历次检查都是第一名。那真是一尘不染，水洗一样干净！为此我很自豪！

五、我的好友王省民

省民是高三时从任丘转来的。憨厚老实，为人正直，与我的性格很合拍，是一路人。因此，很快就熟了。整天与我形影不离，按当时徐俊英和张秀花的说法是："省民就是小茂的尾巴！"他俄语是天才，也没见他怎么用功，每次考试都是100分，从来没得过99分！依我的估计，高考很可能也是100分！就连老师讲课，如果讲错一个单词，他也能指出来！大学毕业后，他分配到外交部，从事翻译工作。听说后来他又学习了英语、日语、法语等，精通四门外语，真是奇才！我为有这样的好友而自豪！遗憾的是，这么多年失去了联系，成为终身憾事！

张景茂

2015 年 12 月 12 日

便有诗情到碧霄

青山陶醉,碧水吟哦;骆驼微笑,骏马唱歌。阳春三月,生龙活虎结硕果;桃红柳绿,大好风光踏青乐。

当下,芒种未到,不是小麦成熟的季节,却是我的诗情丰收的良辰。自从防震减灾文化作品征稿以来,我怀着十分激动的心情,带着对灾民无限关怀的感情,风雨无阻,日夜兼程,心念、口吟、笔写,寝食不顾,双眼熬红! 20多天时间,诞生了60多个活蹦乱跳的童婴! 看着自己出生的孩子,谁不从心里往外地喜爱呢?!

防震减灾,功德无量,是一项利国利民的千秋大业,犹如一棵参天大树,让其茁壮成长,必须浇水、施肥、除虫、管理。党委总揽,政府主抓,各部门负责,全民参与,谱写出一曲惊天动地的宏伟乐章!

各种灾害,张牙舞爪,来势汹汹,不可一世! 但当摸透了脾性,诊对了脉搏,下准了灵药,就能缓解病情,减轻灾情!

我是在查阅了大量资料的基础上,才着手写作的。而一旦进入创作阶段,就一发而不可收。各种题材接踵而来,各种体裁轮番上场。诗、词、散曲、自由曲、散文等,尽情表现,略呈可观!

我有一个习惯,就是在被窝里深夜构思,夜静更深,万籁俱寂,思路活跃,灵感频现。身旁备有电筒、纸笔。构思成一首,按亮手电,马上记下;否则稍纵即逝,再想就如大海捞针了。记得在4月18日深夜3时,我被廊坊市防震减灾宣传工作取得卓越成效所感动,兴之即来,不可扼止,一口气写下了10首五绝,用了80分钟,真有点一吐为快的畅快感!

我还试着写了一点自由曲和竹枝词。

自由曲是由大诗人丁芒先生首创,是由现代散曲过渡到新体诗词的桥梁,是改革创新的结晶。自由曲是名副其实的自由散曲。它源于曲,接近词,又是完全脱离曲牌曲律和词牌词谱的新型韵文诗体，因此，它是曲，不是诗，更不是新诗。自由曲无格律可依，却有规律可循。主要是指语言运用，韵脚疏密，讲究对仗等而言。自由曲看起来自由，写起来并不那么自由。要写得有情有趣，有味，切不可等闲视之，信手挥洒。自由曲最难的是保持曲味。自由曲是香花，非杂草。它是中华诗歌延续至今，顺乎民情，贴近社会，承前启后，与时俱进的产物。是散曲通向群众的桥梁。

竹枝词则是民歌体式，是由唐朝诗人刘禹锡完善起来的。表面一看，就是七绝，形式一样，但要求活泼风趣，格律可适当放宽。我们现在拿李白的一首七绝《赠汪伦》稍加改造，看一下效果如何：原诗是："李白乘舟将欲行，忽闻岸上踏歌声。桃花潭水深千尺，不及汪伦送我情。"我们稍改两处，变为"阿哥乘舟将欲行，忽闻岸上踏歌声。桃花潭水深千尺，不及阿妹送我情。"这就变为竹枝词了。

我虽然七十有三，已经到了阎王不叫自己去的年岁了，但童心仍然未泯，好奇心强，求知欲盛，对什么新鲜事都感兴趣，都想试一试，这就有了上述自由曲和竹枝词的写作了。当然，这两种体裁，我在前几年就已经开始尝试了。2013年，我就写了200多首竹枝词;2015年，我又写了260多首自由曲。我对这两种形式情有独钟。但限于水平和时间，尚未入门。我会加倍努力，争取做得更好一点！

对这次防震减灾征文，我是倾尽了全部热情和心血，就是为了尽自己的一份微薄力量，使征文锦上添花！

衷心祝愿这次征文获得圆满成功，结出丰硕成果！

2016 年 4 月 20 日

中华儿女一家亲

炎黄子孙千般爱，中华儿女一家亲。

我们这个大家庭，是由 56 个民族、13 亿人口组成的。过去，千疮百孔、灾难深重、饱受耻辱、积贫积弱，是一只任人宰割的绵羊；现在，生龙活虎、生机勃勃、自尊自重、幸福美满，变成了一只威风凛凛的雄狮！

大家庭中的每个兄弟姐妹，各有担当，各负其责，共同谱写着一首威武雄壮的壮丽诗篇。其中不乏精英人物，起到了中流砥柱的作用。在民主革命阶段，鲁迅曾说过："我们从古以来，就有埋头苦干的人，有拼命硬干的人，有为民请命的人，有舍身求法的人，……这就是中国的脊梁"。在社会主义新的历史阶段，那些敢吃螃蟹、敢于和善于改革的人，那些独辟蹊径、敢于和善于创新的人，都是新的精英人物；还有那些感动中国人物，他们见义勇为、助人为乐、诚实守信、爱岗敬业、献身科技、当好公仆、孝老爱亲，有了这些人，还有什么困难不能克服，还有什么灾难不能战胜吗？

自然灾害，貌似凶恶的老虎，似乎不可一世，但只要群策群力，穷追猛打，科学应对，它也不过是一只可怜的纸老虎，没有什么可怕的！

我对大家庭中的兄弟姐妹，都怀有极其深厚的感情；一听说哪里受灾，我就心急如焚，痛苦不堪！当看到祖国的大好河山时，我就感到分外亲切，十分高兴，就像是回到自己的家里一样！当香港、澳门回归祖国之际，我激动得热泪盈眶，从内心深处感到亲切和温暖！

当前的防震减灾工作，既是党和国家的大事，也是我们全体人民的大事。每个人都有责任，有义务。只有群策群力，大家拧成一股绳，才能把灾害减轻到最低程度！既然我们是一家人，还分什么份内份外！有福同享，有难同当嘛!

在这里,我祝全市的防震减灾工作取得更加辉煌的成就,结出更加丰硕的成果!

2016 年 4 月 20 日

小说两篇

"老拼音"

这是一次奇特的考试——只考汉语拼音，不考其他；而应试者呢，既不是天真烂漫的小学生，也不是豆蔻年华的中学生，而是进入不惑之年的乡级小学校长们。

中伏虽过，但气温仍偏高。

考场里，热流滚滚，气闷窒人。长吁短叹声，搔首呲嘴声连成一片；人人汗流满面，上衣溻透；有的面红耳赤，有的烦躁不安；他那里张飞认针——大眼瞪小眼；她这里长虫吃梃杆——直了脖！

考场中间，坐着一位胖胖的大个子，此时更是大汗淋漓，赛过落汤鸡。他双眉紧蹙，苦苦思索，最后落到卷面上的，只有四个老拼音字母："ㄅㄆㄇㄈ"。现行的拼音字母，曲溜拐弯的，（如 abcd），人家认得他，他可一个也不认得人家。这次真是冤家路窄——碰上了！他心里急得像热锅上的蚂蚁，不停地唉声叹气。最后他自怨自艾地小声嘟噜："我这纯粹是木匠戴枷——自作自受！平时干什么去了？"

这就是大名鼎鼎的"老拼音"校长！他就是这样过来了二十多年！

（刊登在 1983 年 9 月 9 日《廊坊日报》"乡村纪事"专栏）

起　步

　　方杰雄早就在上愁了，这种特殊的师生关系到底如何处理？这在他半生中还是第一次遇到。

　　六年前，他在中学教过她，她复姓东方，名叫彩霞。她是属于那种聪颖过人、出类拔萃的学生，品学兼优，精明强干。加之，她生得体态苗条，容貌清秀，不笑不说话，一笑俩酒窝，着实惹人喜爱。

　　四年前，彩霞到师大上学。现在毕业了，被分配到县师范教学，又正巧教他们民师班，她倒成了他的老师了。换句准确的话说，就是成了她的老师的老师了。

　　自从听到这个消息后，方杰雄就觉得十分尴尬，他想：自己作为一个近四十岁，不知送走了多少大学生的老师，而今倒要在自己的学生手下当学生，这怎么不叫人难为情呢？彩霞这几年有什么变化呢？她还像从前那样尊敬我吗？他就是怀着这样复杂的心情，今天骑着自行车，到县师范报到的。

　　眼看快到师范大门口了，方杰雄的心吊了起来，车速不由得减慢了。这时，他看到前面百十米处走来一位年轻姑娘，朦朦胧胧地看不清楚。一会儿，轮廓分明了：只见她装束淡雅，朴素大方，脚步有点急促，神情有些匆忙。这不是她是谁呢？于是，他下了自行车。

　　东方彩霞急切地跑起来，待到面前，双脚站定，恭恭敬敬地给他鞠了个九十度的大躬，一面热情地说："方老师，您来了？"他顿时脸颊涨红，不知所措，口里重复着："来了，来了！"她走上前来，不由分说把自行车接过去，边推车边高兴地说："听说您也来上学，我心里可踏实了！有您指点，我还怕什么呢？！"她兴奋地容光焕发，神采飞扬，面孔艳丽得像五月盛开的桃花似的。他心里不由得一阵惭愧，脸上窘得难受，口里下意识地应着："那是，那是！"她好像看透了老师的心事，爽朗地说："方老师，我虽然在师大学习了几年，但知识仍然有限，我要给您当一辈子学生！"方杰雄一听，心里热呼呼的，随即感慨地说："青出于蓝而胜于蓝，后来居上，是不可抗拒的规律。看到你进步这样快，我心里甭提多高兴了！你不要有顾虑，大胆地教吧！"她庄重地点了点头。方杰雄心里也踏实多了。

当他俩一前一后步入校园时，正在忙碌的人们顿时投来疑惑、好奇、甚或探求的目光："这是怎么回事？""他们是什么关系，这么亲切？"

隆重的开学典礼大会结束了。同学们回到了教室。

这时，新班主任要跟学员谈话。这些民师出身的学生，年龄不一，文化不齐，当惯了老师又来当学生，历来不好管理。谁敢担此重任呢？方杰雄正在胡乱猜测，随着一阵轻捷的脚步声，真是光艳的一闪！满面春风的东方彩霞出现在讲台上。方杰雄不禁睁大了眼睛，张开了嘴巴，好半天合不拢，他心里暗暗埋怨："彩霞呀，彩霞，你干什么不行，怎么偏偏揽这个差事呢？这是别人躲都躲不迭的买卖呢！"一串银铃般的音节打断了方杰雄的思绪。

"同学们好？"

教室里鸦雀无声，竟没有一个人回答。五十多双眼睛都瞪得滚圆滚圆的，像一支支利箭直刺正前方讲台上亭亭玉立的彩霞身上。只见她笑容可掬，侃侃而谈：

"我叫东方彩霞，学校领导让我担任咱们班的班主任。说心里话，我还真有点胆怯呢！同学们昨天还是老师，今天就成了学生；我呢，正好相反，上个月还是学生，今天却成了老师。这真跟变戏法一样！"

她顿了一下，扫视前方，然后热情洋溢地说下去："我们这些学员中间，真是藏龙卧虎，有识之士大有人在，像号称小作家的周毅同学，就很有文学素养。"说完，她叫了一声："周毅来了吗？"只见一个二十多岁的潇洒青年站了起来，面露难色，说："东方老师，我不行！以后别这么称呼我了！"彩霞微微一笑："这是好事嘛！以后你要多帮助我，也要多辅导同学们！请坐吧！"

接着，她又列举了几个在数、理、化、史、地、体育等科有独特专长的同学。而后深情地说：

"在同学们中间，尤其是还有我过去的方老师……"

没等她把话说完，人们齐声惊呼了一声"啊！"，这才一个个如梦初醒，一百多只小"探照灯""唰"地射到方杰雄身上，那是惊奇、钦佩、羡慕的目光！使他如坐针毡，羞愧、自豪、欣慰，还是兼而的之？

这时，台上又传来珍珠落地的音响："我还年轻，刚刚举步，阅历浅，没经验，希望同学们扶持我，共同把我们班搞好！"

"没说的，你就看好吧！"下边七嘴八舌，情绪热烈！

就这样，方杰雄在当了多年教师之后。重新开始了学生生涯；而东方彩霞呢，则在结束了十几年的学生生活之后，开始走上了人民教师的神圣岗位！

（原载 1984 年《文安文艺》）

廊坊市审计局给作者退休后上报的事迹材料2篇
星级离退休干部党员事迹材料

新时期的"老黄牛"
——我局退休干部张景茂的先进事迹

廊坊市审计局

哲人说："老牛自知夕阳晚，不用扬鞭自奋蹄"。如果以牛喻人，我局退休干部张景茂就是这样的人。

他在上世纪七十年代，当教师，是模范教师；八十年代后，给主管农、林、水、乡镇企业的副县长李秀峰当秘书，经常夜间加班，白天从不休息，业绩突出，成为文安县政府办公室的典型，被誉为"革命老黄牛"，被县委书记张国斌称为"乡镇企业专家"；九十年代后，在市审计局负责人教、党务、精神文明等工作，给领导当参谋，选拔优秀人才，组织学习，内强素质，外树形象，我局连年荣获实绩突出单位及省级文明单位等殊荣。他本人也获得河北省审计系统先进工作者，并先后20次获优秀共产党员称号。他就是这么个"脾气"：要强、苦干、争一流。不论干什么，都要想法干好。

张景茂2003年退休后，局领导留下他继续协助工作。他一如既往，直到2009年才真正休息。

一、以工作为重——争创一流

张景茂被留局里后，负责党务、文明创建、市里开展活动的文字上报等工作。他和在职时一样，仍然脚踏实地，决心把这些工作都干好。由于他埋头苦干，每项工作都干得有声有色，在市里排位靠前。

党务工作开展得比较活跃，成效明显。党务工作坚持以领导班子建设、党员队伍建设及各项活动为载体，坚持机关党建与审计工作有机结合，相互促进，使机关党建较好地发挥了对审计工作的保证和促进作用。局机关党总支部被评为先进基层党组织。

认真进行社会主义荣辱观教育。学习贯彻胡锦涛提出的"八荣八耻"。在真善美与假恶丑之间划清了界限，明辨了是非。对形成良好的社会风气起到了积极的促进作用。

做好对党员的经常性教育工作。以基层党校为阵地，采取多种形式，组织党员学习党章、党的基本知识以及国际、国内形势，上好党课，组织讲座等，提高了党员的思想政治素质和理论水平。

切实加强党员管理工作。根据党员数量和分布情况，建立了机关党总支部，下属机关党支部和老干部党支部；严格组织生活，召开民主生活会，开展批评与自我批评；坚持民主评议党员制度，检查和评价每个党员在审计工作中发挥先锋模范作用的情况，表彰优秀党员，增强党组织的凝聚力和战斗力。

坚持不懈地做好发展党员工作。坚持成熟一个发展一个，严格履行入党手续，从而保证了质量。每年都发展新党员，近几年陆续有近十名优秀青年加入到党的行列中。

加大对文明单位的创建力度。多年的实践，使他深深认识到，审计机关精神文明建设具有重大作用，它为审计事业发展提供思想保证、精神动力和智力支持。每年精神文明建设工作量很大，坚持以人为本，在硬件建设和软件建设上下了较大功夫，仅档案整理，就有八个方面、十卷。我局曾获得两届、四年省级文明单位，是河北省第一个获此殊荣的审计机关。

圆满完成市里开展各项活动的文字材料上报工作。市里每年都要开展各项活动。这是一项十分繁重、艰巨的工作，要求质量高，时间紧，难度大。他有时忙起来，不分什么时间，夜以继日，休息很少。这些活动的文字材料上报工作，都是他一人完成。一次活动从始到终大概要撰写50~80个材料，需要上报20~30个材料。他每次都高度重视，认真撰写，力求精益求精。得到了局领导和市里活动办公室的好评。

二、以学习为需——紧跟时代

多年来，张景茂养成了把学习作为第一需要，自觉学习马列主义、毛泽东思想的习惯。他通读了《马克思恩格斯选集》（四卷本）、《毛泽东选集》（五卷本）、《邓小平文选》（三卷本）；学习并研究了江泽民、胡锦涛等领导同志的重要著作以及中央历次重大战略部署。

近几年，他重点学习中国特色社会主义理论体系——邓小平理论、"三个代表"重要思想和科学发展观。他怀着深厚的感情和热情投入了学习。采取通读与精读、学习与思考、学习与应用"三结合"的方法。他挤时间学，把别人喝酒、打牌的时间都用在学习上。尤其是自觉学习实践科学发展观，对科学发展观的历史地位、时代背景、科学内涵、精神实质、根本要求等精髓，他反复学习，达到了入脑入心。牢记了科学发展观的第一要义是发展，其核心是以人为本，其基本要求是全面协调可持续，其根本方法是统筹兼顾。通过自觉反复的学习，基本上达到了开拓智慧、丰富知识、清醒头脑、加强修养的目的。

当今世界，社会发展突飞猛进，知识更新周期越来越短，如不吸收新知识，必然会落伍于时代。因此，他十分注意学习新知识，掌握新形势，紧跟中央新步伐，积极参加一些社会活动，较好地做到了理论上清醒，政治上坚定，始终与中央保持一致，与省市委同心同德。退休后，他积极学习电脑知识，学会了五笔字型打字，再写材料就方便多了；学会了上网，再搜集材料就轻而易举了。他积极参加各种征文活动，并多次获得一、二等奖。他在今年上半年还参与了庆祝建党90周年征文活动，将两篇纪念文章和两首诗词上报了市委老干部局。

三、以助人为乐——他人第一

平时，张景茂注意从小事做起，处处乐于助人。他热心为灾区和困难群众捐款捐物；为市图书馆和大城县农村图书室捐书达130本，是本局捐书最多的人；他发挥爱好书法和写作的优势，经常帮助档案室书写档案卷皮；指导同事或同事的子女写作文；帮助别人修改文稿总是来者不拒；赠书给同事和朋友，已达几百本，为的是提高他们的素质，为国家多出力。

在做每件事之前，为别人着想，他心里才踏实。起草文件，尽量写得清楚工整，为了领导好认。到商场买东西，售货员几次多找了钱，他都立即退还。另外，他还为单位精打细算，从不浪费一钱一物。平时对公共财物极为爱护，经常擦洗、保养。他还经常提一些对工作有益的建议，并两次获得合理化建议奖。

四、以文明为美——弘扬新风

张景茂一贯注重自己的言行，在弘扬文明新风方面下了较大功夫。

弘扬文明新风尚。他注重弘扬社会公德。去年夏季的一天，他到人民公园散步，在一处假山附近发现了一个背包，背包的暗锁被破坏了。他打开一看，里边有银行卡两个，身份证两张，还有两份买房合同等东西。因为有失主的电话号码，他及时给失主打去电话，约好第二天见面。第二天他把背包交还了失主。失主是一个已婚的年轻人，万庄人。小伙子说包里有 1600 多元钱，被小偷偷走了。他嘱咐小伙子以后要提高警惕。小伙子千恩万谢，很高兴地走了。他心里的一块石头也落地了。

他注重职业道德。一贯扎实工作，雷厉风行，埋头苦干，默默奉献，作出了表率。

他注重家庭美德。儿女几乎每天都回家看望俩老人，使他们很欣慰。2009 年 8 月~10 月，他因心肌梗塞住院，在北京医院作心脏搭桥和心瓣置换手术。老伴和儿子轮流昼夜护理，搀扶散步、打水买饭、端屎端尿、擦身按摩，无不精心周到。手术采取体外循环，当手术进行到 10 个小时时出了问题，心脏启动两次均告失败。医生说，如果第 3 次再启动不起来，人也就没希望了。老伴和儿女们都惊呆了。所幸第 3 次成功了，他也就死里逃生，又捡回了一条命。大家这才松了一口气。从此，家人更加互相关心，家庭更和睦了。他家被评为五好家庭。

争做遵纪守法人。要遵纪守法，首先要懂纪知法。他自觉学习法律法规，学习党纪政纪，并按党纪国法严于律己，约束家人。他们全家都是遵纪守法的人。

发扬勤俭好传统。他家历来艰苦朴素、精打细算，把富日子当穷日子过。他老伴更是勤俭持家的一把好手，衣服、拖鞋、鞋垫都是自己做，家中各种罩都是自己加工，从来不浪费东西，不糟蹋粮食。并影响和带动子女、孙子女，都养成了良好的勤俭节约习惯。他负责采购，柴米油盐酱醋茶，水果蔬菜肉蛋奶，货比三家，"斤斤计较"，从不多花钱，把日子过得有滋有味。

2011 年 7 月 10 日

不求功成名就　只愿做点小事

——我局退休干部张景茂的事迹

廊坊市审计局

我局人事科原科长、退休干部张景茂，几十年如一日，工作认真负责，领导放心；一贯珍惜时间，酷爱学习，关心国家大事；胸中有深情，经常助人为乐；办事一丝不苟，踏石留印，抓铁有痕；是一个守信用、言必行、行必果的人，是一个对社会有用的人。由于他的不懈努力，做出了较好的成绩，在2011年获得廊坊市委、市政府授予的星级离退休干部党员称号。

他在上世纪七十年代，是模范教师；八十年代，给副县长李秀峰当秘书，成为文安县政府办公室的典型，被誉为"革命老黄牛"；九十年代，在市审计局负责人教、党务、精神文明等工作，单位连年荣获实绩突出单位及省级文明单位等殊荣。他本人也获得河北省审计系统先进工作者，并先后20次获优秀共产党员称号。

张景茂退休后，局领导留下他继续协助工作。他一如既往，一气又干了六七年。

一、以工作为重，争创一流业绩

张景茂留局工作后，负责党务、文明创建、市里开展活动的文字上报等工作。他和在职时一样，仍然脚踏实地，决心把这些工作都干好。由于他埋头苦干，每项工作都干得有声有色，在市里排位靠前。

党务工作开展活跃，成效明显。坚持以领导班子建设、党员队伍建设及各项活动为载体，坚持机关党建与审计工作有机结合，相互促进，使机关党建较好地发挥了对审计工作的保证和促进作用。局机关党总支部被评为先进基层党组织。做好对党员的经常性教育工作。以基层党校为阵地，采取多种形式，组织党员学习党章、党的基本知识以及国际、国内形势，上好党课，组织讲座等，提高了党员的思想政治素质和理论水平。坚持不懈地做好发展党员工作。坚持成熟一个发展一个，严格履行入党手续，从而保证了质量。每年都发展新党员，近几年陆续有近十名优秀青年加入到党的行列中。

加大对文明单位的创建力度。多年的实践，使他深深认识到，审计机关精神文明建设具有重大作用，它为审计事业发展提供思想保证、精神动力和智力支持。每年精神文明创建工作量很大，在硬件和软件建设上下了很大功夫，仅档案整理，就有八个方面、十卷。我局曾获得两届、四年省级文明单位，是河北省第一个获此殊荣的审计机关。

圆满完成市里开展各项活动的文字材料上报工作。市里每年都要开展各种活动。这是一项十分繁重、艰巨的工作，要求质量高，时间紧，难度大。他有时忙起来，不分时间，夜以继日，很少休息。这些活动的材料上报工作，都是他一人完成。一次活动从始到终大概要撰写50—80个材料，需要上报20~30个材料。他每次都认真撰写，力求精益求精。得到了局领导和市里活动办公室的好评。

二、关心国家大事，每天凌晨从网上读《人民日报》

大地还在酣睡，路灯也在打盹。鸡不叫，狗不咬。劳累了一天的人们都在睡梦中！但就在这时，廊坊步行街四大街北外街的一栋楼房里，却突然亮起了灯光。紧接着，电脑启动起来了，只见鼠标灵巧地一点，彩版《人民日报》赫然出现在眼前。他，正是古稀之年的张景茂！

只见他聚精会神地一版一版看下去，尤其对1版要闻，4版论坛，7版理论，24版副刊，更为关注，一路看来，兴味浓厚，并对重要的、有用的、感兴趣的文章下载下来，予以保存，以备日后查找。他每天都是这样，已经坚持了一年多。细细算来，他提前十多个小时阅读《人民日报》，也可谓先睹为快了！

他关心国际形势的发展变化，更关心国内全面深化改革的重大问题。

对于国际形势，通过认真学习，他深刻认识到：

当今世界正在发生深刻复杂的变化，和平、发展、合作、共赢的时代潮流更加强劲，国际社会日益成为你中有我、我中有你的命运共同体。同时，国际关系中的不公正不平等现象仍很突出，全球性挑战层出不穷，各种地区冲突和局部战争此起彼伏，不少国家的民众特别是儿童依然生活在战火硝烟之中，不少发展中国家人民依然承受着饥寒的煎熬。维护世界和平、促进共同发展，依然任重而道远。

当今世界有 70 亿人口，200 多个国家和地区，2500 多个民族，5000 多种语言。不同民族、不同文明多姿多彩、各有千秋，没有优劣之分，只有特色之别。

对待国家间存在的分歧和争端，要坚持通过对话协商以和平方式解决，以对话增互信，以对话解纷争，以对话促安全，不能动辄诉诸武力或以武力相威胁。我们要推动各国共同维护地区和世界和平安全。

对于国内形势，他更关心全面深化改革的许多重大问题。他比较深刻地认识到：

改革开放是决定当代中国命运的关键一招，也是决定实现"两个一百年"奋斗目标、实现中华民族伟大复兴中国梦的关键一招，是当代中国发展进步的活力之源，是党和人民事业大踏步赶上时代的重要法宝。只有改革开放才能发展中国、发展社会主义、发展马克思主义。在整个社会主义现代化建设进程中都要高举改革开放的旗帜，决不能有丝毫动摇。

未来几十年对中华民族而言，既是一段振奋人心的岁月，也将是一段充满风险挑战的征程。当前，我国发展面临一系列突出矛盾，前进道路上还有不少困难和问题。在国际形势复杂多变、国际竞争日趋激烈的情况下继续前行，如同逆水行舟，不进则退。只有靠深化改革来破解发展中面临的难题、化解来自各方面的风险挑战。

改革从来都是攻坚克难。30 多年改革，一路闯关夺隘。今天改革又到闯关时，进入攻坚期，行至深水区，要啃硬骨头，需要有"明知山有虎，偏向虎山行"的勇气。这份勇气来自改革开放的成功实践，来自我们对改革开放重大意义的深刻认识。要实现中华民族伟大复兴的中国梦，就必须坚定不移推进改革开放。没有改革开放，就没有中国的今天；离开改革开放，也没有中国的明天。

全面深化改革，需要一个管总的目标，用它来统筹推进各领域改革。党的十八届三中全会把全面深化改革的总目标明确为"完善和发展中国特色社会主义制度，推进国家治理体系和治理能力现代化"。从形成更加成熟更加定型的制度看，我国社会主义实践的前半程已经走过了；后半程，我们的主要历史任务是完善和发展中国特色社会主义制度，形成一整套更完备、更稳定、更管用的制度体系。要通过全面系统的改革，在国家治理体系和治理能力上形成总体效应、取得总体效果，不断提高用中国特色社会主义制度有效治理国家的能力。

在推进改革中要坚持正确的思想方法，从纷繁复杂的事物表象中把准改革脉搏，把握全面深化改革的内在规律，开出改革的"药方"。要处理好六个方面的关系，即解放思想和实事求是的关系、整体推进和重点突破的关系、全局和局部的关系、顶层设计和摸着石头过河的关系、胆子要大和步子要稳的关系、改革发展稳定的关系。把这些关系处理好了，我们的改革开放就会稳步推进，健康发展。

通过长时间的学习和思考，他的心胸更加开阔，视野更加高远，越学越爱学，越学越想学，学习成了他的第一需要，犹如每天必须吃饭、睡觉一样。

三、经常帮助别人，做一个快乐老人

平时，张景茂注意从小事做起，处处乐于助人。他热心为灾区和困难群众捐款捐物；为市图书馆和大城县农村图书室捐书达 130 本，是本局捐书最多的人；指导同事或同事的子女写作文；帮助别人修改文稿总是来者不拒；赠书给同事和朋友，已达几百本，为的是提高他们的素质，为国家多出力。

在做每件事之前，为别人着想，他心里才踏实。起草文件，尽量写得清楚工整，为了领导好认。到商场买东西，售货员几次多找了钱，他都立即退还。另外，他还为单位精打细算，从不浪费一钱一物。平时对公共财物极为爱护，经常擦洗、保养。他还经常提一些对工作有益的建议，并两

次获得合理化建议奖。

夏季的一天，他到人民公园散步，在一处假山附近发现了一个背包，背包的暗锁被破坏了。他打开一看，里边有银行卡两个，身份证两张，还有两份买房合同等东西。因为有失主的电话号码，他及时给失主打去电话，约好第二天见面。第二天他把背包交还了失主。失主是一个已婚的年轻人，万庄人。小伙子说包里有1600多元钱，被小偷偷走了。他嘱咐小伙子以后要提高警惕。小伙子千恩万谢，很高兴地走了。他心里的一块石头也落地了。

又有一次，一个50多岁的憔悴的乡下大姐来到他面前，向他诉说了自己丢钱的遭遇，现在她连回家的钱都没有了。张景茂立即掏出25元钱给了她，并好言相劝，以后多加注意。大姐感激地走了。他望着大姐柔弱的身影，双眼湿润了！

这些年，他深深地体会到：经常帮助别人，就会快乐自己。他已年届古稀，还有几年的活头呢！趁着有生之年，多做点善事、好事，比什么都强！

四、凡事思虑在先，做一个有准备的人

纵观张景茂的前半生，他是一个有思想的细致人，凡事思虑在先，做好准备，决不打无准备之仗。

虽然他在1962年考上大学没能上，但他从没放弃过学习。就是在农村参加繁重的劳动时，也带着书本，休息时就看书。所以，在1975年，当他辞去担任了4年的村党支部书记后，就立即当上了文安县龙街中学高中语文、政治老师，只教了一年，就获得模范教师称号；1976年，他又临危受命，到大洼地区的黄甫中学担任校长。

由于他平时注意积累，事事准备在先，所以，各项工作都比较突出。上世纪七、八十年代，是模范教师和县政府办公室的典型；九十年代，在市审计局当人事科长，单位连年荣获实绩突出单位及省级文明单位等殊荣。这也就是他退休后，局领导为什么留下他继续协助工作的原因。

五、学习吟诗填词，做一个抓铁有痕的人

张景茂是一个干什么事都抓住不放的人。只要认准了的事，就不走形式，不做样子，不摆架子，严以律己，自我加压，一心一意做好。学写诗

词就是个很好的例子。

习近平总书记指出："学诗可以情飞扬、志高昂、人灵秀。"诗词可以陶冶人的情操，提高人的精神境界，并在一定程度上影响社会风气。所以，张景茂爱上了诗词。

在 2012 年，他还不懂格律，不知道平仄为何物，也不知道相对、相粘是什么，对于押韵、对仗也是一知半解。他从自学开始，把夏传才教授写的《诗词入门》反复读了两遍，就有点入门了。于是，他就开始写了。先从个人身上和身边的事写起。一年下来，他就写了 280 首。到 12 月 19 日，他申请加入了廊坊市诗词学会，得到了学会老师们的热情帮助，并定期参加学会举办的培训辅导，写作水平有了较大提高。

在此基础上，他又购买了大量的古今中外的诗词书籍，博览精读，孜孜不倦，增加了许多有益的知识和营养。眼界宽广了，更加感到自己的无知了。

2013 年，他笔耕不辍，又写了 456 首；2014 年 3 月，他为了多练笔，自我加压，决定为 178 位英模每人写一首诗词。截止目前，已写出诗词 111 首，加上其他诗词 257 首，今年前八个月就写出 368 首。两年多时间，他就写了诗词 1104 首。

在市诗词学会主办的刊物《燕南诗词》上，已经刊登了他的诗词和对联，在新会员中，刊登的诗词作品，他是比较多的。

还有一件事，大大调动了他的写作激情。就是他的妻子张瑞霞于 2013 年 6 月 25 日突然去世，给他造成了巨大的悲痛和无尽的思念！在最初的几个月时间里，他经常以泪洗面，写出了悼念妻子的诗词 200 多首，并撰写了妻子的故事 15 篇，摘录了有关的日记 100 则。《燕南诗词》上曾发了他悼念妻子的诗词 4 首。

他没有过多的欲望，只是想着在自己的有生之年，力所能及地做点什么，也就心满意足了！

廊坊市审计局

2014 年 8 月 18 日

城市科学杯有奖征文获奖文章

运用系统方法建设新廊坊

张景茂

据有关专家测算，建设一个城市需要考虑的因素在千万个以上。因此，廊坊市的建设只有树立整体观念，运用系统方法，统筹兼顾，全面安排，才能收到整体效益。

首先要具有整体思想。要把诸如水、电、路、通讯、建筑物等做为子系统，通盘考虑，统一规划，合理配套，协调发展。既要立足当前，更要着眼长远，避免头痛医头，脚痛医脚，前建后拆。

其次要追求综合效益。城市建设应当把经济效益与社会效益、生态效益等有机结合起来，刻意追求综合效益。比如建公园，既要考虑修成后可以获得收入，又要考虑主要是为了满足广大市民旅游、娱乐等的需要，还要考虑改善市区生态环境等。使其充分发挥整体作用。

第三要依靠全体市民。凡属公共设施和公益事业等建设，都应发动全体市民，有钱的出钱，有力的出力，有策的献策。只有这样，才能加快城市建设的步伐。

（原载 1992 年 10 月 2 日《廊坊日报》）